如何做到基业长青

BUILDING TOMORROW'S COMPANY

图书在版编目（CIP）数据

如何做到基业长青/(英) 赛德勒著；李宪一译. —北京：中国市场出版社，2008.5
ISBN 978-7-5092-0348-4

Ⅰ. 如... Ⅱ. ①赛... ②李... Ⅲ. 公司—企业管理 Ⅳ. F276.6

中国版本图书馆 CIP 数据核字（2008）第 044832 号

著作权合同登记号：图字 01-2008-1724

书　　名	如何做到基业长青
著　　者	[英]菲利普·赛德勒
译　　者	李宪一
责任编辑	郭　佳
出版发行	中国市场出版社
地　　址	北京市西城区月坛北小街 2 号院 3 号楼（100837）

电　　话：编辑部（010）68033692　　读者服务部（010）68022950

　　　　　　发行部（010）68021338　　68020340　　68053489

　　　　　　　　　　68024335　　68033577　　68033539

经　　销	新华书店
印　　刷	三河市华晨印务有限公司
开　　本	787×1092 毫米　　1/16　　16 印张　　244 千字
版　　次	2008 年 5 月第 1 版
印　　次	2008 年 5 月第 1 次印刷
书　　号	ISBN 978-7-5092-0348-4
定　　价	48.00 元

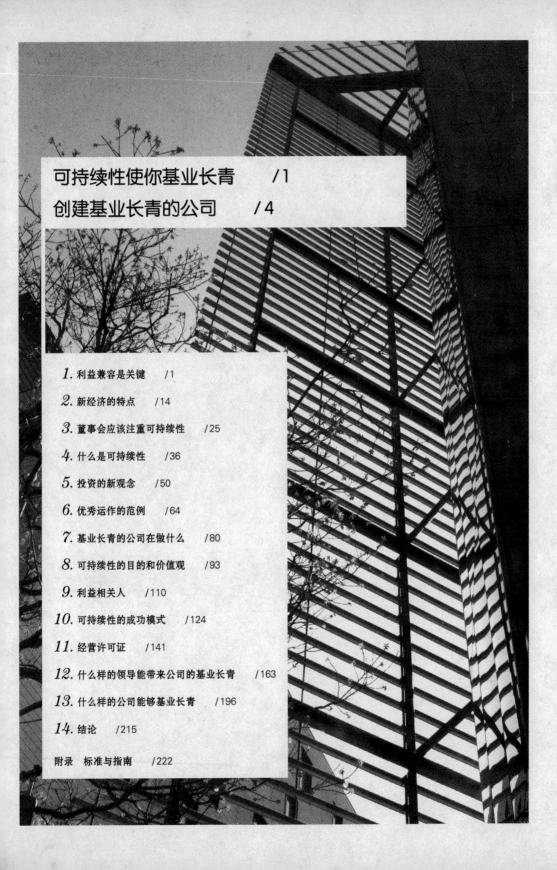

可持续性使你基业长青

20 世纪 90 年代早期，Charles Handay 在皇家艺术学会（RSA）做了一个题为"公司的目的是什么?"的讲座。Handay 所做的讲座引起了如此浓厚的兴趣，以至于在 1993 年，RSA 决定让主要企业的领导人尽其所能地阐述他们对未来公司的远见卓识。

当时有 25 位最杰出的企业领导人同意支持并参与了接踵而来的调查活动。那一次范围广泛的咨询任务是由当时 IBM 英国公司的主席 Anthony Cleaver 爵士领导的，涉及 8 000 多位企业领导人和持特定见解者。参与起草调查报告的企业领导人意识到，企业界正发生着天翻地覆的变化。一方面，全球化以及通讯技术与信息技术前所未有的发展，使得竞争环境变幻莫测。另一方面，重大的变革正触及社会的本质，包括公众越来越关注企业的成功给环境造成的影响。这些关注已从各种压力集团发展的数量、规模及其影响力上反映出来。随着东欧阵营的解体及冷战的结束，有一段时间人们似乎认为，民主与西方式的资本主义无可争议地是繁荣、公正的社会之基础。然而，现在对这种观点所提出的质疑不仅来自那些关心社会公正或环境保护的人，而且来自方方面面。还有一些批评家强调指出，市场运行方式的有些方面鼓励了短期的投机行为，因此与可持续的财富创造过程格格不入。人们越来越意识到，就投资者而言，尽管创造长期的价值和利润仍然关系重大，但在"新经济"时代，我们必须遵循全社会众望所归的可持续发展的方式，并寻找产生这些收益的新途径。

那次调查的成果公开登载于 1995 年 RSA 的报告书中，标题为"未来的公司：企业在不断变革的世界里所起的作用"。公众强烈的兴趣使该报告书的销售量超过了 4 000 本。因为这个报告既参考了其本身的研究成果，又引用了其他的最新资料，所以它对我们正在发生变革的世界作了全面的分析，并展示了"利益兼容法"的应用前景。

"利益兼容法"的核心思想在于，认为理解利益相关人的需求（即顾客、雇员、供应商、股东和社会以及环保的需求），并将之纳入企业的经营战略，这对于获取可持续的竞争力是至关重要的。

在这个意义上，利益兼容的公司在对未来的设想上持有共同的看法，具有明确而令人鼓舞的目标，并拥有一整套共同的价值观念。它们之间享有互惠互利的业务关系。它们按确定的目的和价值观经营，与利益关系者一起构建最利于双方实现其理想未来的相互关系。

利益兼容的公司具有一种成功的模式：一种测评体系，用于评估这些公司在目标、价值观以及在各个主要相关方面为实现其理想所进行的各种重大活动。应用利益兼容法，要求领导层保持思想一致，并需要对主要关系的发展进行不断的测评。实行利益兼容法没有固定的统一模式，每个公司都得自己探寻前进之路。

在报告公布以来的这段时间里，最早参与调查的企业领导人看到，实际发生的飞速变化已超过了他们所预期的规模和速度。当国际市场在 1998 年亚洲金融危机后显得摇摇欲坠之际，他们也目睹了全球经济体系的脆弱性。

幸运的是，得益于一些人的高瞻远瞩，这个报告没有被搁置于 RSA 的图书馆中堆积尘埃。紧随着它带来的冲击，很快就建立了"未来公司研究中心"，该机构的任务是提出一种对利益相关人及社会都同样具有实际意义的可持续发展的经营构想。其目的是要以经营方法来探究企业可持续发展的成功原理，并在整个经营过程中探索获取成功的最佳途径。"未来公司研究中心"的工作得到在英国名列前茅的诸多公司的支持，这些公司一方面努力在其内部应用"利益兼容法"的原理，另一方面打算在整个行业里更广泛地宣传这种经营策略。

自从研究中心于 1996 年成立以来，在过去的几年中，"利益兼容"这一术语已经广泛地为英国企业界所采用了。现在，绝大多数的公司都认识到与利益相关人之间的相互关系的重要性，涉及利益相关人利益的董事职责也即将被写入公司法。然而，谈论利益兼容是一回事；将之加以实践又是另外一回事——而且要艰难得多。所以，该中心的前任董事会成员菲利普·赛德勒对这几年期间所发生的事情提供了如此详尽的记述，这真是雪中送炭。他对这一领域的调查并非仅局限于英国，所描述的真实情况实际上是一场势头迅猛的全球性潮流。看到有那么多家公司——以那么多种方式——为成为更注重利益兼容的公司而努力奋斗，我个人觉得这是非常令人鼓舞的。似乎真是这样，我们的自由市场制度能够意识到变革的需要，并能对之作出反应，就像任何能够及时获悉变革需要的有机体一样，这一制度也将继续长存。

John Egan 爵士

创建基业长青的公司

本书的构思基于我长期受到的影响和最近所发生的事件。那些影响始于伦敦经济学院，我曾在那里学习社会学并辅修经济学。我对这两门学科的边缘学科很感兴趣，尤其是对技术更新、社会变革以及经济发展之间的互相依存怀有浓厚的兴趣。

后来我在国防部科学顾问部门当了 10 年的社会学家。在那里通过对军事单位的领导和组织效率的研究，我的这些兴趣又进一步得到扩充。那时，有一些能干的美国社会学家正按照美国政府签订的合同致力于这些问题的研究，我从他们那里学到了许多东西。

1969 年，被任命为 Ashridge 管理学院的院长后不久，我在读彼得·德鲁克的《停止的时代》一书时受到巨大的影响。德鲁克在其著作中作了这样的概述，就什么会碰巧成为先见之明而言，在未来的经济中，在经过彻底改进的信息技术的支持下，知识密集型工业将会成为发达国家创造财富的主要源泉。此后不久，Daniel Bell 的《后工业化社会的来临》（1972）一书为德鲁克对经济的分析增添了社会学的见解。鉴于这些著作所给予的真知灼见，我表述了自己对西方经济发展方向的明确预测，以及对其所产生的社会后果的一些理解。

从某个重要的方面来看，到此阶段，我这种看法还是片面的，但在 20 世纪 70 年代中期，这种片面性得到了罗马俱乐部的报告书《增长的极限》的修正。更令我激动不已的是，我深深地被一部名为《进步的阴影》的影片所触动，它以惊人的视觉影像展示了世界各地各种不同形式发生的生态环境毁灭的过程。

我现在觉得，我不仅清晰、公正地看到了一些重大的未来趋势，而且还预见到它们与经营战略的密切关系。特别是在 Ashridge 学院，我们已经开始在教育项目和研究中强调以下问题的重要性：

- 领导层（区别于管理层）；
- 涉及管理方式变革的特别技能；
- 作为战略资源的知识的重要性；
- 调整经营战略和人力资源战略的必要性；
- 灵活机动的组织结构的必要性。

在 20 世纪 70 年代和 80 年代初期，我们在这些领域所推行的方案并没有取得商业上的成功。那时，这些问题被认为在学术上令人感兴趣，但与企业的成功毫无联系。参与培训的中层乃至高层的经理人员顺利地接受了这些思想，甚至觉得它们令人振奋。然而他们几乎无一例外地说，在他们的公司里这些并不是当务之急的问题。少数大公司里职位显赫的经理人员和董事们既没有参加管理提高课程，也没有读过许多书。所以，他们基本上没有接触过这些思想。

然而，到了 80 年代中期，情况开始转变了。特别是对旨在提高领导效率的课程的需求急剧增长；到了 90 年代初期，开设了人力资源管理策略和经营战略与组织等内容的课程，并且很快就迎来了极大的需求量。关于知识管理和组织理论的书籍被列入了最畅销书的名单；英国最成功的管理学权威既不是某个会计，也不是某位信息科学家，而是一名社会科学家。这个人就是 Charles Handay，他在 RSA 所做的开创性的讲座提出了"公司的目的是什么？"的问题，并引发了促成当前这项工作的一连串最近经历过的事情。

紧随着 Handay 的讲座，RSA 启动了名为"对未来公司性质的调查"的研究项目。由此得出的研究报告郑重建议，未来的公司应采纳所谓的"利益兼容法"来进行管理和经营，这是一种兼顾所有利益相关人的需要与期望的经营策略，包括雇员、顾客、供应商、社区，当然还有投资者的利益。

该报告书于 1995 年公开发表，两年之后创建了"未来公司研究中心"，该中心的工作是对实现企业可持续成功的有关因素进行研究。研究中心的主任 Mark Goyder 邀请我参加董事会，并主管研究委员会。我在这些职位上工作了 3 年，从此与研究中心一直保持着密切的联系。在这期间，我越来越意识到，在 1995 年看起来似乎是革命性的思想很快就为企业界所接受了。实际上，企业界的高级人士不仅采纳了"利益兼容法"（不一定非得用这种说法表示），而且正将之付诸实践：

- 越来越多的公司不再只以财政或"底线"的措辞来陈述它们的目标，而是将体现其决策价值观的财务报表公之于世。其中有许多公司正在建立测评体系，用于评估它们实现目标的程度，诸如保护环境或者做一个优秀的法人。

- 同样，它们正积极地与其利益相关人和各种各样代表其利益的组织进行对话。

- 公司组织正变得较少集权化、发展得更快、更加灵活机动，并更加淡化等级制度。

- 对于领导才能和培养未来领导人的方法正展开着激烈的辩论。

与此同时，企业环境正经历着其他重大的发展，它们对大公司的经营思考和行动影响甚大：

- 等待已久的、所谓的"新经济"骤然出现在光天化日之下，并在企业的思考和实践中迅速成为变革的主要催化剂。
- 公众对于地球的可持续性和最富国的生活方式的认识有了巨大的提高。"可持续发展"这一术语很快成为词汇的一部分；反对全球资本主义的示威活动成为报纸头版头条的新闻；一系列谴责世界上主要国际化公司的畅销书相继问世。
- 针对可持续性或公司社会责任的投资基金的数目开始急剧增长。
- 为了改进企业的管理标准而修订公司法，以及要求董事们顾及所有利益相关人的利益的措施正在付诸实施。

我清楚地看到，一个重大的变革过程正在形成，这一进程可能对自由市场性质的资本主义产生深刻的影响。这一动向所依据的思想并非是新潮的，在寻找资本主义的新形式的过程中曾有过许多虚幻的希望。然而，在主观上我似乎觉得，这一次有如此多股力量朝着同一方向在起作用，所以很可能会发生真正的变革。但这仅仅只是通过阅读、访问零散的网站以及偶尔参加讨论会而获得的一种印象。我决心着手收集大量更充分的证据。我很快发现，事实上存在着比我在这一类书里可能概括的更多的证据和更大的进展。我发现，在英国所发生的一切同样发生在美国，在不同程度上也发生在其他的欧洲国家。

因此，我对这一趋势的论述是有选择性的。我主要选择集中于英国和美国的事件和潮流。我选择了一些公司作为案例进行研究，更多的则是依赖于可获得的相关信息，而不是更严谨的依据。我同时也意识到，试图仅在一本书的篇幅内概述变化中的全球企业界里诸多不同的侧面，这样的处理必定难以面面俱到。我为自己所做的辩护是，为了展示对诸多趋势和事件的全面看法，应将不同倾向的专业知识汇集起来，这项工作既重要但又常常被人们所忽略。

我觉得我所收集的材料在这一点上是令人信服的：它们使我对资本主义的未来抱乐观态度。我现在并不相信公司企业会主宰世界，但我的确认为它们可以拯救世界。

本书以重提对未来公司的原始调查开始（已经熟悉 RSA 报告，并了解随后未来公司研究中心所从事的活动的读者也许希望略过导言部分）。然后转而关注导致新的企业结构的各种外部趋势和影响：

- 新经济的崛起；

- 有关可持续发展的问题；

- 投资领域发生的变化；

- 公司管理方式的发展趋势。

这一部分之后是在下列标题下论述企业的所作所为：

- 企业的反应；

- 目的与价值观；

- 与利益相关人共事；

- 企业的成功模式，绩效测定及业绩报告；

- 经营许可证。

本书的第 3 部分集中论述企业组织及其领导层的新思路和新做法。

最后一章旨在作一个完整的概述并得出一些结论，同时也为今后的行动指明道路。

1

利益兼容是关键

重温利益兼容法

1993 年，RSA 开始实施"对未来公司性质的调查"。这次调查以 Anthony Cleaver 爵士为主席，与英国的 25 家顶级企业一起联手行动，其目的是为了对未来的公司形成一种共同的看法。随后于 1995 年公布的报告书促使企业的领导人改变了经营策略。该报告重点关注企业在面对深刻的社会和经济变革时怎样才能取得持续成功的问题，并注意到了几个遏止英国公司发展的因素，它们包括以下几点：

- 沾沾自喜，不了解世界；
- 过分相信对财政业绩的测评；
- 与时代格格不入的企业文化。

该报告还指出："随着企业景况的改变，竞争的比赛规则也将重新改写。

因此，就可持续成功而言，人际关系将成为比以往任何时候都更为关键的因素。"报告要求公司采纳一种所谓的"利益兼容"的策略。"只有通过深化与雇员、顾客、供应商、投资者和社区之间的关系，公司才能够在维系公众信任的同时，足够快地预知未来、创新进取、适应变化。"

报告的作者向企业的领导人发出呼吁，敦促他们在创造可持续成功的气氛中发挥举足轻重的作用。建议采取的行动包括以下几点：

- 更多地参与以国家和社区为基础的合作关系；
- 为与政府开展更公开的对话并建立更紧密的工作关系作出贡献；
- 设置效率更高的企业代理和信息交流机构；
- 与其他公司鼎力合作，提高供货联营绩效；
- 帮助消除阻碍较小型企业生存和发展的壁垒。

报告书受到了广泛的欢迎，并在工商界和新闻媒体中激起了大量的辩论。报告书里展现的那些论点在 Mark Goyder 的《充满活力的未来公司》（1998）一书中得到了进一步的发展和举证。Goyder 在 1997 年成为未来公司研究中心的主任，那是一个为进行研究而创建的独立慈善团体，其宗旨是要"激励并帮助"英国企业制定出一种更注重利益兼容的经营策略。

本书介绍了自那时以来所发生的一切，报道了不断增强并蔓延的舆论倾向。这种趋势的起源可向后追溯许多年，无疑可远至 19 世纪初的 Robert Owen。较近一段时期的开拓者包括环境保护的积极分子（"绿色组织"成员）、管理学理论家，以及进步的实业家。过去曾出现过许多"虚假的曙光"，但今天人们对这些问题以及采取行动的必要性显然有了更清晰的看法，并得到更广泛的理解。发起积极的辩论并将之转化为行动，这种做法已广泛地涉及一系列国内和国际的非政府组织、企业的行业协会和政府的各个部门。这清楚地表明了，如果企业想在 21 世纪的社会经济氛围中及环境生态条件下获得成功——真正生存下来，它们就必须考虑与其有合作关系的所有业务伙伴的利益，以及它们开展经营所依托的社区的利益。

然而，就企业的管理而言，利益兼容法还不仅仅是关系到与业务伙伴或利益相关人发展互惠关系。"利益兼容法并不复杂。它是一种对未来的展望，有助于公司或组织的管理者明确公司所代表的利益和所追求的目标，并确定什么人或事物可能帮助或阻碍公司实现那些目标。反过来，这又使公司的管理者能够作出判断，知道应该对什么进行鼓励或作出调整，以便获取最好的成果。"（Goyder，1998）

利益的兼容性涉及以下几个方面：

- 经过明确陈述、广泛交流并具有共识的目的或任务。包括对公司前景的设想，不纯粹从财政或商业上的考虑来计量。尤其应注意，创造股东价值并不被看做是企业唯一存在的理由。

- 一整套共同的价值观念，它们形成了公司及其代理商采取行动和作出决策的依据。

- 一个成功的模式。它以对长期推动企业成功的动力的深刻理解和对绩效测定的平衡方法为基础，因此它是具有前瞻性的，而不仅是属于历史的。

- 与公司的经营伙伴和主要的利益相关人群体——诸如投资人、雇员、客户、供应商和社区——建立相互信任的关系（利益关系者群体的性质和数量将因公司的不同而有所差异）。

- 在对道德标准和共同的社会责任的要求越来越高的社会环境中，赞同获取"经营许可证"的必要性。

Mark Goyder 曾提出 8 个论点作为利益兼容法的基础：

1. 企业隶属于社会。从这一点可以得出，企业的经营自由既受限于政府的调控，又受制于公众准予的"经营许可证"。

2. 企业的存在是为了满足人类的需求。在每一种经营关系的后面都存在着人类的某种需求或匮乏。没有任何企业能够得以长期存活，如果它不能够满足在从顾客到投资者的整个范围中与之发生交易的人们的需求。

3. 各种相互关系是企业获得成功之根本。比如，在《忠诚效应》（1996）一书中，Frederick Reichheld 和 Thomas Teal 说明了企业的成功与企业树立顾客忠信的能力之间有着密切的关系，这种关系所起的作用十分重要。同时他们还阐述了这种关系反过来又怎样促进了雇员的忠诚。

4. 价值观念是构建富有成效的相互关系的基础。但这些价值观必须反映在公司的实际行动中。

5. 最成功的相互关系是双赢，包括互惠以及因此带来的互信。Goyder 引用了某个供应商与统一部件公司（Unipart）接洽业务的例子：由于原材料价格的逐步上涨，该供应商建议供货价格上浮 25%。Unipart 公司指派了一个工作小组，对该供应商的生产成本作了研究，并提出了一些避免浪费和改进加工程序的办法。其结果是在供应商提出的价格上降低了 4%，同时还增加了供应商的利差。

6. 企业的可持续成功取决于领导层。注重利益兼容的领导人不仅能明确无误地表达其目的、价值观和设想，还能通过自己的行动和工作方法来现身说法。

7. 每家公司的情况都各不相同，所以必须走适合自己的道路。没有适用于所有公司的单一模式。寻求万能处方的做法既不切实际又难以奏效。

8. 任何仅限于经济概念的方法都无法预见或解释企业的成功。为了理解以经济来解释人类行为是多么的狭隘和错误，我们只需想一想促使企业家拼搏的诸多动机。

利益兼容法的实施涉及以下 5 个步骤：

1. 确定公司的目的和价值观；
2. 检查各种主要的关系并与利益相关人保持密切的联系；
3. 确定成功的意义以及成功的关键因素；
4. 测定并公布业绩；
5. 奖励并强化。

MacMillan 和 Downing（1999）指出，利益兼容法在企业战略管理与市场营销领域得到了一些最新思想的支持，特别是得到了 Hamel 和 Prahalad 与 Ghoshal 和 Kay 等重视资源的思想学派的拥护：

> 在当今世界，产品看起来越来越相似，外部采办、合资企业，以及联合公司有时难以看出一项业务会在何处结束，而下一项又将在哪

里开始。在这样的一个世界中，竞争优势来自何处？在资源学派看来，这个问题的答案在于公司处理事物的方式，那是很难照搬的。除了可以获得专利权的知识资本外，公司还可以在主要雇员的核心能力和公司的关系网——公司的社会结构或社会资本——中找到其他的无形资产。与主要客户和供应商的长期合作关系，以及主要职员的工作方法（常常是心领神会的），这些都被认为能够产生出显著的竞争优势。所有的看法都一致认为，这些能力或潜力并非随时都能通过各种机会主义的、强制的，或过度剥削的关系而获得。恰恰相反，最有价值的合作关系核心在于彼此信任和履行承诺。这些论点强调指出，互相信赖的相互关系更可能长期地持续下去，更可能促进合作、激励尝试、倡导创新，并更可能抵御短期的冲击和危机。

注重利益兼容的领导层

在未来公司研究中心的管理工作中，领导层所起的关键作用被概括为"一加五"。"五"指的是五种主要的关系——雇员关系、顾客关系、投资者关系、供应商关系和社区关系；"一"则是指领导层在提出设想和决定领导方式中所起的主要作用，领导层授权给各个利益关系群体中的人们，使他们能够重点关注怎样实现并分享公司的可持续成功。不仅公司的管理层需要这样的领导，在雇员、顾客、投资者、供应商和社区中都需要有这样的领导人。

领导层应用利益兼容法的基本原则是采纳一整套的价值观，将人际关系置于中心位置，不单从财政或商业方面来确定企业的目标。注重利益兼容的领导层十分清楚公司与更广阔的社会经济环境之间的纽带关系，特别能看清在社会和技术发生变化的形式下企业所产生的转变。

在公司组织及其动态环境之间存在着相互依存的关系，对之加以深入地理解，这将为领导层起到至关重要的作用奠定基础，并将带给公司激励人心且如愿以偿的发展前景。这样的前景应能满足主要利益相关人的需求，同时还能为发展和维持竞争优势的经营战略奠定基础。

如果这一前景得以实现，就必定能够赢得所有利益相关人的合作。因此，主要领导的任务就是要与所有的利益相关人建立互相信任和互相尊重的牢固关系，并加强与之保持联系的纽带。

实践中的利益兼容法

英国航空站管理局（BAA）是未来公司研究中心的创办成员，在适应特定行业中具体的公司环境方面，它为采用利益兼容法提供了很好的实例。

根据它的网站报道，BAA 的目的或任务是"使 BAA 成为世界上最成功的航空站管理公司"。这意味着：

- 始终致力于满足顾客的需要并保障顾客的安全。
- 不断改进所有环节和服务的赢利率和质量，降低成本。
- 使所有的员工竭尽全力地工作。
- 在同行的支持和信任下不断发展。

BAA 将其主要的成功因素规定为：

安全与保障

- 在任何时候都将安全保障放在首位，提供有益健康和安全的工作环境。我们将对管理体系进行严密检查，以最有效的方式进行系统的评估并努力消除危险。

员工与领导层

- 通过展示最高水平的个人业绩、思路清晰的领导层，以及对重大成就的鉴别力，激励员工在工作中力争出类拔萃。我们将开创富于创新精神的工作环境，这能鼓励协同工作、分享并学习先进经验、坦诚地沟通交流，并能明显地提高绩效。

社区与环境保护

- 与当地的社区建立合作关系，严格确定环境保护的目标并检查与之不符的经营方式。

经营战略

- 扩展核心航空站的管理权限以及资产与零售的潜力。我们将使非规约业务产生价值并在世界各地拓展业务。我们将在资本投资方面达到世界一流的标准，并将在利用信息技术方面取得卓越成效。经过这样的努力，我们将不断地提高赢利率和质量，实现企业种族多样化和精明筹资的发展前景。

英国的咨询公司 SustainAbility（SustainAbility, 2000）对 50 家公司公布的业务情况进行了评估，BAA 是得分最高的公司。

BAA 还是 2000 年度社区优秀企业奖中社会影响奖的决赛参加者。下面摘录了一些有关的内容。

经过广泛磋商后，BAA 签订了《社区和约》，承认要发展业务就得依赖利益相关人的"信任与支持"，这是全面完成任务的前提条件。

BAA 签订的《社区和约》的部分内容如下：

- 要求政府取消在希思罗机场再建一条跑道的计划；
- 为每个机场制定发展战略，将企业的目标与环保的管理、规划，以及社区关系结合起来；
- 听取并理解当地社区和利益相关人所关注的问题，制定切实可行的行动方案以圆满处理此类问题；
- 通过管理体系、共同的目的和目标、主要绩效指标（KPLs），以及服务水准协议等手段来提高其环保绩效；
- 通过合同、价格调整，以及其他的优惠措施来支持并鼓励生意伙伴在环保方面所作出的改进；
- 对于 BAA 无法直接施加影响的区域，通过诸如国际机场理事会（ACI）和英国国际民用航空组织（ICAO）等团体为增强环保进行了广泛的游说；
- 率先参与欧盟和本国政府对航空业的可持续发展所进行的咨询活动；

- 当一名负责任的法人和业主；
- 发展与利益相关人的合作关系，对广泛影响社区的主要潜力以及其他问题的决策程序进行商洽。

BAA 通过以下措施来达到这些目标：

- 决定适用于这类情形的解决办法；
- 密切关注当地社区，以便掌握 BAA 改善当地生活质量的时机；
- 识别外界的利益相关人对公司的战略要求；
- 创建协作联盟和合作与合股关系，为参与合作的公司及其股东创造共同利益；
- 将由于改变计划给社区造成的负面效应减低到最小程度；
- 遵循最好的服务方式和公司的价值观，为顾客提供高质量的服务，并将此要求与安全性同等对待；
- 确保种族多样化受到重视，并保证从公司的文化中消除偏见和偏执。

在向内部和外界的利益相关人公布业绩时，BAA 通过其获奖公司和机场年度可持续性报告，全面地公布了它们在环保、社会和经济方面所产生的影响。

所有这一切并不等于说 BAA 就是杰出运作的完美典范，也不是要否认它们在经营中所存在的有争议的方面，其真正的意义在于 BAA 的做法对环境保护和人们的生活质量都产生了巨大的影响。然而重要的是，在承认对群体而不仅是对股东负责方面，BAA 的经营活动和决策程序的透明度，连同其参与建设性对话的积极性，表明了它已远远超越了绝大多数的大型企业。

当然，这并不能说明，所有声称已采用了利益兼容法的公司就一定能够以相同的方式行事。有许多公司自称是注重利益兼容的，但所采取的行动则是背道而驰的。还有一些公司不仅声称采纳了利益兼容法，还将之付诸实践——或至少是明显作出真诚而勇敢的尝试。有些公司宣称只考虑股东的利益，并确实按此方针经营；而另一些公司为了吸引伦敦的投资者，声称他们在股东利益的问题上采取了强硬的立场，但在实际经营中则十分注重与客户、雇员、供应商和社区建立互惠互利的关系。

走利益兼容之路是踏上永无止境之旅，有些公司已经行进得很远；有些迄今几乎没有取得任何进展；还有些尚未起步。公司也可能不得不破坏、甚至摧毁先前构筑的轻信的关系；有时，当面临棘手的交易条款时，这是作出自动反应的结果。

利益兼容法与企业的成功

为了持续而发展

利益兼容法与企业持续的绩效之间的关系显示出巨大的力量，对此所作的最全面、最精确的论述是斯坦福大学商学院名为"为了持续而发展"的课题（Collins 和 Porras，1995）。这是一项针对美国大型企业的研究，这些企业差不多已连续 50 多年获得成功，目前在它们的行业里是无可争议的领袖。研究人员将这些公司的典型特征与另外一些公司进行比较，虽然后者还没有那么成功，但其发展势头也毫不逊色，业绩一般都超过了在股票市场的投资——区别于"金牌得主"，它们是"银牌得主"。

例如，在制药业，"金牌获得者"是 Merck 公司，"银牌获得者"是 Pfizer 公司；在电子工业，惠普公司是最棒的，德州仪器公司屈居第 2。

1926 年 1 月 1 日在这些占主导地位的公司所投资的 1 美元，到 1990 年 12 月 1 日时，其累积的股市收益可能会达到 6 356 美元。与其相比，同样的投资在其他公司所获得的回报为 955 美元，而股票市场的收益一般则仅为 415 美元。

公司之间的差异

对占主导地位的公司和其他公司所作的比较涉及 21 个方面。两类企业团体之间最大的差异有以下几个特征：

- 雇员具有属于某个优秀团体的荣誉感；
- 具有积极的思想意识或使命感；
- 连续数年持有坚定的价值观念；

- 一切行动始终符合这些价值观念；
- 向新员工传授这些价值观念；
- 保持管理工作的持续性，从内部提拔高级主管人员；
- 愿意承担重大风险；
- 对人才的超常投资。

最好中的最好

与其他公司相比，一些占主导地位的公司在各种标准上的得分要高得多。在这一点上，这些美国公司给关注长期持续发展和赢利的首席执行官们充当了典范，它们是：

- Merck、惠普和 Procter and Gamble 公司（10 分）；
- Motorola 公司和 Marriott 公司（9 分）；
- 3M 公司、波音公司、GE 公司、Nordstrom 公司、Sony 公司和沃尔玛公司（8 分）。

利益兼容法的意义与以下几点关系重大：具有清晰的思想意识、保持价值观的连续性、采取符合价值观的行动、对人才的投资以及超脱于利润和投入的长远目标。显然，好几家得分高的公司都已采用了利益兼容法——常常是从头几年开始采用。惠普公司就是一个典型：50 多年以前，该公司的创始人 Dave Packard 和 Bill Hewlett 就在一份叫做"HP 经营之道"的文件里阐明了公司的价值观念及其目标。斯坦福大学的研究所提供的证据表明，从那时起一直到他们着手研究时，该公司的经营行为不断地反映出那份文件中所阐述的利益兼容的基本原理。最近，该公司有许多大动作，其结果还有待观望。该公司将其一个部门——仪表制造部——开辟成一家独立的企业，并任命了某个没有受过 HP 方式培养的外来人担任首席执行官。在新的首席执行官卡琳·费奥莉娜的领导下，惠普公司不顾 Hewlett 和 Packard 家族的反对，一直在谋求与美国康柏电脑公司实现合并。

至少，这位新的首席执行官迄今似乎还未实现一个前途灿烂的开端。她发起的倡议是创建一种所谓的"世界电子统筹营销"的新战略，其目的是改善发展中国家低收入人民的生活水平。EIkington（2001）引用了在秘鲁的一个村庄中实施该项目的例子，惠普公司在那里安装了计算机、大屏幕的监视器和卫星信号接受器，这些设施既当做网吧又是一种营销工具，用于向利马地区销售他们在当地种植的有机柑橘。然而，费奥莉娜在外界促进可持续发展的努力，可能会为华尔街追求短期发展的欲望所限制。在美国高科技股票急剧下跌的情况下，她今后一两年将面临严峻的时刻。

企业文化与绩效

哈佛大学商学院的 Kotter 和 Heskett 教授进行的另一项研究课题力图证明利益兼容法与企业持续的绩效之间的必然联系（1992）。他们从 22 个不同的行业抽取了 207 家企业进行研究，利用一份简单的问卷调查表为每一家公司编制了一个"文化强度指数"。这份问卷调查表是针对高级管理层发送的，邀请他们从自身的角度，根据公司文化强度对其经理人员所产生的影响，对本行业的各家公司作出评价。比如，各个经理人员对其公司与众不同的办事风格或方式谈些什么，他们的价值观念有多明确，以及公司的管理在多大程度上是依照长期经营方针与努力实践，而不是只靠现任首席执行官的经营思想。

接着，他们利用以下 3 种方法，测定出这些公司的经济绩效。

1. 年收入平均净增额；

2. 年投资平均收益率；

3. 年股价平均增值率。

在过去的 10 年里，有微弱的倾向表明，文化底蕴强的公司胜过底蕴弱的公司。

对文化底蕴强、但经营业绩弱的 20 家公司——如美国通用汽车公司（GM）、固特异公司、西尔斯公司以及凯玛特公司——所作的研究表明，它们在过去做得非常出色，但面对发生变化的市场形势，却死守着已不再发挥作用的公司文化。作为一个恰当的例子，他们列举了 GM 的主要财政职能，以及在处理行业关系时的强烈敌对态度。

他们又从 10 个不同的行业中抽取了 22 家公司作一步的研究。所有这些公司都具有悠久的公司文化，包括惠普、美利坚航空公司（American Airlines）、沃尔玛、百事可乐公司（Pepsi Co）、施乐公司、Texaco 石油公司和花旗集团公司（Citicorp）。从行业上进行比较，其中有 12 家被列入绩效高的公司，另外 10 家则为绩效低的。但在这些绩效低的公司中，实际上没有任何一家经营不善——它们只是做得不像其他公司那么好罢了。

他们邀请了一些企业专家对所有的 22 家公司进行评估，这次评估主要涉及公司对领导才能的重视程度，以及对自身与利益相关人——顾客、雇员以及股东——之间的关系的重视程度。最后，研究人员将重视利益相关人的 12 家公司的业绩与另外 10 家公司作了比较，这 10 家公司的公司文化被认为是"有问题的"，也就是说，虽然这些公司的文化底蕴很强，但却不能增进业绩，也不能适应当前的形势。这次研究的结果列在表 1.1 中，所提供的数据涉及 1977—1988 年。

表 1.1 绩效差额——高度重视利益相关人的公司与其他公司之间的比较

	重视利益相关人和领导才能的公司 (n=12)	其他公司 (n=10)
销售额增长	628%	166%
股价增长	901%	74%
职工人数增加	282%	36%
利润增长	756%	1%

居首的 12 家公司比另外 10 家公司的净收入增长了 3 倍；在 1977 年到 1988 年之间，与那 10 家公司增长的 100% 相比，这 12 家公司的股票价格增值率为 400%~500%。与那 10 家公司的 7.73% 投资资本收益率相比，这 12 家公司高达 11.3%。

结 论

在实践中，利益兼容法意味着：

- 在公司确定的目标中，除财政目标外还应包括其他目标；
- 对非金融性交易区域进行业绩测定，并向利益相关人和公众做详尽的报告；
- 在做预算和策划时，考虑公司能长期健康发展；
- 在进行对话和制定政策的小组中列入公司的业务伙伴，并在作决策时考虑进他们的利益；
- 在作决策时将公司对社区的影响作为一个重要的因素来仔细斟酌；
- 在分享成功的报酬时，应包括公司各个层次的人员；
- 在创造机会时，应照顾公司所有部门的员工。

下面，我们将探究各个公司采用利益兼容法的具体方式。我们将首先考虑自 1995 年以来企业经营环境中所发生的重大变化。

2

新经济的特点

什么是新经济?

对于仅在过去的 12 个月里就引发出数百万评论文字的一件事物而言，"新经济"仍然是一个令人好奇的含糊术语。显然，这一用语不是由哪一个人杜撰出来的，也不是来自某个唯一的出处。最近几年它取代了其他一些说法，诸如"信息经济"、"第二次工业革命"，或是"后工业化社会"。不管我们将之称为什么，我们已经为"新经济"时代欢呼了许久；随着 21 世纪的到来，我们现在可以确信它终于来临了。

总是需要有一个简单的术语，可以用它来描述一连串复杂的事件，但它不应该使我们看不清那种复杂性的本质和深度。我们所清楚的是，新经济涉及的范畴要比网络注册公司和互联网广泛得多。换句话说，新经济并不同于"电子经济"或"网上经济"，虽然这些是它的基本组成部分。然而，情形正是如此，开创了网上业务的新信息技术同时也正在改组全球市场和整个产业结构，对传统的经济思维提出了挑战，并对企业的经营重新作出解释。

世界银行的总裁 James D Wolfensohn 曾强调了新经济所包含的广阔范围及其带来的冲击(2001)：

> 新经济完全就是对一次革命的速记，一次对企业的工作方式、经济财富的产生方式、社会的组织方式，以及个人在社会中的生存方式进行的革命。今天的现实是，位于印度的电话采购服务中心正在为美国的消费者服务，新技术促使一切事物发生着惊人的变化，从食品到对付热带病长期有效的健康产品。知识与信息革命提供了一个具有重大历史意义的机遇、一个在激励竞争方面具有巨大潜力的新时代、新的经济增长和就业机会，以及更便捷的基础服务和引起了有关教育和健康问题的更大冲击，最重要的是，还增强了当地社区的权利以及为贫困人民呼吁的呼声。

表 2.1 概括了传统经济与新经济之间的主要差异。

表 2.1 传统经济与新经济的比较

	传统经济	新经济
主要行业	石油、采矿、钢铁、汽车、铁路、运输	应用计算机和软件的生物工艺技术、个人服务和金融服务、专业服务、娱乐
主要资源	能源、劳动力	信息、知识和才能
产品寿命周期	按 10 年测算	按年或月测算
劳动队伍特征	以男性为主、半熟练或非熟练工人	无性别偏见；绝大比例为大学毕业生

新经济的主要方面

既然欣快症已经消失，网络泡影也已经破灭，人们就能更清楚地看出这一逐渐崭露头角的经济环境的明显特征，并能对其技术面加以正确的认识。我认为主要有以下基本要素：

- 不断增强的商业全球化；
- 大量经济活动的隐形性和无形性；
- 新技术创造的时机给企业带来的影响，如移动通信、互联网、内联网、卫星通信之类的新技术。

新经济是全球性的

　　与30年前相比，我们现在无疑是一个单一的全球性经济，但我们可以同样肯定地说，到2050年我们将比现在更加全球化，而到2100年时还会更全球化得多。全球化并不是某个单一行动的产物，不像开灯或发动汽车引擎一样。它是一个历史进程，毋庸置疑，在过去的10年里这一进程极大地加快了，但这一进程是一个永无止境的变革。因此，在什么阶段我们才能说它到达了终点，在什么时候才可以认为这一进程完成了，我们对此一无所知。

（Hobsbawm，2000）

　　制造业的生产能力将继续从西方经济大国转向能提供较廉价劳动力的国家。同样，技术使越来越多的知识性工作——如软件开发——转入低成本的经济环境。这将为新兴经济国家带来就业机会，但也将对较发达的经济国家中的非熟练工人产生各种压力。

　　全球化至少在3个方面与工业革命相似。首先，两者产生的系列变革都完全由历史原因所致。它们都反映出同样的发展趋势，像许多支流随着时间向前推移渐渐汇集，合为一体，先形成河流，接着浩荡滔天。工业革命起源于铁器时代的诸多发现、农业生产力的不断发展、寻找投资机会的资本积累，以及许许多多的技术革新，其中，意义最为重大的是18世纪后期对蒸汽动力的利用。同样，全球化的根源可追溯到许多事因，诸如腓尼基人早期的投机贸易、东印度群岛与美洲国家的贸易开放、大型企业的建立，以及资本的输出，等等，虽然最近信息技术和交通运输的飞速发展起了关键的推动作用。

　　其次，尽管从长远利益来看，它们对人类是大有助益的，但这两个历史进程在许多代人的时期里，都曾经并将继续把苦难施加于多得难以计数的千百万人身上。这涉及 19 世纪中叶的英国劳工阶级——恩格斯曾详尽地列举了他们的生活状况；也涉及今天在印度尼西亚、印度或墨西哥的城市平民。在这两种情形下，在改革个体和社会的同时，劳工组织、慈善基金会、进步的业主们，以及慈善家们都曾尽其所能地去减轻由此带来的后果；终于在 19 世纪和 20 世纪初期取得了巨大的成功。今天，尽管这些难题存在的范围更广，但在解决问题方面正取得显著的进展。

最后，这两个历史进程都集中体现了以前在技术与经济发展范畴里所经历的一切必然结果。就像 19 世纪的勒德分子阻碍不了机械化、自动化一样，反对全球化也将毫无意义；然而，竭尽全力去减少由此产生的痛苦，这无论是从道义上还是从经济上看都是可取的。

最近几年，由于越来越多地采纳了自由贸易政策并解除了对市场的控制，全球化的进程加速了。这是通过世界贸易组织（WTO），由经济合作与发展组织（OECD）的成员国坚决奉行的政策。

OECD 或 WTO 认为，鉴于 20 世纪 30 年代存在的贸易壁垒是造成世界范围经济萧条的主要因素，开放贸易对全球经济的增长已经成为一种巨大的推动力。然而，许多从事人权活动和环境保护的激进主义者则十分怀疑全球化的好处。对全球化的批评意见以及赞同全球化的论点将在下一章里进一步地详尽阐述。

"距离的消亡"

"信息网络化之本质是'距离的消亡'，它是 21 世纪初期决定社会发展方向的最重要的力量之一"（Cairncross，1997）。跨越时区的远程遥控办公正逐渐增多。当通过电子邮件、口声邮递（注：把口头信息录下储存起来供以后播放给接受者的一种电子通信系统）以及传真等手段传输的信息可以在白天和夜晚的任何时候发送或接收时，"工作日"就不再具有意义了。

无形性与隐形性

讲到实现企业的成功，传统的生产要素——土地、劳动力和资本——将

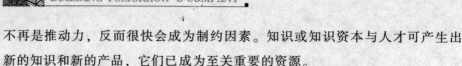
不再是推动力，反而很快会成为制约因素。知识或知识资本与人才可产生出新的知识和新的产品，它们已成为至关重要的资源。

知识经济

衡量知识的重要性的标准之一是知识产权的价值。例如，美国 1999 年在版权方面所赚取的外币居各种产品之首，远远超过服装、化学制品、汽车、计算机和飞机。美国创造了 4140 亿美元价值的书籍、影片、音乐、电视节目和其他同类版权化产品。

从 20 世纪 80 年代后期开始，彼得·德鲁克（1992）就注意到了美国制造业出口商品价值的急剧增长。从 1986 年到 1991 年的 6 年中，这个数字几乎翻了一番。这种发展速度在美国是前所未有的，在世界经济史上也是独一无二的。这些出口创汇产品具有一个共同的因素，即它们都是高额增值产品，所增加的价值就是知识。他还指出，对东道国而言，同时转让资本和知识的外国投资要比单纯转让资本的外资更有助益。说明前者的例子是尼桑汽车公司在英国的投资，它包括十分先进的产品技术的转让；关于后者的例子是一家英国纺织公司在印度建造的一座工厂，以及英国过剩的老化设备和机械的转让。

作为一种生产要素，与土地和资本相比，知识具有许多显著的特征：

- 知识不会被耗尽。如果某个人或某个组织使用某些土地或资本，其他人或组织就不可能再利用同一资源。然而，就知识而言，无论多少人都可以同时利用同一知识，而不会将之耗余。今天，由于万维网的问世，千千万万的人都能够以零成本或最小成本获取大量现成的知识。

- 知识产权很难得到保护。公司所拥有的许多有价值的知识难以得到专利权的保护。当人员变换工作时，许多知识财产就从一家公司流入另一家公司。

- 在量化知识对创造财富产生影响时，传统的会计业务不太管用。公司的资产负债表可以对企业的资本性资产和地产估价作出精确的报告，但要对企业现存知识的价值作出估价则难以实现。公司的资产价值与其市场价值之间的差异可能有所提示，但股市的估价同时也反映了其他的因素，诸如品牌的价值和对未来赢利的期望值，尤其是就网络注册的公司而论。尽管知识资本是许多新经济企业的主要投资支出，而且也是它们的主要资源，但不仅难以对知识资本的股值进行量化，甚至也难以对知识资本的利用效率作出测定。

因此，在新经济时代，企业管理的关键就在于对知识的管理，这一主题将在第 13 章作进一步的论述。与此相关的许多文献集中探讨了信息技术的作用；同样重要的问题还涉及对工作人员的管理——对不断增值和具有价值的知识性专业人才的管理。这就引入了另一个重要的焦点问题——人才管理。

也许，公开承认知识在创造财富中所起的重要作用是在 1972 年，由当时作为主席的 Ernest Woodruffe 在联合利华公司（the Anglo-Dutch Company Unilever）的年度大会上发表的讲话里首次提到。他说，联合利华有一些拥有同样资本的竞争者，它们面对较低的征税并享受政府补助金。然而，它们所缺乏的是联合利华经过多年逐步建立起的拥有多种知识和商业技能的巨大的机构。

知识对企业的每个方面都至关重要；对企业而言——比如对联合利华——重要的知识大都不可能在书本里找到；知识常常必须通过昂贵的、有时甚至是痛苦的经历，以及潜心的探究才能获得。

知识不是廉价的。我们在世界各地花数百万来获取它。如果没有这笔支出，我们就不可能在竞争中得以生存。

经常应用知识并使之适应于当地的需要，这样的经济组织是非常伟大的。知识没有边际成本。将之应用于我们开展业务的 70 个国家，所产生的成本不会比只应用于一个国家更大。正是这一原则使得联合利华得以发展壮大。联合利华拥有的知识既广博又复杂。它是你们赢利的源泉，也是联合利华公司为与之发生业务的那些国家的人民带来利益的源泉。

人才在新经济时代所起的作用

一切知识迟早都会过时——知识的老化在今天只会加速而不会延迟。

"人才"是唯一保持不变的宝贵资源，因而是竞争优势的真正根源。所以，最好是将典型的新经济企业的性质描述为"人才密集"型，而不是"知识密集"型（Sadler，1993）。

通过下面这一事实可以生动地说明人才的经济价值：在 2000 年，美国篮球运动员迈克尔·乔丹从版权和新产品销售上所获得的个人经济价值超过了约旦王国的国民生产总值（据《财富》杂志报道）。正如迈克尔·乔丹的情况那样，在新经济时代创造财富的许多人才是不能随便用"知识资本"这样的术语来概括的。显然，诸如程序编制、药品制造、计算机，以及航天等"知识密集型"的工业就是"新经济"时代的重点工业。与此同时，音乐、艺术、体育运动，以及时装设计等领域的发展也正在突飞猛进。

"人才"这个术语所包含的那类卓越的知识技能既涉及对太空探测器和新型的微型化电子电路的设计，也包含许多杰出人物所具有的那些才干或天资，比如出类拔萃的体育运动员、演员、音乐家、作家、电视节目主持人、访谈节目主持人、建筑家及艺术家。

德鲁克（1992）评论说，就像电能一样，知识也是一种能量，只有在使用时才存在。就人才而言，这一点是千真万确的。因此，最善于识别、教育、培养，以及利用其人员中的人才的社会和公司将会不断取得经济上的成功。有关人才的管理将在第 13 章里作进一步的探讨。

新技术的冲击

电信领域的新技术正给企业组织带来一连串的威胁和机遇。特别是在从 20 世纪过渡到 21 世纪的这几个关键年头里，我们已经看到对互联网的应用有了迅猛发展——被应用于各种用途，诸如广告媒介、更好地促进供应商与消费者相互作用的营销工具、与利益相关人和广大公众联系的通信手段，以及进行学习的媒体等。

这导致了许多新的短期竞争者涌入市场，吞噬老企业的市场份额。成功的企业组织现在正以各种各样的形式出现。新的竞争原型可能是某个拥有巨大财力资源的跨国公司；也可能是某个既有思想又精通电脑的满腔热情的年轻企业家，他本能地感悟到现在完全有可能开创一家独自一人经营的全球性企业。简言之，几乎没有任何一家现存的公司不受到互联网的潜在威胁，比如互联网可能会削弱它们在规模、地理位置、时机、距离，以及物质资源方面的优势。

在《距离的消亡》一书里，Frances Cairncross（1997）描述了怎样通过创造性地利用技术，小公司现在也能够提供在过去只有大公司才能提供的服务。创办新企业的成本在下降，因此将有越来越多的小公司诞生。许多现存的公司将发展为由独立的专门公司组成的网络；因此有更多的人将在更小的单位工作或独自工作。

此外，技术突飞猛进的发展使得做一切事情都很可能会显得过早或过迟。在如此的世界里，确定投资或产品开发的时机变得至关重要，公司处理这个问题的方式决定了谁会半途而废，谁将顺利地进入下一轮。不论时机有多么短暂，目标就在竞争对手的前面。

作为表明技术发展日新月异的一个例子，摩托罗拉于2001年9月透露，它已拥有比现有技术快40倍的微型芯片，这将使流动式接收图像的技术能够应用到移动电话上。其首席技术官声称，这一发明具有改变电信和计算机工业的巨大潜力，其改变的力度就像1958年发明第1块芯片那样彻底。

传统经济并未死亡

为了摆正问题的位置，需要说明这些观察到的现象并没有暗示经济秩序正遭到彻底地破坏——新经济是传统经济的一种"附加物"；它并没有取代传统经济的位置，正如工业社会是先于它的农业社会的一种附加物一样。传统经济时代的各行各业将继续运行。事实是全世界将比以前建造更多的汽车和飞机，修建更多的道路，并生产更多的钢铁。不同之处在于，在OECD的成员国，与提供通信、信息、娱乐，以及专业或个人服务的新兴行业相比，这些传统工业活动占有的国内生产总值的份额将越来越萎缩。

新经济与社会责任

代表网络革命所提出的主张之一就是声称，从本质上看，在互联网上注册的公司是对社会负责的。这种假定出自各种各样的理由，包括网络注册公司给环境造成的可感觉到的影响低、它们有关弹性工作的办法先进，甚至还包括它们大多数的创建者年龄相对年轻。在英国政府的支持下，对电子商务活动给社会和环境造成的影响作了一次调查。此时此刻，调查的初步结论正对上述的假定提出质疑。

这次"数字技术前景调查"在 2000 年初由英国研究可持续发展问题的非政府组织"未来论坛"发起，曾得到了 14 家公司的赞助，包括美国在线公司（AOL）、Amazon 英国公司、英国石油公司（BP）、美国石油公司（AMOCO），和联合利华公司。该调查明确指出，虽然网络注册公司的管理层对公司社会责任的措施具有热情，但却几乎没有采取任何行动将这种热情转变为具体的行为。

未来论坛的策划主任 Jonathan Porritt 认为："显然，我们得到的是一种具有两种思想倾向的陈述：在理论上对公司社会责任中可能想到的一切给予支持，但在行动中则决定完全退出。"在撰写调查报告时，从对 150 家网络注册和信息技术公司的全面调查中收集到了更多的数据，有 78 家企业的回答表明，公司绝大多数的高级经理人员和首席执行官们都认为，对他们的公司而言，社会与环境问题是"重要的"，或是"极其重要的"。其中大约有一半的人也赞同这种看法："具有良好的环保与社会声誉的公司可以从改进后的经济业绩中受益。"

然而关键在于，在被调查的公司中，大约有 3/4 的没有制订出具体的制度或政策，用于检测公司或其供应商对社会和环境的影响。其主要原因包括缺乏对社会或环境影响的认识、缺乏时间或资源，以及缺乏对于公司业务的专门知识。就这一点而言，该领域的网络注册公司所面临的压力与其他中小型的企业所面临的是相似的，这些公司也很少制订正式的社会与环保政策。

设在英国的 AOL 公司是少数着手处理公司社会责任问题的网络注册公司之一，它指派了一位社会统筹部门的负责人。这家公司已开始通过向社区进行投资的方式，解决诸如无家可归等各种各样的社会问题。

在美国，网络注册公司对环境的影响越来越处于压力集团和投资人的监督之下，在其他地方的情况也大致一样。欧洲已提出了 3 项新的欧洲公民立法倡议，以便帮助在互联网上进行商业域名注册的企业能更充分地意识到公司社会责任问题。

这3项提议中的第1项名为"数字技术的欧洲"，是一项投资100万英镑的方案，由 Vodafone 公司与太阳微系统公司（Sun Microsystems）资助。该计划将对8个部门的电子商务活动给社会与环境造成的影响进行研究，然后寻求办法帮助这些部门的公司，使它们的经营活动变得更具有可持续性。这8个部门包括金融服务、音乐、纸浆与造纸、食品零售、汽车制造、书籍、个人电脑及二手商品。该项目将由主持数字技术前景调查的可持续发展研究机构未来论坛跟另外两家欧洲组织——设在德国的 Wuppertal 研究院和设在意大利的 EniEnrico Mattei 基金会联合实施。该项目将得到欧洲委员会（European Commission）的资助，因为它想要将数字技术前景调查中所得到的经验教训"在全欧洲的层面上"推广应用。

除了数字技术的欧洲的项目外，未来论坛还将建立一个永久性的政策实验室来贯彻这次调查所概括的思想。它还与设在英国的 Demos 智囊团结合起来创建了一个支持"电子企业家"的网络，这些企业家想使其公司变得对社会更负责任。创建网络的想法是数字技术前景调查所提出的建议之一。该调查认为，许多电子企业"对于进行社会和环境改善所必需的基本政策和制度尚有许多需要学习之处"。

该调查还建议，电子企业应该利用万维网来"为实时的、多媒体的报告，以及与利益相关人的对话"制订新的标准，并指出，这些公司应为涉及环境和社会问题的电子商务的安全提供在线的保证方案。

结 论

正如其他社会经济变革的巨大浪潮一样，新经济在带给我们好处的同时，也将带来问题。用世界银行总裁 James D Wolfensohn 的话来说（2001）：

> 新经济具有巨大的潜力，能产生巨大的发展效益并真正促使社会
> 和环境得到改进，但要达到这些目标，则需要地方、国家，以及全球
> 的参加与介入。如果我们通过鼓励对社会与环境负责任的企业行为，

确使社会能充分利用出现的机遇，新经济将能够最有效地产生成本效益的顺差。通常，这一目标最可能通过合作关系来实现，与文明社会和劳工组织、企业、政府，以及国际机构一起，共同创造协同作用产生的增效作用。

目前，发达国家的经济结构横跨经济增长的 3 个阶段——农业阶段、工业阶段和后工业化阶段。对于就业率和国内生产总值而言，后工业化部门——主要由各种各样的服务行业组成——显然是规模最大的。对所谓的传统经济与新经济的分类或区别之间有着某些联系，但这些联系并不是绝对的。其区别在于前者拥有大量的制造业和农业，而后者则产生了许多服务部门。然而，随着新技术——从卫星通信与计算机模拟到遗传工程学——被引入传统工业，这些差别正变得越来越模糊不清。因此，无论未来的公司可能归类于什么部门，它将越来越需要妥善地管理知识和人才，并有效地利用新经济提供的技术。

德鲁克在《停止的时代》一书中指出，在知识经济中，学校跟农民一样，在很大程度上也是主要的生产者，但他们的生产力也许更为重要。自那以来，各国政府对此的理解以及采取的相应措施各有千秋。毫无疑问，英国历届的政府在这一方面所作出的成绩是十分显著的。然而，向社会提供有能力并能胜任未来先进经济所需要的各种专门人才，这并不只是国家的学校和大学培养人才的责任。事实上，鉴于所面临的日新月异的变化，只有通过终身的学习，所学到的技能才能适应技术的突飞猛进。在未来的世界里，成功的公司将是那些敢于接受挑战，并将自己的组织既视为学府又看做生产机构的企业。

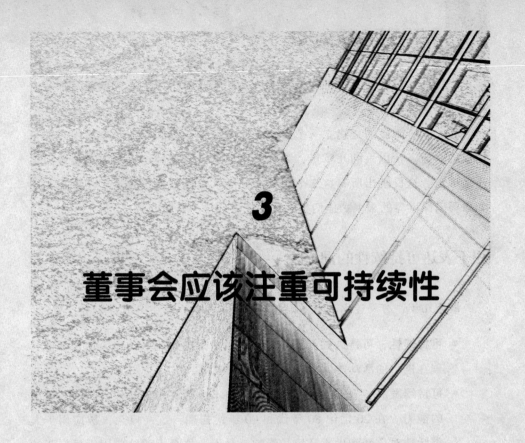

3

董事会应该注重可持续性

引 言

在这个星球上，人类的未来取决于一个复杂系统的可持续性，它包含 3 个相互依存、高度脆弱的子系统——自然环境、社会或政治体制，以及全球经济。其中任何一个的崩溃必将导致其他两个的瓦解，这是不言自明的公理。如果环境发生严重的灾难，或法律、秩序，以及社会受到破坏解体，或世界金融市场遭到毁灭，都会引发地区性的或全球范围的灾祸。

具备潜在的实力和资源，能够采取行动防止这些领域中任何部分发生崩溃的组织，只能是国家政府——特别是通过国际联盟采取行动的政府，以及企业——特别是那些大型的全球化公司。

面对如此可怕的隐患，个人不可避免地会感到无能为力。虽然对于全球变暖及其后果的担心与日俱增，但大多数的人依然尽可能多地使用他们的汽车，并找借口说仅靠一个人来节约能源是无济于事的。然而，正如在其他领域里一样，通过组成各种各样的行业协会和非政府组织，人们就能对那些有权势的东西施加强有力的影响。

因此，所需要的是建立一个由政府、大型企业组织和非政府组织三部分构成的联盟。在以后的几章里，我将提出证据表明这种结盟目前正缓慢而稳步地形成，这反映出所有这3个领域的领导人正逐渐地接受了这一事实，即如果要确保世界的未来，他们将不得不携手合作，共同努力。

用于表达可持续性的词汇

最近几年，有一连串的新术语涌入经济词汇中，其主要成分如下：

- **可持续性，可持久性**：指一家公司、一个国家或一个地区达到了使其现在进行的活动能够得以长期持续的程度。

- **可持续发展**：满足当代人的需求，而不会损害未来几代人满足其需求的能力。在20世纪80年代和90年代初期，这一概念仅被应用于人类活动对自然和生态环境的影响。最近，这个术语被应用于更广泛的意义，包括了人类活动对社会和经济的影响（在2001年，对环保管理所颁发的女王工业奖被具有更广泛意义的可持续发展奖所取代。但不管怎么说，所有的嘉奖赞词都与自然或生态环境有关）。

- **利益兼容的公司**：如导论中所给的定义。

- **利益相关人公司或社会**：就一家公司而言，在其中，所有与之有着重大关系的各种团体的利益都被给予应有的考虑，这些团体主要指顾客、雇员、股东、供应商和所处的社区。就社会而言，在其中，所有的阶层和公民群体都认为他们与该社会有着利益关系。

- **公司社会责任**：企业组织被认为应承认并在行动中反映出它们对社会应尽的义务。

- **法人公民职责**：企业为履行它们对社会的责任所采用的方法。

- **利益兼容的报告、社会报告、社会审计、社会道德会计，以及三重结算底线报告**：在避免使用纯财务术语向其利益相关人和广大公众报告它们针对经营目标所获得的绩效时，企业组织所采取的各种报告程式。"三重结算底线"这个术语是由 John Elkington（1997）提出的，指三个方面的业绩——经济、社会和环境。

可持续发展趋势的起源

在 20 世纪的后 30 余年，公众对商业活动和当代经济发展模式的可持续性的关注集中到它们对环境造成的影响上。John Elkington（1997）认为 Rachel Carson 的《寂静的春天》（1962）一书触发了环境保护的革命。她使公众注意到因为使用化学杀虫剂和其他有害物质对野生动植物所造成的致命毁灭。因此，诸如地球之友和绿色和平之类的环保组织相继诞生；对世界野生动物基金会一类机构的支持迅速增长。然而，在比这还早大约 14 年时，William Vogt 在他预示未来的作品《通往生存之路》（1948）里就已注意到了在人类与其环境的关系上存在着明显的问题，这些关系"正不可避免地对人类的未来世界施加着巨大的影响。如果不予理会，它们将肯定会摧毁我们的文明"。他继续激励美国人民：

> 任何读过这本书的人都将赞同作者的看法——作为美国人是多么的幸运，当这本书完成后，这一信念将变得更加牢固。我希望我可以帮助人们增强这种认识，并希望随着这种认识的提高，人们对作为一个有用的成员所享有的机会和所担负的责任的认识也将得到提高，不仅作为自己国家的，而且是全世界共同社会的有用的成员。我们没有善待我们的国家；面对过度的浪费，只是由于国家的富饶与慷慨，才使我们过上富足的生活。我们现在依然剩下许多财富；在我们妥善而又节约地使用这笔财富来解决自己的困难时，出于人类的宽容大度和自我保护意识，我们必须利用我们的资源去帮助资源匮乏的民族。

1970 年，一部由一位耶鲁大学法学教授撰写的书问世了——《恢复美国的活力》（Reich，1970），并连续 13 周列为美国的畅销书之首。该书一开始，就以其毫无掩饰的句子紧紧地抓住了读者的注意力，"美国正在兜售死亡，不仅向其他国土的人民，而且也对它自己的人民。"Reich 继续作出坚定的断言：

一场革命即将来临。它将不同于过去发生过的任何一场革命。它将从个人与文化开场，并将以改变政治结构作为最后一幕。它的成功将不诉诸暴力，但它也不会为暴力所抵挡。它现在正以惊人的速度蔓延，所以我们的法律、机构，以及社会结构都已经在发生变化。

现在证明，Reich 的乐观主义显得为时过早。正如 John Elkington（1997）指出的那样，在那之后的 30 年中，保护自然资源的热情时冷时热。他将之归结为 3 次浪潮。第 1 次从 Reich 的书问世起开始，经历了罗马俱乐部的报告书《增长的极限》（1972），然后随着石油输出国组织（OPEC）在 1973 年采取的提高原油价格的行动而夭折。接踵而来的世界经济衰退时期眼睁睁地看着环境问题被束之高阁，被降到了议事日程的末尾。随后的几年目睹了在印度发生的博帕尔灾难、在南极的臭氧层里发现的破洞，以及莱茵河出现的污染。1987 年，另一个有影响的出版物帮助掀起了又一轮关注环保问题的浪潮。这一次是在挪威总理 Gro Harlem Brundtland 的领导下，由世界环境与发展委员会（the World Commission on Environment and Development）出版的《我们共同的未来》。这个报告书使全世界的读者注意到了可持续发展的观念。

Elkington 所指的第 2 次环保活动的浪潮从 1987 年开始持续到 1990 年，其标志是：全世界的政客们都正式采纳了环境保护的政策、"绿色"消费者运动的崛起，以及公众对 Exxon Valdez 灾难的愤慨。然而，经济衰退又一次将这类问题打入冷宫。尽管 1992 年在里约热内卢召开的联合国最高级会议授权对此展开宣传，但收效甚微。激进主义者在这一时期重点关注的对象是壳牌公司（Shell）及其在尼日利亚的运作情况，还有针对布伦特海底油井的辩论。

虽然 Elkington 把对公司社会责任起伏不定的兴趣与经济循环中的各个阶段联系起来，但在人们的心目中，直到东欧阵营解体，对可持续性最大的威胁却是来自于潜在的核战，牢记这一点是极其重要的。虽然那种危险现已消除，但随着拥有核武器的国家的数量增多，核战的危险很可能再次降临。在这个过渡时期，可持续发展依然继续冒着各种危险，诸如来自巴尔干半岛和中东等世界各地的武装冲突以及国际恐怖主义等危险。

Hannah Jones（2001）指出，随着柏林墙的拆除，发生了某种形式的变化，并冒出了某种新的恐惧——担心我们西方的生活方式不能再持续下去。她强调说，自那以来，已经出现了尖锐的两极分化的观点。一方面，有的人坚决主张社会责任和可持续发展与生产和消费过程相结合，但在另一方面，则有人竭力鼓吹不受制约的资本主义的好处。也许，由于对东欧阵营的瓦解过于兴奋，所以在 20 世纪 90 年代，出现了一些导致经济不稳定的极端投机活动，这使得极端资本主义者 George Soros 也表达了他的担心："不加约束的利己主义和自由放任的政策"可能会从内部摧毁资本主义。

然而，Elkington 相信，现在第 3 次对环保问题的关心与行动的浪潮正蓄势待发。这次的标志是一种更为平衡的可持续发展办法，与重视环保范畴的可持续性一样，对社会与经济范畴的可持续性也给予同等的重视。一个重要的方面是在大型公司、非政府组织和压力集团之间的关系上，合作正逐渐开始取代冲突与敌意。在世界上越来越多的最强大和最有影响力的公司里，可持续发展现已成为董事会的议事日程中不可缺少的一部分。保持这一势头，顺利地度过下次世界性的经济衰退，这是我们在未来将面对的主要挑战。

Simon Zadek（2001）将最近人们对公司社会责任重新感兴趣视为新经济的崭露头角：

> 新经济的成功在于，公司既能够树立起产品与服务的技术质量意识，也能够与主要的利益相关人建立起某种共同的价值观念感。实现这一目标的公司将可以为它们适应消费者生活方式的名牌产品争取最大的盈利，保证最优秀的职工能对企业全心全意地工作，并最有效地抵消来自逐渐全球化的非政府组织网的批评。

为什么对可持续发展的态度在改变

对可持续发展的态度发生改变的原因可以从诸多趋势中看出。

越来越富裕

首先，西方社会变得日益富裕，这使得人们的价值观念发生了根本的转

变，从支持在物质匮乏的条件下为了生存而奋斗的传统价值观，转向了鼓励更多注重生活质量而不是物质因素的价值观。生活在贫困条件下，失业率高的社区将欢迎在其周围修建新的工厂，因为他们更看重物质繁荣及其带来的就业机会。他们不太关心烟囱里冒出污染环境的浓烟、锻造车间里发出的噪音，也不在意既危险又有害的工艺流程。然而，一个繁荣昌盛的社区将反对任何不利于环境的发展，特别是当这种发展威胁到他们所呼吸的纯净空气，或夜晚散步时所欣赏到的悦目景色时。

全球化

第 2 个主要的影响是许多经济组织所取得的真正成功，成功使它们变得规模庞大、实力雄厚。在全世界最大的 100 个经济组织中，有 50 个是大公司。通用汽车（General Motors）的销售额大致相当于丹麦的国内生产总值，世界最大的 200 家公司的总销售额几乎占了全世界经济活动的 1/4。通过兼并与收购，它们的规模还在继续膨胀。Vodafone 公司已经兼并了 Mannesheim 公司，Smithkline Beecham 公司与 Glaxo Wellcome 公司，AOL 公司与 Time Warner 公司也相继合并。

最近反对"全球资本主义"的骚乱就表明了人们对行使这种巨大权利的方式感到忧心忡忡。John Le Carré（2001）在文章中指出，国际制药工业已取代了前东欧阵营从事间谍活动的地位，成为公众的头号敌人。

像 David Korten（1996）、Naomi Klein（2000）和 Noreena Hertz（2001）一类的批评家都指出，以前以保护人们的工作和生活方式以及保护自然环境为目标被采用的某些"反竞争措施"，现在却正在土崩瓦解。他们强烈要求"公平"贸易和自由贸易。他们把国际竞争看做是阻碍采取重大措施改进目前经济、环境或社会问题的主要障碍，不论这些问题是存在于发达国家、发展中国家，还是非工业化国家。全球不受管制的资金流和多国公司却相对不受国界的限制。因此，这些大公司要么通过实力，要么通过威胁撤走投资的做法，迫使国与国之间为资金、就业（并因此为选票），以及日益稀缺的资源相互竞争（见第 6 章 Klein 的评论文章）。

有人指出，没有任何国家会单方面地想要解除对金融市场的管制，因为采取这种行动可能会导致资本抽逃、货币贬值及通货膨胀，如果不是导致经济彻底崩溃的话。同样，有些政策——如针对要求更高的公共开支，或者更高的工业成本的环保或社会问题的政策——会被以丧失竞争能力、引起不良市场反应，或威胁到就业等为理由而遭到反对：为什么有关减少使全球变暖的排放物而缔结的国际协定难以成功，其原因也是全球化竞争，因为要使这类目标获得成功，就得对全世界的工业进行广泛的结构改变；在目前的市场条件下，这样的改变是不可能被考虑的。

此外，作为处理经济问题的超国家权威机构，WTO 享有保留资本和公司自由流动的权限：用于限制独立国家权利的真正力量。因此，在解除对资本市场的管制时，国家便释放了一股它们不再能够单方面控制的力量。

据说，全球化产生出了"无国籍公司"；人与资产的流动以及交易的发生都无须顾及国界。几乎没有管理章程，逃税现象比比皆是。吸引外资与增强出口竞争力的急迫需要左右了政府的态度。国家的财政和货币政策容易受到来自外部的影响和压力。贸易和财政的全球化发展比政府间的任何管理和控制形式的变化都要快得多。

事实上，十分庞大的公司正操纵着政治和经济大权。这种机构的合法性越来越受到置疑，许多公司正意识到，为了维护"经营许可证"，它们必须做点什么而不仅是循规蹈矩。

许多团体和组织正试图向国际经济体系提出挑战，并采取一系列的对策来削弱它对发展中国家的影响。包括全球化国际论坛在内的组织在西雅图、布拉格、伦敦以及热那亚等地都举行了示威以反对 WTO。这些示威活动使广大公众注意到了这个问题，并明确地将它摆到了国际议事日程上。联合国对 21 世纪的议程已经引发了很多思考，并促进了各地对环保问题所采取的行动。

Adair Turner（2001）对贸易自由化的成本效益提出了一种比较温和的观点：

> 全球经济一体化提供的选择比它限制的更多。发展中国家和全球
> 性机构所面临的挑战是要实现全球自由市场的净利，同时设法去弥补
> 它们内在的不足。虽然全球资本主义并不像它的反对者所宣称的那样，
> 是促使环境毁灭和国家之间不平等的驱动器，但它也不是一条通往经

济最高境界的康庄大道……在很大程度上，全球性经济的兴起依然使"富有人性面孔的资本主义"的潜力清晰可见……我们应该对自己有信心，相信我们有能力将市场经济的推动力与对利益兼容社会的需求，以及对自然环境得到保护与改善的需求结合起来。

国际货币基金组织（IMF）对外关系部主任在投给《独立报》（2001 年 5 月 5 日）的一封信里举例说明了 IMF 的观点。他在信中强调指出，造成发展中国家贫困的原因很多——战争、管理不善、缺乏资源与机会，以及不适宜的政策等，并肯定地说："与没能得到 IMF 项目资助的贫困国家相比，那些获得项目的国家的人均收入得到了较快的提升。"

新技术

第 3 个问题来自于商业发展与技术开发之间的密切联系。虽然人们知道技术对于人类的进步所起的作用，但他们也对技术抱怀疑态度。对非自然食品的国际性抵制已经发生了，有关过多使用移动通信设备造成的健康问题也越来越引起人们的担心。

同时，互联网的发展已使人们可能迅速获取有关各家公司最新动态的信息，不管是出于好心还是恶意：

> 互联网不仅是一种经济有效的发送或接收信息的方式。首先，它意味着在一天 24 小时内任何时间都可以接收发出的信息。因此公司已无秘密可言，从这一点来看，互联网正在改变人们对公司的期望值。我们预计利益相关人将不会满足于对历史案例的研究；将不断地期望为他们提供了解公司策划与经营的真实"窗口"。与此同时，诸多公司都已意识到，互联网为非政府组织和其他针对企业的批评家提供了许多机会，使他们能够以超常的速度发起并调整反对运动，这就要求公司作出比以往更快的反应。

（Sustain Ability，2000）

越来越多的诉讼纠纷

特别是在美国，但其他地方也一样，个人或社区常常就他们认为是破坏性的行动向公司提出诉讼。法庭判决的赔偿金的数目大得足以威胁甚至是大公司的财政稳定。Texaco 石油公司的例子就非常典型（见第 10 章）。

具体的环保问题

现在，人们真正开始对经济发展给环境带来的影响感到担心了。绝大多数的人现在都相信全球变暖正在发生；污染事件严重地影响了当地的社区，反复发生的漏油事故不断使大海和海鸟的生命遭受毁灭，也使度假人的海滩遭到破坏。近来政府之间对气候变化所作的调查报告就是一连串催人觉醒的警铃中最近的一次。

教育

数年过去了，今天，就许多国家的孩子们而言，他们所受的教育已使正在成长的一代年轻人警觉到了可持续性的问题——或至少使他们意识到了环保的问题。就年龄较大的群体而论，这一过程则通过诸如有说服力的电视纪录片，以及对某些环境灾难所作的宣传来加以补充。

结 论

经过几次错误的开端之后，可持续发展的问题现在明确地放到了议事日程上。这个术语现已被牢牢地收进政治和商业的词汇里，这类问题也受到了政界和商界的关注。不同领域的广泛力量已经联合起来，使人们的价值观念产生了极大转变。

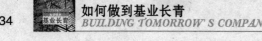
一些公司关于可持续性的申明

BP 公司

我们欢迎可持续发展为更好地调整工业与社会议程而提供的机会。我们需要参与解决关于世界未来能源供应的复杂问题。我们不希望被看成是一个影响可持续发展的问题，甚至也不想被看做是这个问题的一部分。我们希望参与解决主要的公共政策问题，如气候变化、环境保护及人权等问题。

INTERFACE 公司

什么是可持续性？它不仅仅是环境保护主义。它是关于不损害我们未来的社会、经济以及自然资源的生活和工作方式。就企业而言，可持续发展意味着，我们要投入像管理金融资本一样的精力来管理人才和自然资本。它意味着我们要拓宽认识，以便能够充分理解我们所作出的每一项选择的"真正成本"。

NORSK 水力发电公司

NORSK 水力发电公司将处于环境保护与工业安全的前沿。我们所面临的挑战是要在保护环境与满足人类需求之间寻求恰当的平衡。NORSK 水力发电公司的使命是既要爱护环境，又要为未来的几代人造福。这将是我们公司制定经营方针与作出决策的基础。NORSK 水力发电公司在环保政策上将显示坦率和诚实。我们将详尽阐述并公布我们经营活动中所有有关环保的重要情况。

NOVO NORDISK 公司

可持续发展依然是一个错综复杂的挑战——因为难以确定这个术语的含义，而且难以把握能够衡量我们取得进展的方法。我们怎样才能确切地给"地球所具有的最大限度"下定义，又怎样才能确保我们没有"危害未来几代人满足其需求的能力"？

尽管存在词义学上的问题，但可持续发展的概念具有一个重大的优点，它认清了经济、环境及社会三个范畴之间的互相依存。这就阐明了这一事实，即可持续发展并不是什么仅靠某个公司就能完成的事。相反，为了确保我们的产品能够满足真正的需求，并以一种对环境安全的方式从事生产，我们必须与我们的顾客、供应商，以及其他的利益关系者紧密合作。

Ian Wilson（2000）将所有这些挑战汇集起来的影响称之为"新改革"，包含了人们价值观念里的 8 个重要的转变：

- 从考虑数量（更多）到注重质量（更好）；
- 从重视独立到认识并重视（国家、机构、个人、人类的）互相依赖；
- 从征服自然到与之和谐相存；
- 从竞争到合作；
- 从重视技术效率到关注社会公正与融洽；
- 从按组织的需要办事到追求作为组织成员的自我发展和人身自由；
- 从接受领导到需要参与决策；
- 从重视统一性和集权化到寻求多样化、权利分散及多元化。

显然，这些趋势的强度和韧性因社区和时间的不同而有所差异，但是，正如 Adair Turner（2001）所指出的那样，过去的 1/4 世纪曾引起了一系列强有力的社会运动，这些运动反过来又引起了对公司行为期望值的改变。

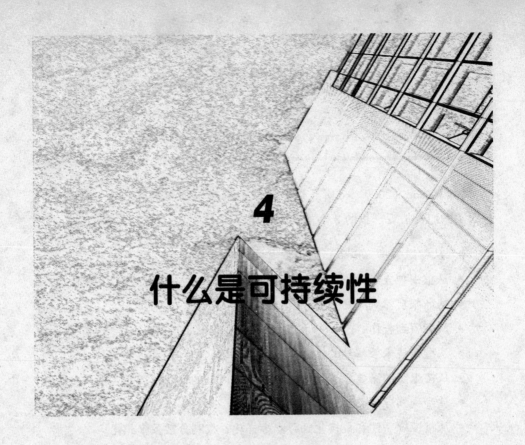

4

什么是可持续性

环境范畴

"环境"一词包含了一系列复杂的问题，其中也许以下列的问题（许多都是相互关联的）最为突出：

- 温室气体的释放与全球变暖；

- 江河湖海的污染；

- 雨林的毁坏；

- 物种濒临灭绝；

- 动物的生存权利；

- 化肥及杀虫剂的使用；

- 非再生资源的枯竭；

- 有毒废物及核废物的处置。

每一个相关的领域都有自己的激进分子群体、非政府组织，以及各国政府间的机构和委员会，而且整个环境问题从来都是无数国际会议关注的焦点，其中最为著名的是 1992 年联合国在里约热内卢举行的最高级会议。

"绿色"组织在政治上对欧洲大陆产生了巨大的冲击，并对欧共体的立法产生了巨大的影响。在欧洲，17 个国家的国会里有"绿色"组织的成员。在法国、比利时、德国、意大利以及芬兰等国，这些"绿色"组织的成员还占据了部长级的位置。在英国，由于其选举制度只有利于已经确立地位的主要政党，"绿色"组织在某种程度上还只是局外人。到 2001 年 7 月，整个英国只有两名欧洲议会议员、一名苏格兰议会议员和三名大伦敦议会议员是"绿色"组织成员。

全球变暖的论战

就其重要性而言，全球变暖本身就是一个大题目，本书无意在此重温所有相关的问题和论点。然而，在写作本书期间，这被认为既是一个对地球上生命的可持续性显得最重要，又是一个最有争议的问题 [《大学退休计划》发表了一篇探讨论文，对有关依据及其意义作了极好的小结（Mansley 和 Dlugolecki，2001）]。

随着发展中国家不断要求分享 Adair Turner（2001）所描述的"也许是世界上极少的有限资源之——大气层对二氧化碳的吸收能力"，温室气体的排放问题——全球变暖的问题——就对环境保护具有极其重大的意义。Turner 指出："如果中国在今后的 50 年里赶上美国人均 GDP 的一半，那时，中国的经济将比美国的大 3 倍，就因为中国的人口将比美国的多 6 倍。"无需多少想象力就可预见这种增长速度对全球变暖带来的冲击。

2001 年初，国际气候变化调研组报告了它最新的调研成果。它说世界的气候在明显变暖，这种变化可以肯定是由于燃烧固体燃料而引起，其罪魁祸首是一些石油公司。一些世界上最大的石油公司与其他许多大公司联手，强烈反对 1997 年的京都议定书。京都议定书要求从 2008 年到 2012 年间，在工业化国家，以 1990 年温室气体释放量为基准，降低 5% 的排放量。他们建立了一个国际游说组织——全球气候联盟以反对全球气候变暖理论。

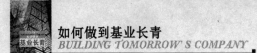

　　BP 公司撤回了对全球气候联盟的支持，它已经订立了一个排放量目标，以 1990 年排放水平为基准，到 2010 年降低 10% 的排放量。BP 的首席执行官 Browne 勋爵向世人声明，他是一个严肃对待环境问题的人，尤其是对待全球变暖问题。BP 已经引进一种内部市场机制，作为降低温室气体排放的一种措施。该公司的每家企业都被给予排放封顶限额。各企业可以通过降低排放量，或者在内部市场上购买排放量指标的方式来达到限额要求。排放指标的价格由供给与需求情况而定。如果降低排放量的目标超限额完成，企业就有多余的排放额出售。如果未达目标，企业就得购买指标弥补差额。伴随着计划的实施，排放额的价格也在持续下降，因为达到降低排放指标的公司越来越多，出售指标的企业超过了购买指标的企业。这项计划被认为具有三种优势：它提高了人们对全球气候问题的认识；它打造了一根链条，把环境问题与企业战略问题联系了起来；它量化了这些问题的财政内涵（在本书写作期间，已经通过了多项计划，在 2002 年，开辟英国碳贸易市场，把这种以市场为基础的运行方式扩展到其他公司中去）。

　　根据英国非政府组织环境事务机构（BiE）的评估，另一家石油公司——壳牌公司，在第 5 个年度的公司环境约定指数排行中位居榜首。然而，BiE 报告说，最令人失望的是与气体排放和全球变暖相关的报道和目标的设定。在参与 184 项公司环境约定指数评估的 5 家公司中，有 4 家公司要么没有设定指数目标，要么所设指数目标非常低。

　　在英国，对全球变暖的感受是他们度过了有史以来最潮湿的冬天（2000—2001 年）。这年冬天洪水到处泛滥。2001 年 4 月，当布什总统宣布美国将批准京都议定书时，全球变暖的主题又成了头条热门话题。由于 Exxon 公司对布什行动的支持，Annita Roddick 呼吁国际上联合抵制埃索汽油。联合抵制行动在英国得到一些著名人士的支持，包括有争议的艺术家 Damien Hurst，喜剧演员 Rory Bremner，歌唱家 Annie Lennox 和滚石乐队一名歌手的前妻 Bianca Jagger。

　　与此同时，还有一批数量可观、畅所欲言的怀疑论群体，他们争辩说，持续的全球变暖或是根本没有发生，或是将要发生，但它是自然力的结果，气体释放的人为因素极小（见 2001 年 4 月 22 日的《星期日泰晤士报》题为

《全球变暖的神话正在危害着我们这个星球》的文章）。另一种观点是代表非洲与东方研究学派的 Philip Scott 教授的观点，他认为花在履行京都议定书上的数以百万亿美元，对于降低全球温度收效甚微。但是，如果把这笔钱花在净化水资源或用于解决世界 41 个最贫困国家的债务上，那将会更有价值（2001 年 7 月 19 日《泰晤士报》）。

他的观点在 Bjorn Lomberg 最近（2001 年）的一本书中得到了反响。Bjorn Lomberg 提出了一种引起争议的观点，他认为目前各种充满厄运的预言都没有根据。他还指出各国政府与环境机构所采取的行动实际上只能使情况更糟糕。他断言，全球变暖将不会降低全球食物的生产，也不会引起暴风雨和飓风的增加。但是据估计，用于降低全球温度的费用在 5 万亿美元左右。这将会损害世界经济的发展并严重打击发展中国家的就业、工业和出口。

使这个问题更具有争议性的是，声望极高的已故宇航员 Fred Hoyle 曾经声言，全球变暖的情况是一件称心如意的事。没有全球变暖，我们就将面对又一个冰河时期。

面对这些相互冲突的理论，人们似乎很难抉择，只好接受科学界的多数意见，并且假定全球变暖正在发生。全球变暖对这个星球上生命的影响后果将是严重的，现在采取行动阻止全球变暖的发生还为时不晚。

通过环境管理提升竞争能力

环境保护的各种原则今天已被转化为企业能够理解并能够付诸实施的计划，其结果是企业在环境问题上的合作方式上有了一个大转变。更确切地说，这包括了一系列的态度转变：

- 从单纯看到环境管理开发中的成本与困难到看到它的节省与机遇；
- 从最后才考虑污染问题到使用清洁器，再到在整个生产系统中使用更高效的技术，进而到把环境管理当做企业发展的整体组成部分；
- 从直线的"过关"思维方式与管理方法，到系统的循环管理方法；
- 从环境问题只是技术部门与专家的责任到把它们看做全公司的责任；
- 从隐匿、掩盖到公开、透明；
- 从四处游说到更公开地与利益相关人进行讨论。

高效利用能源与物质资源是竞争力的一个重要因素。在能源与原材料生产力的改善方面要穷追到底，因为它们是造成成本的直接因素。各公司将越来越多地通过把环境管理范围最大化的办法，强化它们的地位及其部门位置。这反过来又能对销售和市场份额产生直接影响。

　　例如，在引进一条新的卡车作业线时，沃尔沃汽车公司就十分注重宣传卡车的低油耗和低排放量。自此，沃尔沃在欧洲的市场份额已经上涨了35%，而且它的卡车业务的营业利润是它5年平均利润的两倍。

　　在促使一个公司关注环境驱动因素在创造价值方面的效果时，负面结果与正面结果有着同等的重要性。1994年，一家荷兰消费者杂志在对电视机进行评估时，使用了四种环境标准——能源消耗、再循环、材料及有害材料的使用。诺基亚公司在评估活动中脱颖而出，位居行业榜首，领先于一直雄居市场的老大哥索尼公司之上。一个月内索尼公司在荷兰的市场份额就降低了12%，而诺基亚公司则增长了57%。索尼公司对消费者在如何估价环境因素上所作的错误判断，使该公司每季度在每件产品上花费近100万美元。索尼现已采取必要的措施来提高其电视机产品的环境信誉，力图挽回它的市场份额。

　　从事制造业的一些公司现已看到降低排放量给公司的财政业绩（资产利润率、销售额与股本）带来的重大改善。Du Pont 公司为了鼓励员工降低排放，减少消耗，已经推出"Du Pont 安全、健康与环境优胜奖"。在过去3年里，在每年的成本节约和增加 Du Pont 与顾客的设施税收方面，这些奖励措施已产生了超过2亿美元的价值，这主要是通过降低排放和消耗而取得的。

经济范畴

　　就企业而言，经济的可持续性被简单地定义为：它是为充分满足投资者对企业发展所作的投资的预期回报，是一个企业保持持续的竞争力以及创造充足的附加值的能力。正如在第14章中将要讨论到的那样，它的内涵远不止如此，可持续性的竞争力问题将在那里作进一步的讨论。然而，这里要提出探讨的是全球经济的可持续性问题。

事实上有两种平行的经济。一种是使商品与服务得以生产和交易的"实际"经济；另一种是全球资本和外汇市场的"影子"经济。外汇市场上有数以万计的投资人在为其自身的利益而采取行动。他们的行动决定了市场的利率和兑换率，而不管政府的利益如何。譬如，在国际外汇市场上，每日都有令人惊愕的 2 万亿英镑在进行交易，其中大量数目都为投机性质的交易。

实际经济的可持续性可能会在许多方面受到威胁，但是，一种明显的潜在威胁就是影子经济中的"消融"所造成的后果。

影子经济的可持续性

在两种类型的经济中，影子经济也许更脆弱，因为归根到底维持它的是信心。因此，凡是能给予信心以严重打击的东西——主要金融场所一系列的多米诺连锁效应——都能使灾难突然发生。反复无常的通货投机所产生的风险、资本的突然抽逃、导致生产能力过剩的有限合伙投机资金中的举债资本，所有这些都被腐败与欺诈这对孪生幽灵所萦绕。对期货交易、买卖特权以及互惠资金等衍生交易的广泛应用使证券市场变得错综复杂。先进的数学方法和功能极强的计算机处理使得这一切超出了几乎所有普通投资人的理解范围。

Peter Warburton（1999）描述说，在 20 世纪 90 年代早期，宝洁公司在利用这些金融衍生交易降低公司利息负担时，确实冒了很大的风险。1993 年 11 月，宝洁公司签约参与了一项交易，这笔交易可能会大幅度地降低其 2 亿美元债务的应付利息。到 1994 年 1 月，公司在这笔交易上输掉了 1 700 万美元。到 3 月初时损失上升到 1.2 亿美元。等到公司能够摆脱这项交易时，代价已经高达 1.57 亿美元。这笔数目足以毁掉一个力量薄弱的企业。Warburton 引用这个例子旨在表明：宝洁公司的高级财政管理人员在高风险金融领域里还是新手。但是，即便极有经验和老谋深算的高手，也容易被衍生交易的复杂性所迷惑。

1998 年秋，灾难似乎临近。所谓东南亚四小龙在一年前就已陷入经济衰退。俄国政府债台高筑。八九月份美国证券市场下跌 20%。报纸上再度充满了一些与 1929 年的经济形势进行比较的文章。到了 9 月末，"长期资本管理"——一种由一群青年数学家经营的套期保值资金——面临高达 140 亿美元的潜在损失。一些悲观的批评性著作开始出现，如 Paul Krugmande 的《萧条经济回潮》，George Soros 的《全球资本主义危机》和 Peter Warburton 的《债务与幻觉》。各行各业都呼吁制定更好的金融市场规则，其中包括一些政治家、中央银行、投资银行以及一些社会活动积极分子。大约 1 年之后，金融风暴结束了。亚洲经济开始复苏，人们的信心又重新恢复，改革的呼吁再次高涨。

自那时以来，市场经历了所谓的网络经济的兴盛与繁荣。曾经一度没有利润记录的一些网络注册公司实现了 10 亿美元的价值。一些与信息产业和通讯产业相关的公司，都毫不例外地在主要的证券市场上起着举足轻重的作用。这个现实不言而喻：市场已经复苏（在本书即将付印时，市场已基本从美国"9·11"恐怖事件后的境况中得到恢复）。然而，这次给予银行家们沉重打击的危机，也几乎给长期资本管理带来灭顶之灾。人们开始强调，有必要促使国际金融市场的几个主要公司公开曝光其市场运作的过程，并促进对各种金融机构的监督。

例如，英国银行在 2001 年 6 月发布了一个警示报告，告诫全世界金融管理者对衍生信用不断增长的市场实施监控。据估计，这个迅速增长的交易领域的价值已超过 1 万亿美元。人们对这种相对新型的证券交易越来越感到忧虑，因为，它没有在经济的下滑趋势中经受过考验。在一个典型的交易中，一家机构在得到一笔费用后，同意担负另一家机构可能无法偿还款项的风险，这笔款项是在与第三方签署信用协议时所欠下的。以这种方式，商业银行就能把贷款的风险转嫁给它们的客户。在经济领域，随着信用风险的增长，这些契约骗局自然也越来越多地暴露出来。

人们又重新开始对所谓的 Tobin 税感兴趣。这个税种是经济学家 James Tobin 在 1970 年提出的。它对所有短期投机交易征收 0.25%~1% 的交易税。这会以提高交易成本的形式挫伤短期投机交易。税收的收益可以用来缓解第三世界的贫困。法、德两国总理赞成引进这个税种。这个观点得到一些国家非政府组织的积极支持。这种税的征收需要全世界发达国家达成共识。这是一个不容易解决的实际问题。

实际经济的可持续性

尽管事实上 OECD 的成员国今天的经济被不同地描绘为后工业化经济、知识经济、"无重量"经济或信息经济，也被简称为"新经济"或电子经济。这种经济的可持续性面临的最直接、最重大的威胁仍然是能源供应的问题。假如世界上的一个或更多的主要石油出产国长期停产，那将会对食品和制造业的生产与分配产生迅猛的冲击。主要工业发达社会所经历的失业与艰难困苦一定会促使经济在社会解体后发生崩溃。这种崩溃最可能的原因是中东不安定的政治局势，远不止是以色列与巴勒斯坦国生死存亡的问题。布什总统希望在阿拉斯加和墨西哥湾扩大石油开发。这种愿望无疑是由于对这种局势感到忧虑而产生的。在这种相对明确的直接威胁情况下，由全球变暖引起的各种长期问题就可能被搁置一边了。

长期解决全球变暖的问题和脆弱的石油供应问题的办法当然是相同的。一方面，降低能源消耗的增长；另一方面，开发可替代的能源。前者有赖于政府运用各种手段征收能源税、发展公共交通体系，以及研究审核与管理法规。后者的任务主要落在了企业身上，尤其是石油公司和汽车制造商身上。

经济增长与生活质量

倘若西方式的自由市场资本主义仍然长期占经济体系的主导地位，在理论上，经济增长就能够提供所需资源以创造全球可持续发展的条件；能够使人们摆脱极度贫困，满足社会需求；能够提供所需的投资资本以推广更清洁和更有效的生态保护技术。但是，经济增长本身能带来更高的生活质量吗？大量证据表明这是不可能的。

David Korten (1996) 在其《当公司统治世界之时》一书中指出：1954年，当时的英国国库大臣 R.A. Butler 说过，到 1980 年，3% 的年经济增长率就能使人均国民收入翻一番，使每一位英国人比他们的父辈富一倍。1989 年，Richard Douthwaite 分析了英国经济增长的益处，并且发现自 1950 年以来，几乎每一个社会指标都进一步地在恶化，如慢性病、犯罪率、失业率和离婚率。最近，英国政府出版物《社会趋势》着重论述了贫富悬殊扩大、单亲家庭中越来越多的人无家可归以及许多关系的不稳定性趋势。在美国也有类似的讨论。虽然美国是全世界平均收入最高的国家，但是，在无家可归、婴儿死亡、滥用毒品、凶杀、福利人口和监禁人口的百分比等方面，它的情况比其他任何发达国家都更糟。

在 1997 年 10 月，英国国家经济社会研究院在一篇评论文章中排列了人均 GDP 最富的 24 个国家，还列出了一个生活质量等级排行表。排行表根据每小时所创 GDP 值的水平以及其他各种社会因素进行排列，如估计寿命、教育水平、失业率，还有政治与民权等。其结论相当清楚地表明：生活质量与经济财富之间没有联系。

增长还是发展？

用"发展"这个词取代增长有着重大意义。它的含义在于，创造财富的过程与更广、更远的目标相关，而不仅仅是与人均收入的增长有关。在这个意义上，创造财富的多少并不是毫不例外地以财政的指标或生产的汽车、手机的数量来衡量，而是以人的基本需求来衡量：健康饮食、获取教育与医疗的机会、清洁的空气与无毒环境、免于政治迫害与免遭犯罪行为的侵害。对于国家而言，它的意义在于，要检测一个政府是否成功，应以公民的眼光看生活水平是否有所提高，而不是看一个国家的 GNP 增长与否。它意味着财富更为均衡的分配。对于企业而言，它意味着各种经营策略，把资源配置给那些更安全、更无污染的汽车，而不是生产更多的汽车。毫无疑问，无论是在世界上的什么地方，在改善人们的生活质量方面都还有很大的发展余地。正是人民的生活质量，而不是传统上狭义的经济增长，才是可持续性经济范畴的本质。

> 如果发展是不均衡的，不能满足地球上绝大多数居民的需求，那么发展就不能被说成是可持续的。

> （Brundtland 委员会）

社会范畴

人们对企业受到社会冲击的关注要早于对环境受到社会冲击的关注。19世纪的改良企业家与政治家们发起过反对雇用童工的运动，也反对在矿井下雇用妇女以及过长的劳动时间。但只有诗人们去为那些"黑暗的魔鬼般的作坊"侵蚀风景如画的田园而担忧。虽然 Bruntland 的报告提到过，在早期原始的可持续性发展的观念中包含有社会的因素，但近年来最广泛的观点则是要保护环境和保存资源。其结果是自从里约热内卢的最高级会议以来，人们在很大程度上已将可持续发展与迫在眉睫的全球环境灾难紧密地联系起来，如全球变暖、生物种类的灭绝、资源保护，等等。情况在发生着变化，可持续发展的社会或政治范畴也愈来愈受到关注。然而，从许多公司的代表人物、非政府组织，或其他压力集团就此话题所写的大量资料来看，在可持续发展的内容中，"社会"这个词的含义还缺乏相当的精确度。至于人们对"business"一词的各种含义的认识也模糊不清。与具体问题（如有毒废物的处理或渔业限额问题）相比，对社会范畴规定目标的难度更大。

依我看，一个可持续的社会应该集中关注 3 个方面：社会的凝聚力、强大的社会研究机构和健全的社会基础结构。

社会凝聚力

社会凝聚力达到相当水平的社会特征是社区与个人和平相处。在尊重他人的特定信仰、价值观和习俗的同时，协同处理一些社会问题，如犯罪、毒品、非法交易与腐败。为了使社会凝聚力强大到足以支撑其疆界内的社会结构，就必须有一个公平的社会环境，在这个环境中个人与团体都认为自己与社会利益息息相关。因而，假如社会结构瓦解，他们就害怕失去自己的某种利益。

1996 年，作为英国工党领袖出访新加坡的 Tony Blair 发表了一场演说，提出了"利益相关人经济"的构想：

> 我们不仅需要在一家公司内，也需要在社会团体内建立信任关系。

我所说的信任是我们对共同工作、共同收益目标的相互认同。只有在"利益相关人经济"的框架下，机遇才属于大家，美德才能发扬光大。任何群体、任何阶层都不会被排除在外。这就是社会凝聚力在经济上的公正。对于一个公平、强大的社会而言，它又是中心政治学左翼的传统信念。然而，倘若把这种信念重新适用于当代社会，它也具有恰当性……今日的中心经济学与左翼中心政治思维应调整自己，以适应利益相关人经济。这种经济包括所有人民，而不仅仅是少数特权阶层，或是社会群体中较为富足的 30% 或 40% 或 50% 的人。假如我们不能适应利益相关人经济的社会，那么，我们就是在浪费才能，浪费创造财富的能力，并否认一个具有凝聚力的社会——建立国家的信任基础。如果人们感到他们在社会中没有利益关系，他们就很少会有责任感，很少有为社会的成功而作出努力的打算。

虽然这种思想（或至少是它的语言表述）被新工党的第一届执政人所抛弃，但其内在思想极其接近社会的可持续发展观念。

就全球的情形而言，尊重其他民族的信仰、价值观及习俗，这种情况并不常见。发达国家生活方式的可持续性也受到来自极端主义者的威胁。他们代表着不同的思维方式和宗教上的原教旨主义思想。随着敌视西方世界的一些国家逐渐获得了核能力，核战争威胁的乌云可能又一次遮盖其他问题。常常受到敌对政权支持的恐怖主义团体，已有进行像 2001 年 9 月对纽约和华盛顿实施大规模破坏活动那样的能力。

社会机构

社会的可持续性也要求具有强大的社会机构，以家庭和社区为其主要成员。它们是构建社会的基石。在某种程度上，如果它们解体，那么整个社会也面临崩溃。这些基础机构与各商会、教堂、俱乐部、志愿者组织以及诸如街道联防等组织携手联盟，就可确立和加强更多的社会机构，并为实现更大的社会公正和环境保护发挥作用。

一个社会不仅由其成员所构成，还由这些成员所占有的地盘、他们所使用的器具，以及他们正在执行的各种活动构成，最重要的是，它还包括形成这个社会的思想。

(Emile Durkheim)

过去，在企业（通常为家庭所有）与社区之间有着各种紧密的联系。在英国就有 Bourneville 或 Port Sunlight 的实例，他们的企业也是社区机构的一员。就地方而言，社区机构又为社区的凝聚提供了重要 "黏合剂"。虽然现代企业的家长式作风就是建立在过去企业的基础上，但是为了我们社会的可持续性，企业与社区的这种联系需要得以恢复。

社会的基础建设

可持续的社会也需要对社会的基础建设进行充分的投资，尤其是在对住房、教育与培训、医疗保健、运动场馆、青年俱乐部，以及创造就业机会等方面。

社会资本

所有这些，尤其是强有力的社区纽带与 "公民参与意识" 都成了哈佛大学社会学家 Robert Putnam （2000）题为《社会资本》一文中的内容。"物质资本所指的是物质对象；而人力资本所指的则是个人；社会资本所指的是人与人之间的联系方式，即社会关系网，交互行为准则和由此而产生的信任关系。"

他把人们的注意力引向了使美国社会凝聚力下降的几个指标。作为举例，他援引了成年人参加市政公共会议和校务会议的比例情况。这个比例从 20 世纪 70 年代的 20% 降到了 90 年代早期的 12% 左右。公共政策研究所的 Matthew Taylor （1999）将这些观点应用到英国，强调要有一个更为充裕的 "公共空间"，在这个空间里学校的教职员工、公园的服务人员都要为建立一个更安全的社会贡献力量。许多进步警官把自己的作用看成是一把大锯子上的一个锯齿，其他锯齿还包括父母、学校、社会劳动者和当地的企业老板。Matthew Taylor 对此说法表示欢迎。

伟大的法国社会学家 Emile Durkheim 在发表于 1893 年的《社会劳动分工》一书中引进了 "社会反常状态" 的观念。他用这一术语描述当时社会正在发生的一种情况：控制人们相互之间行为的种种规则正在被打破，因而人们不知道相互之间能指望什么。简单地说，反常状态是一种准则（期望与行为）被混淆不清，或不复存在的状态。他观察到，在社会动乱时期（如经济萧条时期），就会有更大的社会反常状态、更高的犯罪率和更多的异常情况。突然的变革也会引起社会的反常状态。19世纪后期的法国就曾经历过这种过程。这种现象在今天的表现又会有多么强烈呢？

Elkington（1997）也使用了社会资本的观念，并引用了Fukuyama（1995）的话，把社会资本描绘成"在社会中普遍的信任所产生的一种能力"。它是对"人们在团体组织内为了共同目标协同工作能力"的检验。Fukuyama强调，社会资本的差异表明了国与国之间生活的贫富差异，以及在经济成就上的广泛差别。这是因为，如果公司能够依赖国家的社会价值支持各项业务活动的话，那么由于律师、会计和审计师费用中所发生的交易成本较低，公司就可以获取更大的利润。反之，国家就得为丧失公司对其的信任而制定更多的法律与规章。就"利益兼容法"而言，公司与其业务伙伴之间建立相互信任的关系是极其重要的。

在维护和改善社会资本方面（即在社会凝聚力、强大的社会机构以及社会基础设施的建设方面），根本的问题是：企业在独立经营或是在同政府和非政府组织合作时，它能作出怎样的贡献？对这个问题的圆满回答远不止是慈善性捐助和事业性的营销。本书将在第10章举例说明各公司对这一挑战给予的答复。

英国政府已启动了一项基金，以支持对英国企业的可持续发展的研究。工业贸易部（DTI）的这个项目名为"可持续技术的创造力"，在5年期间的投资达到1 500万英镑。这笔钱将花在对可持续性的社会范畴的研究上，如减少对地方社区的影响和对劣势群体的扶助等方面。

"欧洲公司社会责任协会"（CSR Europe）——前"欧洲企业社会凝聚力网络"——是一个由35家公司组成的协会，包括美国IBM公司、强生公司、Levi-Strauss公司，以及欧洲的几家主要公司，如BP、壳牌、德国大众汽车公司（Volkswagen）、L'Oreal公司和意大利电信公司（Telecom Italia）。CSR Europe在欧洲几个较大的国家公布了在社会发展方面业绩最佳的几家公司名单。

公布栏目分别为：雇员的参与、教育与培训、技术更新、平等机遇、道德原则、道德投资以及事业性营销。它们的报告中有关英国部分列举了 77 个针对英国公司经营行动的案例研究（CSR Europe,1999）。

CSR Europe 近来对 46 家欧洲公司进行了一项调查研究，对社会凝聚力和相关政策与实践的态度进行了评估。调查结果被分成 4 个栏目，写进首次被欧洲理事会在 1997 年采用的《欧洲就业指南》：就业能力、企业能力、适应能力与平等机遇。评估结果表明，虽然这些公司具有较强的社会凝聚力意识，但是，法人公民职责的观念在公司职员中还不够普及。这是由 9 家研究组织就本领域在社会责任投资方面的情况对本地的情况所进行的研究。研究人员借助公司的各种信息来源进行研究，如社会报告、网址以及对管理人员所进行的采访。总而言之，就上述四方面来看，欧洲最大的一些公司在很多方面的水平都十分低下。有些公司根本就无法提供所要求的信息材料。这表明它们对社会凝聚力问题还缺乏战略眼光。

结 论

在对可持续发展的整个研究中，始终存在一种含糊的假定：可持续发展的目标是保持发达国家的生活方式，尤其是被称为"西方"的那种生活方式。虽然早期几种文化的生活方式在很久以前就被毁灭了，但是，对于拯救那些今天正受到贫困、疾病、人口增长和气候变化威胁的文化来说，现在为时还不算太晚。全球的事情是全球的责任。全球的利益相关人也包括孟加拉国的受洪灾的难民、南非艾滋病的受害者和亚马逊盆地的各个部落。还须记住的是，可持续发展的最终目标是维持地球上的生命。这个总目标可以被充分地证明是与现在西方的生活方式格格不入的。

5

投资的新观念

社会责任投资的增长

在过去 10 年左右，大西洋两岸证券市场的一个主要特征是社会上对责任或道德的投资的增长。

"社会责任投资"旨在把投资者的财政目标与他们对社会正义、经济发展，或对一个健康的环境所承担的义务结合起来。在实践中，它包括 3 种明显的活动：

1. 筛选：根据道德、社会或环境对单位信托股、投资信托股或其他有价证券配股进行计算分类筛选出"正"、"负"有价证券投资组合，以排除不可接受的股并选出社会、环境业绩或具有长期可持续性的优秀股。

2. 股东的影响与参与：股东通过对话、施加压力、支持有责任心的管理层或在年会上投票的方式，寻求对公司职业道德、社会及环境行为方式的改进。

3. 事业性投资：通过投资、融资方式支持某项事业或活动。事业性投资人可以依据市场利率寻求财政收益，或取得较低的事业性投资财政收益，或其收益为零，其目的是为社会赢得某种"社会效益"。跟捐款不同的是，事业性投资人，或代表他们的社会融资机构至少可以通过偿付（贷款）或交易（股份）的形式收回他们的原始投资价值［这个术语是最近由道德投资研究服务公司（EIRIS）提出的。事业性投资也被称为社区性投资和社会指向性投资］。

社会责任投资的起源

社会责任投资基于对社会正义的长期关注。它可追溯到维多利亚时期的戒烟酒运动和为改善工作条件而进行的斗争。稍微近一点的根源可追溯到20世纪20年代，那时卫理公会开始投资股票市场，但禁止它的各个公司卷入酗酒与赌博。贵格会教徒很快效仿它们，禁止教徒制造武器。这一时期长达数年之久，各教派纷纷禁止对从事烟草、酒、武器装备和赌博行业的公司进行投资。

美国首家审查职业道德的共同基金会的历史，要比英国职业道德单位信托投资公司的发起早十多年。1971年，为了满足在越南战争中无利可图的投资的需求，Pax世界基金会应运而生。到了20世纪80年代，反对南非种族隔离制的运动之火又燃遍了英美两国。

英国职业道德单位信托投资公司创建于20世纪70年代，随着1984年员工互助储备基金的启动而得以完善。1983年，由于缺乏对公司行为研究的共同来源，职业道德投资的热中者们建立了EIRIS。

1988年，由于对环境问题和可持续发展问题的关注日益高涨，随着Merlin生态基金的启动（现在的丘比特生态基金），"绿色"的单位信托投资公司纷纷建立。

1991年，英国社会投资论坛的成立带来了职业道德与社会责任投资利率方面可共享的关键数据资料，促进了对这些问题的研究讨论。

当1984年英国第1家职业道德信托投资基金启动时，伦敦金融界知情观

52

察员估计，英国职业道德信托投资市场的最高资金额最终可能达到 200 万英镑左右的规模。然而，到了 2001 年春季，这类投资（目前称为社会责任投资）的价值已上升到 37 亿英镑，超过原来估计的一千多倍，而且没有迹象表明这种增长势头会放慢。在 2000 年，仅英国社会责任投资就占整个投资基金的 5%。这类基金在英国有 52 种，在欧洲有 175 种。

这种投资的增长与 60 年代以来的主要社会变化密切相关。它随着社会环境、人权和动物生存权运动（尤其是反对南非种族隔离运动）的发展而发展。一些主要的经济趋势——如全球化和跨国公司的出现、发展中国家的工业化、单位信托投资的大量增加、养老金以及保险公司的出现——都有助于推动社会责任投资的发展。随着这些趋势的发展，社会责任投资将聚集力量，迅速发展，奔向自己强盛的未来。

Goode 养老法改革委员会已背书指定社会责任投资为法定养老基金会。委员会报告宣称，只要遵循受益人利益至上的原则，投资政策与法律要求相符，受托方就完全有权享受职业道德投资保险。

英国政府从 2000 年 7 月起，要求养老基金会在其投资报告的原则中，陈述它们关于社会、环境和职业道德问题的政策。2001 年 1 月德国 Bundestag 也公布了类似的要求，作为新的养老金立法中的一部分。

与传统投资人相比，社会责任投资的投资人更可能是一些妇女和青年。他们从事护理职业而且至少属于某个促进资源、环境保护的组织或社会进步组织。绿色和平组织与地球之友组织的成员从 1981 年的 5 万人增加到了 1993 年的 55 万人。因此，社会责任投资在这一时期腾飞当然不足为奇。自 1989 年以来，除了两年外，这一时期社会责任投资的增长率都超过了单位信托投资方面的总投资。

积极参与

利用股东的影响来改变公司行为，这可能是未来的一个重要趋势。1997 年壳牌公司在其年会上，由公司管理专家养老金与投资咨询（PIRC）和负责公司事务的泛基督教理事会提出的社会环境政策决议案是一个转折点，代表壳牌公司资本 17%份额的持股人撤销了对公司决议案的支持。

2000 年，BP 公司和 Rio Tinto 公司的两份股东决议案把它们关注的焦点集中于环境与社会问题上。在这两家公司的年会上，这两份决议案都被采纳并且受到了空前的支持。这被看做是股东行动主义的标志。

2001 年 4 月，BP 公司 7%的持股人投票支持绿色和平组织的一个决议案。该组织由世界野生动物基金会（World Wildlife Fund）和"反对新石油开发的股东"支持，号召 BP 公司认真对待投资固体燃料给气候变化带来的威胁。BP 公司董事会把它看做一项信任案增加了投资。大部分资金来自社会责任投资基金。

TIAA-CREF 是美国最大的私人养老基金会，拥有资产近 2000 亿美元，并就人权问题与各公司直接进行谈判。纽约市养老金受托管理机构拥有资产630 亿美元，它支持其持股人的决议案，要求各公司就其对缅甸投资的人权问题进行解释并作出报告。美国持股人行动主义的一个大型联合会是宗教信仰公司责任研究中心。该中心推行了一套自己的公司行为准则——"全球公司责任"。

在英国，两家非政府组织 Traidcraft Exchange 和 War on Want 已经在实施一个题为"公正的养老金计划"的项目。该项目的出版物《公正的养老金》开辟了一个受托管理人的工具箱，以便其与各公司联系。工具箱为受托人在参与决策、使用程序、选择活动范围、处理利益冲突与业绩评估方面提供了指南。指南包括一个问题单，列出了可向各公司提问的典型问题，如腐败、劳动力水平、冲突、人权与医疗等。对每一个问题都有建议设问："公司是否考虑过股东价值的内涵？"此外，还有涉及风险评估、适用的监控政策、申报程序以及分配责任等方面的提问。

英国专家的观点

大多数英国公司股份的合法性由相对少数几个机构授予，这些机构为养老基金会和保单持有人进行投资。英国有近 60 家具有影响力的基金管理部门在市场上具有举足轻重的购销能力。他们有潜力对可持续性产生影响：在狭义上既能影响投资公司的长期健康发展，在更广泛的意义上，又对构建一个可持续的社会产生影响。显然，它们对社会责任投资的看法显得格外重要。

Ashridge 企业与社会研究中心对养老金受托人问题提出建议的 9 位主要的思想家进行了采访，其中有投资顾问和法律顾问。采访结果表明对社会责任投资的益处怀有很大的怀疑。

中心首先对他们提出关于财政业绩与社会职业道德和环境责任之间的关系问题。回答者们对一个公司的社会或环境政策与其投资价值之间的肯定联系持怀疑态度。多数人指出，大多数的社会责任投资基金的时间短得无法测评。另外一些人则认为，如果两者之间有这样一种关系的话，那只是由于选择了优势股，并且有很多公司的情况表明，它们的社会责任心很强，其财政业绩却不佳。

还有意见指出，公司社会责任的因素可能在决定长期债务方面更重要，而投资方与受托管理方则往往倾向于寻求短期利益。

几个接受采访的人对环境与社会问题进行了区别。与此同时，他们从降低成本和风险的方面清楚地看到了良好环境业绩的好处。但是，他们感到社会因素却更难加以定义，更多的是取决于主观解释。环境问题与部门的差别有关。石油工业与采掘业要比金融服务业风险更大。

虽然没有采访者引用这方面的证据，但公司良好的管理方法却被当做更好的业绩预测指标。然而，占伦敦证券交易所总资本 1/3 的英国养老基金，在 2000 年为了对养老金管理规则变化作出反应，在他们的管理政策中很快吸收了社会责任投资的原则。对 2000 年进行的 25 笔高额养老金交易的调查表明，大多数都采用了社会责任投资的原则。伦敦的帝国学院在英国社会投资论坛的支持下，发表了一份详尽的调查报告证实这些调查的详细结果（见《英国养老基金对社会责任投资管理规定的反应》）。

Ashridge 的报告引用了 5 种用于指导受托管理人的测试方法：

1. 社会责任投资政策不能降低计划资产的预期回报。

2. 社会责任投资政策的限制条件不应过于强制性而使基金不够多样化。

3. 补充规定不能引进不可接受的风险成分或繁杂的行政程序。

4. 政策对所有成员来说都应具有可接受性。

5. 受托管理人应对他们的决定以及作出决定的根据记录在案。

未来公司的投资方法

未来公司体现了可持续性企业成功的一种实际构想。它对于股份持有人和社会都具有同样的意义。这一成功观点的核心在于，它主张：如果公司有自己明确的价值观和目标，把各种利益相关人当做老板或与其保持其他的健康关系，那么，它将会产生持久的回报，并因此会以一种长期利益来回报其投资人，以保证公司能满足各种利益兼容的评价标准。当用于投资界时，未来公司的投资方法就不会将一些特别的职业道德或社会考虑的因素置于公司进行营运所考虑的因素之上。然而，它确实为大多数声称正在为各公司分析、预测其成功的可能性，并为其投资风险进行评估的人提供了一种可选择的框架。它涉及保证长期成功的各种根源，涉及理解这些根源的投资决策能力，并将这种理解服务于其终极顾客的利益。这种方法类似于道·琼斯的可持续性指数的基本方法。本章后面将进一步探讨其方法（因为"可持续性"可能引起一种观念混淆。它既适用于一个公司的长期活力，也适用于在整个社会、环境范围内创造财富的持续性。"未来公司研究中心"用"持久性"一词来指公司长期维持其股东价值的过程）。

2001 年 6 月，该中心与 KPMG 联合发表了一个报告——《21 世纪投资：一个为变化而展开的议程》。报告提议对投资机构和投资专业人员服务公众的方式进行一次彻底的检查。其中，最重要的具体建议为：

- 在公司所列的各种上市证券中，要有与其他数据一起出现的领导能力指数，使投资者能对公司的长期良好运作与持久力进行评估比较；
- 能对相关的社会与政治风险进行评估的利益兼容的分数卡；
- 给董事及其下属行政人员用来判断报酬政策的新章程，给予短期股价运动较少的重视；
- 运用多种指标或测量标准，以减少由于使用单一标准而产生的一致行为；

- 改变业绩表的制作方式，使消费者对不同投资机构的质量有一个更全面的了解。

其他进展

英国两大家慈善机构，Oxfam 和基督援助（Christian Aid）以总数为 5 300 万英镑的养老金启动了一项社会责任投资基金。

由 MORI 为英国可持续性研究咨询公司所作的一项研究反映出，英国近 2/3 的养老金计划成员希望其受托管理人在投资决策中积极运用社会环境及职业道德标准。

2000 年 10 月，英国社会投资论坛对 171 家总资产超过 3000 亿英镑的英国大型养老基金会进行了一项调查，结果表明，59%的基金会都在投资策略中融入了社会责任投资。2001 年 1 月，由 Deloitte 和 Touche 所作的一项调查显示，62%的投资管理人预计社会责任投资的利率将有所增加，5%的投资管理人预计将有较大幅度的增加。

英国"大学养老金基金（USS）道德规范"运动就是资金管理人对来自资金计划成员的压力作出的反应。USS 道德规范创建于 1998 年，目的是说服拥有 220 亿资产的 USS 采用社会与环境投资政策。这项运动的结果是增加了一名社会责任投资的顾问，以促进公司社会责任方面的工作。

英国电信公司（BT）的养老金（290 亿英镑）也已采取了社会责任投资的政策。

在美国的企业管理中，每 8 美元中大约就有 1 美元投在对公司职业道德行为的监控或支持执行社会责任标准的政策上。社会责任投资现在超过了 2 万亿美元。自 1997 年以来，增加了 80%以上，增长率大约是总市场增长率的 2 倍。

英国社会投资论坛最近组建了一个特别工作组，对英国政府提出了一些建议，旨在鼓励更大规模地运用社会责任投资基金：

- 引进了社区投资税款减除额；
- 建立了发展风险基金；

- 银行公布其对投资不足的社区的贷款；
- 给投资社区发展活动的慈善机构更多的灵活性；
- 扩大发展社区的金融机构。

社会责任投资与业绩

对于一个有各种有价证券的机构投资者而言，开辟一个基于社会责任标准或可持续性或可持久性的基金会产生许多问题。需要解决的最重要的问题是什么？客观分析从何而来？哪些公司会受到影响？持股人能采取什么策略？

社会责任投资以及其他的投资方法在投资时要考虑公司纯财政活动以外的事务，它们必须不断地与那种认为其在人与银行收支方面更重视人的看法作斗争。多数投资专职人员强调，从原则上讲，投资者在选择股票时，通常会考虑公司的财政状况、品牌价值及估价等内容。如果将社会评价标准放在首位，就会在诸多方面限制投资的范围。从表面上来分析，这又不可能改善投资的回报。

譬如，起先有 100 种股票。社会评价淘汰了其中 20 种，那么，就只有 80 种可供选择。而其他不受限制的投资人就有整整 100 种可以自由选择。假如社会标准能有效排除所有劣绩股的话，那么，传统思维就会有所变化。但是，缺乏社会责任心又不一定会对任何公司的股价造成损害，至少在短期如此。

绩效测定的重要性

可持续性对环境的标准要比社会、经济标准更为注重，这种不平衡性削弱了"三重底线"论点的说服力。它敞开门让公司去谈论可持续性，却不能使它们去身体力行，结果是降低了信用度。目前，动力只在于环境线，其他两条线的动力则不明显。金融界在本质上是相当量化的行业，它拥有再多的数据也不嫌多。但是，它在甚至只有原始数据的情况下也能运作，偶尔也能用一些巧妙的方法从这些基本的数据中发现一些细微差别。金融界正在学会运用一些非财政数据，单此一点就是对可持续性的一种积极发展。然而，在缺乏数据、缺乏产生这种数据的衡量标准的情况下，可持续性就不会被金融

界的评估标准所接纳。

追踪记录

然而，尽管上面引述了英国专家的怀疑论，来自美国的消息却令人鼓舞，在那里追踪记录显得十分重要。美国社会投资论坛是一个致力于促进对社会责任投资观念的理解、实践与发展的非营利性协会。论坛由投资界人士与各行业机构组成。他们寻求把他们的美元投在鼓励社会与环境的积极变化方面。论坛的网址上发布大量关于社会投资过程及其所取得的收益的信息。论坛指出，社会投资的收益是竞争性的，有社会意识的投资者干得非常出色。毫无疑问，越来越多的实践证据已经驱散了社会投资走势不佳的迷雾。

根据一家有声望的投资追踪公司——晨星公司 (Morningstar) 的追踪调查，两年前美国没有一项社会责任投资基金够得上五星级。但如今 21% 的社会责任投资基金都建立了五星级必须具备的 3 年记录。这个比率是整个基金行业比率的 2 倍。此外，只有 19% 的社会责任投资基金仍处于二星级或一星级档次，而全行业总数的 1/3 都位处这两个档次。

有五年记录的社会责任投资基金为数较少（共 35 家），它们的绩效虽然可以接受，但并不太引人注目。其中共有 19 家在 5 年追踪记录中比其他同行的业绩好，另外 16 家表现不佳。这并不能证明社会责任投资基金比其他基金优越，但却很难断定他们损害了股东利益。

根据非营利性的社会投资论坛的调查，即便是在 2000 年上半年骚动的股市上，社会与环境共同基金一直分别为相关种类的基金中绩效最好的基金。在 17 家拥有 1 亿美元以上资产、经过社会与环境因素筛选过的共同基金中，有 12 家分别或同时获得该行业最佳的投资追踪公司——晨星公司与 Lipper 公司的高度评价。

另一家 10 亿美元以上的基金会是 Domini 社会股基金会，它是一种指数基金。晨星的分析家 Emily Hall 说："它是社会投资界的一个标准载体。因为，它长期走势强劲。因此，它已经向'假如你根据价值观投资的话，就是自动交出钱包'的理论提出了挑战。"在纽约 Domini 社会投资公司的管理下，这项基金对 Domini 社会指数的追踪已长达 9 年。这种基金可替换由

Kinder Lydenberg Domini & Co.创建的标准普尔 500 家公司证券指数。标准普尔指数的三年平均业绩为 23.7%的回报率。Domini 社会股以 25.16%的业绩超过了标准普尔指数。这个基金会由大约 400 家公司组成，多数是一些通过多项社会环境评估的大公司。但有更大作为的是 Domini 社会投资基金。它积极参与股东活动，2001 年提出或共同提出 10 项股东协议，并就全球劳动水平问题与迪斯尼公司进行了一项为期三年的对话。Domini 还率先发行了代理股。

公民指数是另一个美国社会责任投资的大限额指数基金会。它由位于美国新罕布什尔的 Portsmouth 公民信托公司管理。三年平均回报率为 30.57%，比 Domini 社会基金高出 5%。直到 1998 年 9 月 30 日，公民指数的回报率为 176.2%，而标准普尔指数仅为 139.23%。公民指数的审查较为宽松，从标准普尔 500 家公司证券指数中筛除掉了 200 种，而 Domini 则筛除掉 250 种。公民指数的审查还包括了动物检查以及美国劳工联合会与产业工会联合会 (AFL-CIOs) 对公司的联合抵制。股东行动主义是公民指数的头等大事，市民股东今年对修改基因食品、行会多样化、性别倾向政策、商贩标准及 CERES 的环境原则（见附录）等分别或共同提出了一系列决议案。在最近一项改革中，公民指数给 12 家公司颁发了公司道德奖以表彰他们在环境、社区多样化方面所取得的成就。

研究表明，市场虽然不是总在奖励社会责任心强的公司，但是却一定会惩罚那些被指控犯有过失者。有确凿证据表明，一旦某家公司在社会方面的违约事件被公告于天下——如污染环境或违反职业道德事件，这家公司的股价就会暴跌。该公司股价的低值走势会持续多久，这还有赖于该公司将如何与利益相关人重新建立信任关系 (Svendsen, 1998)。

美国环境评估机构 Innovest 声称，在它们的"生态价值"21 项评分体系上得高分的那些公司的股价会越来越领先于那些得分低的公司。最近，一项 McKinsey 公司对投资界的调查报告说，公司的高水平管理可使公司获取每股 20%的溢价，极大地降低了这些公司的资本成本。

可持续性的领先者与落后者在股东回报率上具有越来越大的差距。目前，人们把这个现象归因于这样一个事实，即环境与社会管理业绩是评价一个公司总体管理质量的极好指标。金融分析家们可用它来更好地对公司的长期业绩是否具有超过同行的能力进行评价，而不仅仅只是针对在今后 3 年内的业绩。

养老金与投资咨询（PIRC）

英国的 PIRC 社会责任投资服务公司为投资机构提供信息与支持，帮助它们寻求实际有效的社会责任投资政策。这种服务以地方和国际层次上的利益相关人的相互关系为基础，管理的问题包括：

- 环境：公司政策、报告的质量、管理系统、独立审查；
- 就业：培训计划、咨询程序、代表结构、参与、平等机遇；
- 人权：海外劳动水平、约束性制度、军火业；
- 社区政策：慈善与政治性捐款，社区的参与；
- 公司管理：股东权益、依法经营、董事会结构、报酬、投资人关系。

道德投资研究服务公司（EIRIS）

另一家英国投资服务机构是 EIRIS。在教会与慈善机构帮助下，该公司建立于 1983 年。因为这些教会与慈善机构有些投资项目需要一个研究机构帮助它们将其一些原则付诸实践。

公司对道德投资人所需的法人行为进行独立的研究，帮助慈善机构与其他投资人制定与它们的要求相符的管理办法。该公司发行一些指南，按道德标准帮助投资人与咨询人选择基金，也为各类顾客提供服务。服务内容包括从审查投资组合到创造和补充道德投资的政策等。

有 100 多家的单位信托公司、慈善机构、基金管理机构以及个人都接受过它的服务。EIRIS 对 1 000 多家英国公司和 500 家欧洲公司建立了一个综合性的数据库。

替代性指数

NPI 社会指数

NPI 社会指数是 1998 年启动的。这是替代性指数的早期发展，是在社会与环境业绩方面被推选出来的公司所发行的一系列的股。这个指数使投资人能把这些股的业绩与整个股市业绩进行比较。它也是机构投资者把道德投资与对某项指数的追踪结合起来的一个手段。

道·琼斯可持续性指数

1998 年，在 John Prestbo——道·琼斯公司的总裁、Reto Ringger、Alois Flatz 等人组成的一个可持续性资产管理机构的一次会议后，道·琼斯可持续性指数宣告诞生。仅 6 个月，道·琼斯可持续性分类指数就引起了极大关注。各公司不仅对其是否进入该分类指数表现出极大兴趣，而且还十分关注它们的排行。人们不仅根据道德与社会责任标准来选择公司股票，而且也根据保障长期成功的良好管理来衡量他们的选择。以指数成分作为选择基础的评估过程带来了一个直接后果：一些公司纷纷对它们的可持续性计划进行重新评估（每个公司指数的信息表明它在每项评估中的得分以及该得分与同行业的比较等信息）。因此，这种指数本身就是可持续运动的一种兴奋剂。

> Skandia 公司致力于求得可持续的股东利益。我们的格言是"为子孙后代的安全着想"。格言表述了我们创造长期利益的承诺。我们相信通过可持续性企业管理程序和可持续性产品，即通过将经济、环境业绩与社会责任相结合，我们一定会取得最好成绩。我们近期将道·琼斯分类指数当做我们企业的全球标准,这可以归结为我们前期在环境、道德和智力资本方面的工作成就。因此，最近几年我们已经尝试将这些与我们企业的道德产品，以及我们提供给顾客的服务结合起来。我们相信这种服务于顾客的思想同我们成为本行业领头羊的目标相结合，将进一步有助于求得可持续的股东利益。
>
> （Lars Eric Petersson，Skandia 公司的总裁。
>
> 资料来源：Skandia 网站）

1994 年 1 月至 2000 年 7 月间的统计数据表明，道·琼斯可持续性指数与道·琼斯全球指数业绩相比，前者业绩大大超过后者。然而，在随后的 12 个月，可持续性指数又大大落后于全球指数。

可持续性指数的子公司是根据其管理质量和促使它们取得高于平均水平业绩的预期值来选择的。但是，高于企业平均水平并不总是意味着证券市场的业绩水平，至少在短期内如此。证券分析家评估管理质量的三个常用的方法是股本利润、投资利润和资产利润。到 2000 年 12 月，5 年间，道·琼斯可持续性分类指数中的 236 家公司在上述三种标准方面的业绩均优于全球指数的平均值。

然而，作为 5 年的平均值，这些数字并不一定抵消了股市的短期因素。公司高水平业绩的股票并不一定总是对投资人具有吸引力。如果市场对一家公司可预见的优秀业绩已作出充分定价，此时就不可能是买这种股的最好时机。如果发生了什么事——如经济萧条，就会减少这些预期业绩实现的可能性，那么，该股份价值就会下跌。这个道理可以解释为什么在 2000/2001 年间，道·琼斯全球指数的各股在整个市场上下滑更厉害。也许，在条件变化时，这些股十分脆弱。

FTSE 四强指数

2001 年 2 月，创造并管理股票指数的 FTSE 公布了 FTSE 的四强指数。把这作为建立社会责任投资全球标准的一个重要步骤。新指数包括那些在环境、人权和社会问题上已通过筛选的公司。评估有以下六种标准：

- **认识方面**：一个公司无论运作好坏都会对环境、社会产生影响，公司对此有何认识。
- **政策**：为了迎接社会与环境的挑战，公司应确立广阔的目标与方针，以便指导其行为并制定出更好的业绩目标。
- **管理体系**：公司应确立一些操作步骤、框架，以确保各项政策能有效地执行。
- **业绩监控**：公司应与其政策和目标保持一致，致力于改善社会环境的业绩，并检测其成就。

- **报告**：公司应就其社会与环境问题上所遇到的冲击、政策、管理体系，以及业绩情况等进行报告，并检验那些切实可行的管理手段。
- **咨询**：公司应采取措施，咨询重要关系人的各种意见。

国际可持续性投资研究

2001 年，来自不同国家的研究机构形成了一项国际性协议。提供全球 500 家最大公司在环境、就业、顾客关系、参与社区活动、管理方法以及供给链等方面的各种概况。这项协议由英国的 PIRC 公司、美国的 Kinder 公司、Lydenberg 公司和 Domini 公司四家牵头，成员包括来自法国、瑞士、瑞典、德国、荷兰、加拿大、意大利和西班牙的各个金融研究机构。

结 论

通过管理其基金的投资机构，公众舆论开始对公司的决策和公司的行为施加巨大影响。这种压力是推动公司把社会责任与可持续性问题摆到世界上最大的公司董事会的议事日程上的重要力量之一。然而，利益兼容法强调，未来公司的股票价格的可持续性或可持久性是多种因素协同作用的结果，除公司的社会责任行为之外，还包括有效的领导人员、明确的目标与前景以及与各类利益相关人的相互信任关系。

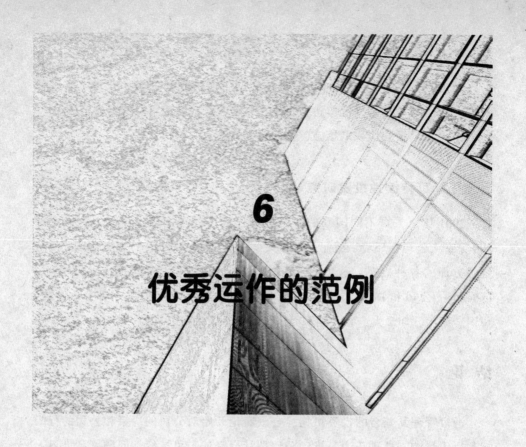

6

优秀运作的范例

关注的问题

公司管理的狭义概念包括董事会的结构与程序、与公司法一致、对股东负有责任、报告程序正确、有审计与报酬委员会以及召开年度大会的运作方法和过程。在广义上指的是明确制定公司的目标，并将公司与所有利益相关人的各种关系及其所带来的问题全部纳入考虑。在此，我们既关注狭义内涵，又注重广义含义。

OECD 有关公司管理的报告发表于 1998 年。报告指出，在绩效问题和其他公众关心的问题十分清楚的情况下，公司的管理问题就开始引人注目了。

美国 20 世纪 90 年代有几家大公司由于曲线图显示其业绩不佳，从而导致它们的股价下跌，如 IBM 与通用汽车就是典型的例子。在英国，有几家公司的失败与欺诈行为有关。如 Polly Peck 公司、镜报集团公司（the Mirror Group）和 BCCI 公司。结果在大西洋两岸成立了一系列的委员会并制定了新的行为规则，世界上其他的地方也都有了类似的发展。另一个发展是机构投资者的先期行动变得更早，它们利用其权利，不仅要求业绩好而且要求业绩持续增长，并明确地注重最大的股东价值。有事实表明这些机构投资者在英国的权力范围巨大：大约11%的市场份额被3家机构所控制；25%的市场份额由10家机构所控制。

OECD 的一项报告指出，这种趋势对更大范围的社会利益不利。该组织的观点在 Robert Monks（1998）题为《皇帝的夜莺》一书中得到了反映。在书中，他把目前的股市描述为一种"具有无限的生命、规模及威力的寻求利润的导弹。在人的伪装下偷偷摸摸地运作……给创造它的人带来越来越不可接受的结果"。他要求养老金基金的管理人对其委托人的利益负责，以保障公司的管理扎根于社会利益，服务于长期利益，而不是为了谋求最大的短期利益。

避开短期主义的陷阱

就公司而言，可持续性的主要威胁是众所周知的短期主义倾向。它使公司的主管们只注目眼前的利益，而忽视采取措施以保障公司的长期活力。

2001 年 5 月 15 日《独立报》上登载的那种导致短期主义的投资建议便是一个明显的例子。该文章指出，由于口蹄疫对旅游业的影响，英国 BAA 的 7 个机场的客流量"与 2000 年 4 月相比，上个月只增加 1%，为 1020 万人"。这里要指出三点：其一，尽管有口蹄疫的影响，但客流量没有下降；其二，疫情对公司的影响显然是短期的；其三，疫情控制显然超出了 BAA 的管理能力。多年来，BAA 稳健发展，成为全球最大的航空营运企业，并为其长期投资人带来了丰厚的回报。虽然文章对 BAA 董事会决定在首席执行官退休前 3 年就指定新继承人的举措大加称赞，然而其标题却是"在 BAA 开始倒运时就该跳伞了"。

投资作用

确定公司长期可持续发展的一个重要因素是看其投资股本增值的比例。然而，"投资"一词包括了多种不同的资源配置形式，每种形式都对企业的

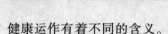
健康运作有着不同的含义。

第一，投资的目的是使公司得以按相同的规模继续经营。它包括购置工厂、更新设备或整修宾馆客房。这种投资只能称作是为避免滑坡的维持费。其简单的道理是：如果没有这笔投资，企业就会被淘汰出局。

第二，投资是为了增加企业的经营能力，使企业壮大其规模。对于制造公司来说，就是添置一部同类型机器，使产量翻番；对宾馆而言，则需要扩建一幢侧楼，使规模扩大。

第三，投资的目的是提高生产率或改进质量，使新购机器的生产率大大提高或使最终产品的质量大大提高。宾馆就不仅仅是添加客房，同时还应建立一个健康中心。

第四，对技术革新的投资。如果是一个医药公司，就是以研究开发的支出形式进行投资；如果是对工厂的投资，就是购置厂房设备，其目的是使其能生产新产品，如从生产 VHS 盒式带到转产 DVD。

第五，对无形资产的投资，如商标、知识、人力资本。对耐克公司而言，这种投资应该是其主要的支出。对管理和领导层的培养以及在各种层次上的培训，这些支出也都属于此种投资。

从认真的投资者的观点来看，一个公司的长期发展目标极大地受到公司投资类型及规模的影响。然而，有关投资的性质及目的的资料常常十分匮乏。年度报告项目备注中只表现出对有形资产——如厂房设备——的支出，但是，常常没有注明这些投资的性质与目的。对于无形资产投资的立项——如品牌的建立，或知识、人力资本的说明——就更不详尽了。

目前的状况

目前，从大量调查结果中可以判断公众对公司董事职责所持的看法。美国人对追求股东价值最大化态度最为积极。然而，在 2000 年《商业周刊》的一项调查中，有 95% 的答卷人赞同美国公司应不止有一种目的，公司对保证公司运作的职工及社区也应负有责任。

董事会成员不能忽视公众对全球变暖问题或对跨国公司力量增长问题的争论。他们也不能规避社会对企业角色不断转变的企盼，并应对这种期望作出反应。与此同时，他们需要从实际出发，制定出公司力所能及的目标，并在个体或整个行业的层面上朝目标努力。然后，他们还需要与政府、非政府组织、利益相关人、社区等各种利益关系团体进行沟通。如果公众对所关注的问题呼声高涨，那么他们迟早得接受公众的要求（本章后面还将讨论值得推广的这类实践范例）。

英国企业协会董事长 Will Hutton 强调，政府应强制公司与利益相关人商榷、编撰、公布企业道德的绩效指标。也应对这些指标进行公开审计，他认为公司未达指标就要受到"惩治"，或"对不符合新标准的企业实行最高制裁：从上市公司名单上除名"。他的观点是，如果政府一味要求公司对行业、公众承担社会责任，这将迫使政府在公司法的立法及编撰上作出变动，并启用还未实行的新方法来进行审计。

在英国产业联合会（CBI）2001 年于伦敦举办的新年宴会上，新经济学基金会（NEF）号召所有 FTSE 的 100 家公司，在其公司管理结构中建立一个利益相关人理事会，否则"会被扔进历史垃圾箱"。NEF 在 2001 年 5 月发表的"利益关系不是股份"的报告里描述了一个激进的管理结构，这种结构使公司对其行使的权利更具有责任心。NEF 的报告提出了一个新公司模式。该新模式在以下两方面结合了利益相关人与股东的观点与利益：（1）由利益相关人群体——如雇员、顾客、供应商以及与公司联系密切的社区各方代表——组成利益相关人理事会。（2）"利益关系"优先于"股份"，将公司的长期利益置于短期利益之上，因为追求利润的短期趋势具有潜在的毁灭性。

一些积极进取的公司已经把与利益相关人的对话看做是了解社会对其提出要求的一种方式。新的社会责任投资基金会要求与利益相关人的对话必须扎根于公司的运作管理中，以便能够有效地控制风险。正如 NEF 的提议，利益相关人理事会只是将过程模式化的一个办法。

英国可持续性研究咨询中心已制定出一种框架，以便于公司董事会在环境、社会及经济的可持续性方面行使它的责任和义务（2001）。这个框架运用助记符号 LEADER 来表示，这些首字母代表的含义是：

- **领导层**（leadership）：实行三重底线议程所有权制。
- **参与**（engagement）：与利益相关人进行对话、磋商。

- **一致性**（alignment）：可持续性政策与实际经营保持一致，管理人员的报酬与业绩挂钩。
- **多样性**（diversity）：与各种民族、文化、性别、年龄的群体交流。
- **评估**（evaluation）：检验、控制与社会、环境和经济业绩有关的一系列关键指标。
- **责任**（responsibility）：公司对不同利益相关人群体的责任义务制定出明确的政策。

在对其管理结构和管理过程履行更大责任之际，行业的主导公司已经认识到了道德义务和重大的经营责任。

根据《养老金周刊》（2000年11月第194期）的一篇报告，股东们对管理有方的公司宁愿支付一笔溢价，以期公司产生高于平均水平的业绩。文章引用了《麦肯锡季刊》上的一项研究，投资人就投资目的对公司进行评价时，对董事会的管理业绩及其财政业绩看得同等重要。投资人表示，与财政绩效好但管理业绩差的公司相比，他们准备为管理良好的英美公司多付18%的溢价。报告得出结论："那些没有对其管理进行改革的公司，在它们试图获取资本进一步发展的时候，就会发现自己处于不利的竞争地位。"

在其他的领域，它们也将发现自己处于同样的不利境地。公司无形资产的一个重要方面就是其声誉。壳牌公司、雀巢公司、可口可乐公司以及耐克公司最近都发现，一旦艰难赢得的声誉被毁，它们就得为此付出沉重的代价。随着人们越来越关注环境或人权之类的问题，那些不能在这些方面负其责任的公司也会承担巨大的风险。其诉讼或赔偿支出导致了巨大的财政损失。在销售损失、赔偿金以及抬高的保险金方面来估算，其声誉和风险就很容易量化。还有一些更无形的但并非更不重要的因素可以影响公司的竞争力。其中之一是企业的重要伙伴——如雇员、顾客及供应商——与企业之间建立的相互信任对公司长期繁荣的影响。另一个就是在生存气候不断变化的情况下，凡是有进取心的公司在竞争中都会吸引和留住最有才华的雇员。

正如我们在第4章中所看到的，这些压力在社会责任投资基金的成长中，在诸如道·琼斯的可持续性指数的发展中都可以被感觉到。然而，目前的投资文化根深蒂固，不易动摇。对此的认识导致了一些公司的私有化，它们为了摆脱短期市场的压力，追求长期的战略优势。

还有一种情况是由于盎格鲁—撒克逊人种的领导观念是个人而不是团体，极易让具有性格魅力的个人获取对董事会的控制权，就像英国 Maxwell 公司的情形一样。虽然其后果不一定像镜报集团公司的情况那样惨，但是英国公司管理委员会的联合法规（或其他国家的类似法规）的许多良好的实践因素必将荡然无存。

董事报酬公开化

在这种环境下，公司的首席执行官及其他执行董事的报酬应与更广泛的目标业绩挂钩，而不仅仅只限于股东的价值，这一点显然十分重要。本书将在第 10 章中列举实行这种挂钩制的公司。

排行头 15 家的养老基金会及其管理机构在 2001 年 4 月给英国的 750 家最大的公司写信，敦促它们改革奖励董事的办法。他们建议报酬委员会的报告应交股东投票表决。通过立法来强制公司对董事报酬的决定。2001 年 3 月，英国政府提出，在公司报酬报告中要公开下列事项：

- 公司的业绩要与相应的指数及其参照指数挂钩；
- 要有对长期目标计划的细节及其业绩标准的解释；
- 要有对参照指数的详细情况的解释，包括公司的名称以及发生的变化；
- 各项补贴发放的依据；
- 对公司报酬委员会举荐报酬名单的顾问姓名。

公司法与所有权的问题

股东以某种方式占有公司的借口是站不住脚的。股市多为二级市场。如果 A 买了 B 的股，没有一分钱会到公司那里去。企业绝大多数的新资金都来源于保留下来的利润或银行贷款。二级市场上没有所有权概念。如果股东不满意，他们就离去，而不会试图改变市场状况。然而这些二级市场的股东却有权越过企业的职员将企业卖出去。

谈及为股东创造利润，那么是为今日的股东还是为明日的股东创造利润呢？一般的假设是为今日的股东，但同样也有责任为将来的股东创造利润。在目前的管理体系中，两者的利益无法平衡。

Philip Goldenberg（1997）对董事的法律责任作了如下阐述："董事们只对公司负责，不对任何第三方负责。"抛开其对公司的责任不提，他们也必须顾及股东的利益（如果公司无债务的话——如果公司负债，债权人就取代股东）：

> 维护股东利益的责任在任何时候都与实际股东无关，而随时都与股东总体相关（正如前面所说的，可以换一种说法，也可以是与实际股东有关，但却是与他们作为持续股东的能力有关）。相应地说，董事的责任就是在可持续的基础上谋求最大的公司利益。在法律上没有任何东西可以阻止董事们注意与公司有关的第三方的利益（有时称做利益相关人），通常指雇员、顾客、供应商、投资人及社区，如果他们认为这样做在情理上真正对公司的成功有益的话。实际上，如果董事们真的不对公司的重要关系给予一定关注的话，就真让他们处于对公司部分免责的地位了。

英国公司法评论导向组在 2000 年 4 月发表了一篇咨文，题为《竞争经济的现代公司法》。咨文提出了两种选择方案：开明的股东利益与多元利益方案。在多元利益方案中，各利益相关人的权益具有同等的法律效力。在股东利益方案中，更多的处置权交给了董事会，让其决定如何履行职责。

在给公司法评论导向组的证据中，未来公司研究中心支持了后一种方案，其观点如下：

- 法律概念应得以澄清，以便董事们清楚他们的职责是对公司而言的。
- 董事们应继续在法律上对股东解释履职责任。
- 法律概念应得以澄清，以便董事们确信无疑，他们不仅被允许关注主要利益相关人的利益，而且除非他们如此，他们才可能履行他们对公司的责任。
- 各董事会在更大范围上以他们自己的方式履行他们对利益相关人的责

任。他们制定的管理衡量尺度及述职报告的框架要强化挑战文化的思维。

- 寻求接管其他公司的公司应了解接管一个公司后可能带来的社会、道德及环境影响。目标公司的董事会在决定是否提议一项投标时也应考虑这些后果。
- 法律规章制度的框架要鼓励各公司公布它们的近期与远期目标、价值观、成功模式以及重要的利益关系。

在未来公司研究中心 1998 年发表的《公司报告七巧板》一文中，提出了评估公司法改革建议的 8 个重要问题：

- 改革过程结束时，公司是否将如从前一样具有企业自主权并能使企业快速发展？
- 借助潜在目标与价值观，改革过程是否会促进探讨并作出更多的决策？
- 改革过程是否为投资人与利益人提供了更一致的标准，使公司能据此来判断现有的目的、价值观、策略及目标？
- 改革过程能鼓励公司向各类关系人公布更多未来业绩的信息吗？
- 与投资人和利益相关人群体之间的对话过程是否能在稳定、健全的信息供给基础上得以改善？公司年会将促进这种对话吗？
- 改革过程是鼓励公司对利益相关人更公开化还是鼓励其炮制更多的"陈词滥调"？
- 改革过程会使董事们更明了他们应对公司负责的事实吗？
- 在接管公司的制度方面将有何变化？会强化公开化的要求吗？会把社会、道德和环境评估也当做投标内容之一吗？

中心提出了以下问题作为社会和环境问题的具体参考：

- 改革提议是否会使环境、社会与道德的决策与企业的中心决策更紧密联系，从而改善环境和社会因素给企业造成的冲击。
- 它们会给公司管理带来更大的革新与透明度还是更多的"陈词滥调"？
- 它们会增加公司与投资人之间就社会、环境及道德问题进行对话的可能性吗？

- 它们会在公司与利益相关人之间就这些问题增加对话与挑战的机遇吗？
- 在公司之间的业绩上它们有助于发展有意义的比较吗？
- 这些提议如何与国际事务报告——如 AA1000 全球报告倡议或标准——相吻合？

Turbull 的建议

归功于 Turbull 委员会的新指南，英国公司在它们评估企业风险时必须考虑与环境、社会和道德相关的问题，并在年度报告中要对这些问题加以更详尽的陈述。

在英国，英格兰与威尔士注册会计师事务所成立了一个委员会，由 Nigel Turbull 主持工作。事务所要求该委员会制定出《公司管理委员会的证券交易所联合法规》的补充办法。该法规于 1999 年 6 月出台。委员会被看做是公司管理法七巧板中的最后一块拼板，其咨询意见由 Adrian Cadbury 爵士、Ronald Hampel 爵士和 Richard Greenbury 爵士主持的几个委员会起草。

委员会内部的监控报告提议董事会成员应正式考虑所有相关风险，不仅是企业面临的狭义的财政风险，而且审计委员会也应贯彻更广义的内部监控思维，包括"声誉、企业道德问题"和"安全、环境"问题。报告草案被抄送每家注册公司。

这些建议是对两种极端行为的折中。一种是公开公司的一切风险；另一种只在年度报告中对风险含糊不清地提及几行。

Turbull 委员会的最后报告由证券交易协会背书，送交所有英国注册公司的秘书和财务董事，通知其执行 Turbull 委员会的建议。

OECD 的原则

1998 年 4 月 27 至 28 日，OECD 的理事会召开部长级会议，呼吁 OECD 协同各国政府、其他相关国际组织及私立机构，共同制定一套公司管理准则与指南。为了完成这个目标，OECD 成立了一个公司管理特别工作组，以制定一套非约束性的体现各成员国观点的《公司管理原则》。

《公司管理原则》旨在协助各成员国和非成员国在法律框架、机构框架和规章制度框架方面对评估、改进公司管理作出努力，并为证券交易所、投资人、公司及其他在促进良好公司管理过程中起作用的有关方面提供建议与指南。《公司管理原则》是非约束力的，也不为各国立法提供详细依据。当它们在审查、制定反映其自己的经济、社会、法律、文化和市场运作要求的规章制度时，它旨在提供参考，服务于决策者。《公司管理原则》也为利益相关人在公司管理中的作用制定了方针：

- 公司管理框架应明确规定利益相关人的法定权利，并鼓励利益相关人在创造财富、就业机会和有稳定财政支持的可持续性方面与公司积极合作。
- 公司管理框架应保障受法律保护和尊重的利益相关人的权益。
- 当受法律保护的利益受到侵害时，利益相关人应有机会获取有效补偿。
- 公司管理框架应允许利益相关人参与改进业绩的管理机制。
- 在利益相关人参与公司管理的过程中，应使其得到相关信息。

这些原则也强调了公开、透明管理的重要性：

- 公司管理框架应保证及时准确地公开公司的相关资料，包括财政状况、业绩、所有权及公司管理信息。
- 信息公开应包括资料的公开，但不应仅限于此：

1. 公司的财政与运作情况；

2. 公司的目标；

3. 主要股份所有权与表决权；

4. 董事会成员及高层管理人员，以及他们的薪水；

5. 可预见的物质风险因素；

6. 与雇员以及其他利益相关人相关的物质问题；

7. 管理结构与政策。

- 公开信息应经过会计、审计并且与高水平的会计、财政与非财政的公开信息相一致。

- 为了给财政报告的准备与提交提供外部和客观的保障，应由专门审计员进行年度审计。

- 信息传播渠道应提供公正、及时、卓有成效的相关信息。

管理监控标准

英国国家养老基金协会 (NAPF) 定期发表题为《管理监督》的报告，提供各年会所涉及的管理问题的信息。这些问题包括：

- 报酬委员会的组成名单；

- 审计委员会的组成名单；

- 兼任主席与董事长的情况；

- 少数无党派普通董事；

- 资深无党派董事的自主决定权；

- 执行董事的合同服务期限；

- 新任执行董事占董事会成员不到 1/3；

- 对认股权计划的价值减耗限额；

- 资深无党派董事的资质；

- 特别津贴的支付；

- 可作为退休金的津贴；

- 董事长的非合同信息；

- 董事满 70 岁时无条件换届；

- 年会前至少 20 个工作日内不能签发通知；

- 缺少提名委员会的情况。

2001 年 4 月 23 日的《养老金周刊》上有 6 个与 Singer and Friedlander and Bookham Technology 公司相关的问题被打上了重点标记，而 PSION 公司、Davis Service 公司和 Persimmon 公司也各有 5 个重点问题。

PIRC 有限公司提供几种栏目的评估服务，其中之一就是管理评估。管理栏目又被分解成下列几个子栏目：

- 公司政策；

- 职责与管理；

- 利益相关人的参与；

- 管理信息公开与业绩；

- 标准与审计。

例如，帝国化学工业公司（ICI）在 10 分的管理满分中评得 6 分。公司的政策、标准和审计得分较高，但是，其他因素又只得了 5 分或 5 分以下。公司总结报告声明公司按照《联合法规》作了全面述职并公开了它的投资者关系政策。其审计与报酬委员会有完全自主决定权。但是，有一名委员拒绝在报酬报告上签名。董事长坐镇提名委员会，所有普通股都有同等的表决权，但除非要求投票，表决都是举手通过。公司策略表达得十分清楚，但提供的细节极少。非审计费用由审计委员会全面审查，但没有说明是否任何非审计工作都要进行清偿。

PIRC 公司还就年会表决事宜对股东提出建议。例如，2001 年 6 月 PIRC 公司公布了一项报告，敦促股东们阻拦玛莎公司董事会的两名非执行董事的重选，理由是作为董事会报酬委员会成员，他们同意了一项股票买卖特权的计划，但又不坚持将计划与艰苦的业绩目标联系起来。PIRC 还建议 2001 年的董事股选择权计划应遭到拒绝，因为它极不完善，与股东利益也不一致。

优秀运作的范例

先进公司所采取的步骤有：

- 确定全公司对社会、环境及道德问题方面的方针政策。

- 创立富有献身精神的董事委员会，包括 Pord 环境与公共政策委员会、壳牌社会责任委员会和 Alcan 环境与公司管理委员会。

- 把三重底线的问题纳入审计、报酬与提名委员会的日常工作。

- 建立独立的顾问小组。Camelot 公司就有一个由非执行董事主持的顾问小组。

- 组建专门向董事会报告的内部管理小组。Diageo 公司就有一个由首席执行官负责的法人公民职责委员会。
- 指定一名执行董事负责公司可持续性政策的执行。

以下是各公司致力于改善管理方法的各种尝试。

Pfizer 公司

所有重大决策都由董事会全体成员集体决定。这是 Pfizer 公司的传统。因此，公司限制董事会委员会的数量，并直接在董事会讨论大多数的公司社会责任问题。Pfizer 公司还注重董事会成员的多样性以反映更大范围的不同意见，并尽量吸收能提出社会问题的董事会成员。Pfizer 公司的董事会一年召开 9 次会议，这个比率相对较高。这意味着，一般说来，把具体社会或环境问题提到董事会议事日程上来并不困难。在管理结构上，公司的事务部和公司的管理部负责定期向董事会陈述当前出现的问题，包括参与社区活动、多样性及道德问题。当具体问题出现时，管理机构向董事会作特别报告。董事会也定期检查全公司与社会问题相关的政策及实施情况。Pfizer 公司的董事会积极规范公司对社会问题的政策与实践。例如，当发现有种公司生产的药在治疗一种在发展中国家常见的眼病时有效，董事会在策划开展一项捐献药物和普及药物用法的活动中起了至关重要的作用。

3M 公司

3M 公司董事会的公共问题委员会已有 20 多年的历史。委员会负责检查和评估公司社会责任范围的政策及其实施情况，包括社会关系和环境业绩。委员会有 5 名成员，其中 4 名是有自主权的董事，他们每季度碰头一次。董事会下面还有一个董事会组织委员会，负责一些更传统的管理问题，如赔偿和任命提名。管理结构中还有一个跨功能的问题委员会，其任务是查明与社会责任相关的问题，并与董事会一起提出这些问题。问题委员会一年碰头至少两次，对公司面临的头等社会问题向公共问题委员会写出书面报告。然后，公共关系委员会决定它应考虑的最重要问题，并确保进一步地对此加以讨论、研究或行动。董事委员会基本上是一个顾问委员会，对管理部门提出的问题做出反应，有时董事们与管理部门一起提出问题。

Time Warner 公司

1998 年 5 月建立了价值观与人力资源开发委员会。该委员会被授权对公司管理就以下几方面进行指导和监督：（1）开发整理公司的核心价值观、信仰和社会责任；（2）制定战略措施以确保公司能参与与其有业务联系的社区活动；（3）制定开发人力资源的战略为公司储备力量；（4）致力于在各个层面找到切实可行的办法来增加劳动力的多样性，并对公司促进劳动力多样性的目标业绩进行评估。

Berrett-Koehler 出版有限公司

Berrett-Koehler 出版有限公司实施一种创新的利益相关人管理办法。除了董事会成员，公司还开发了一种有效机制，采纳外部利益相关人对公司方针政策的建议。1998 年，公司发起了一个运动，征求来自作者、供应商、顾客、专卖店、零售商以及雇员对公司新管理模式及目标的反馈意见。公司征求了500 名利益相关人对创建 4 个理事会的意见（作家理事会，供应商理事会，顾客、零售商与专卖店理事会，以及社区行动理事会）。理事会担当公司董事会和雇员的顾问委员会。此外，每个理事会都要有一名代表参加公司董事会。公司计划在前两个理事会中发起它的"社区对话"活动，这是公司与利益相关人一起讨论"共同利益话题"的年会。公司还计划在更大的利益相关人范围内扩大其雇员股权计划。

Campbell 汤料公司

Campbell 汤料公司在《商业周刊》2000 年版的"最佳与最差的董事会"中的最佳董事会排名第三，在此前它连续两次排名第一，被推为管理方面的领头羊。1992 年，公司公布积极进取的管理方针，全面阐述其董事会的政策与管理程序，这被认为是美国最具说服力的综合性管理方针。它的革新管理方法是各董事会成员自主决定首席执行官的任免工作。这一点已得到了认可。

此外，公司发起了对董事会的业绩评价活动，其中每位董事必须完成一项自我评估任务，并计划将此评估活动扩大到董事委员会系统。基于公开化的评估结果，各部门的经理要向董事会就其感兴趣的信息作述职报告。1999年，董事会下令对董事报酬进行调查。调查结果出来后，公司非同寻常地降低了董事们30%的年薪。

Elf Aquitaine 石油公司

Elf Aquitaine 是法国最大的一家石油公司，它通过贯彻以股东长期利益为重和公司对雇员、顾客和社区责任为重的方针，确立了自己在公司管理方面的领先地位。公司被认为是法国少数几家有着强有力董事会的公司之一。公司雇员拥有公司股份的大量份额，董事会与这些雇员或其他股东的对话令人瞩目。此外，董事会中还有一名雇员代表。在公司管理上，公司坚持国家 Vienot 报告的精神，采取措施杜绝交叉持股团体和连锁董事的出现。此外，公司还制定了董事会的作用与结构的方针，包括增加自主董事的人数。最后，董事会通过股权要求与认股权赔偿挂钩的办法，实施股东利益与管理关系更紧密联系的政策。

BT 集团公司

BT 集团董事会对总体方向负责并对 BT 集团实行控制。它为整个集团达到最高管理水平制定管理措施，提供资金。BT 集团遵循英国公司管理委员会公布的《联合法规》所制定的原则，并遵循其附则《证券交易规则》，按照《联合法规》的详细规定办事。公司《业务运作的声明》明文规定了按职业道德经营的原则，规定了对员工的相关要求。为了反映 BT 集团日益增长的全球业务活动，BT 集团最近对《声明》进行了修订，对修订内容进行了广泛的内外咨询。公司秘书部作为公司管理职能部门，也代表 BT 集团董事会对《声明》中的非财政目标进行检查。

Rio Tinto 公司

1998年，Rio Tinto 公司建立了一个社会与环境责任董事委员会。它由非执行董事组成，但是公司的执行主席、首席执行官与各部门的经理都要出席每次委员会的会议。委员会一年召开三次会议，提交审议的事项是"促进整个集团的经营行为，与高标准行业管理目标保持一致，并对这些问题加以必要的清楚解释"。

结 论

我们在本章纵览了广泛的管理问题、管理模式以及行动方针。

重要的是，以一种现实的观点来看，绝大多数的公司都需要对管理体制进行大规模改革。而且必须承认，尽管已有了一些行动方针、最佳管理模式，甚至还具有了法律义务，但自行其道、完全丧失管理能力和欺诈行为都没有完全被杜绝。滥用权利总是导致权利脆弱；无论制定什么样的检查手段，滥用权利之人总有办法回避。

因此，切实可行的管理方法具有两个要求。首先，当然是需要良好的管理模式，但最佳管理模式并不是别人制定出的交易规则或方针，而是产生于像 3M 公司或 Campbell 汤料公司长期成功的管理记录。其次，在正确的价值观和道德原则基础之上，领导层需要具有远见卓识。

7

基业长青的公司在做什么

两种压力

企业领导人承受着来自截然不同的两个方面的压力。一方面来自市场竞争，并加上股东及其代理人带来的压力；另一方面则来自非政府组织和其他诸多的集团压力，他们对公司的社会责任提出了更高的要求。

很显然，对大多数企业而言，随着"新经济"的发展，大约在过去的10年间，它们的经营活动所处的竞争环境变得更加严酷而艰难。造成此种状况有几种原因。解除对国际贸易的管制，加上全球性公司的数量的不断增多，这意味着虽然公司所经营的国内市场曾一度受到相对的保护，但而今却要为新的竞争对手敞开大门。10年前，在英国的超市业中，Tesco公司为争夺市场的霸主地位，可倾其全力与Sainsbury公司一争高低，但今天却又要面对与沃尔玛的竞争。

技术变革打破了产业之间的许多传统界限。结果，在信贷金融领域，银行发现它们自身处于与多家企业组织——如玛莎公司和通用汽车公司——的竞争之中。互联网提供了新的产品分销渠道，为了开辟这些渠道，在很多情况下，较之已确立地位的老企业，新加入的企业家们会更充分利用这一时机。Amazon 公司的兴起便是一个明显实例。

在金融市场，越来越强调股东价值和股价短期赢利，这极大地加重了企业领导人的压力。过去，信托投资的业务经理和分析师们满足于让企业经理去决定剩余资本的去处。但现在则普遍认为，市场通晓一切，期望管理者应将注意力集中于主要的经营活动，并把所有剩余现金返还给股东。这种做法使企业的短期绩效变得更加令人注目，因此给经理人员施加了更大的压力。

与此同时，公司正承受着截然不同的压力，它们来自变化中的社会价值观念，以及随之而来的对社会期望的改变。在全世界的好几个城市里，最公开地表现这些压力的形式是举行群众性示威。虽然伴随示威附带而出现的暴力行为曾受到严厉的谴责，但人们还是逐渐接受了这一事实：绝大多数和平抗议者提出的问题是至关重要的，值得认真考虑。Naomi Klein 的《无标识》（2000）以及 Noreena Hertz 的《无声的接管》（2001）这类已在全球畅销的书，极大地影响了人们对企业所持有的态度。

《无标识》一书被说成是"反对公司好战精神的圣经"。Klein 在书里用四个标题对此展开她的论点：

- 无空间——说明全球性商标的威力；
- 无选择——限制消费者选择的零售集权；
- 无工作——投资从生产设备和劳动力转向市场营销、兼并和商标管理；
- 无标识——反对全球性公司权力的政治反响的原因及方式。

Klein 的著作建立在广泛研究的基础上，包括对发展中国家工作条件的实地考察。毫无疑问，她对公司大量的经营活动进行了准确的记述。

由于限制工业化影响了多伦多的服装生产区，所以 Klein 在本书的开篇就对此作了图解说明。在该地区，从前的工厂和车间如今正变成鸽笼式公寓楼，或成为为艺术家、图案设计师、瑜伽师、电影制片商开设的工场和商业事务所（显而易见，在某种意义上，Klein 把生产产品看得比这些职业更有价值。

然而，如同在伦敦、纽约或巴黎一样，这些都是父母曾在制造业工作过的子女们现在所从事的行业）。留在服装业中的人极少有上年纪的，Klein 将此现象与在印度尼西亚一类国家中从事服装业的青工加以对照。这些年青工人为耐克公司、Gap 公司或 Liz Claiborne 公司的转包商干活，每天所挣不足两美元。在印尼或亚洲的其他地区，她所见到的工作条件酷似于大约 100 年前的英美两国，或不到 50 年前的希腊、葡萄牙或爱尔兰等国家的工厂里血汗车间普遍存在的状况。她谴责像可口可乐、微软、IBM、麦当劳，尤其是耐克这样的大企业，因为它们所采取的是"从地球上最贫穷落后的国家中榨取无法想象的利润"的经营方法。

从发达国家向发展中国家迁移的大批制造业，无疑导致了对劳动市场的掠夺。这些市场的特征是低薪、恶劣的工作条件以及对工会的压制。在 Klein 著作的鼓动下，为改善这些条件而发起的运动大受欢迎。然而，必须认识到，所涉及的这些公司一直面临着艰难的选择：要么把制造业搬迁到低成本劳动力的地区，要么就倒闭。这种情况正如许多服装制作公司的经历一样。在欧洲和美国，以往恶劣的工作条件并非是在一夜之间就得以改善的，而是政府和一些开拓进取的公司领导经过数十年时间，致力于经济发展、提高生产力、组织劳动力以及不断完善产业规章，才创造出了现行的工作环境。在墨西哥或中国一类的国家，工作条件的改善可望在短期完成，但至少也要像上述公司那样，在很大程度上，这一目标得依靠国家政府和政府间机构的政策和行动来实现。

Klein 的中心议题是，当更多的人发现"全球性标识网"的商标名称的秘密时，他们的愤怒会成为下一个大规模政治运动的导火索，一次"直接反对跨国公司，特别是那些品牌知名度很高的公司的浪潮"。Klein 的主要目标是针对享有国际品牌的跨国公司。在她看来，这些公司生产的是商标而非产品。然而，她把所有品牌响亮的跨国大公司都混为一谈，同时忽略了这一事实：仍有数百家公司——如 Mercedes 公司、Du Pont 公司或 GE——在国内外都从事着大量的产品制造。这使她的论点的说服力大打折扣。她还十分错误地声称，品牌首先是作为一种手段来开发的，它让消费者去区别工业化产品之间的差异，而这些产品实际上是无法分辨的。我从童年时就记得的一些品牌，它们代表着在质量和金钱价值上差别很大的货物和产品。例如，Cadbury、Mars、Lux，Ovaltine、Singer 和 Hoover 这些品名均为体现质量的代名词，比书面的保证要好。Klein 还忽视了生产过程中产品开发和设计起到的关键作用。她所描述的公司活动仅限于两方面：制造该产品和推销该产品。但一种产品在问世之前——无论它是电视机的一块芯片、一只跑鞋，还是一辆车——必须经过设计和开发。正是设计质量和满足消费者期望这两方面，才是产品与商标联系的真正价值所在。

把一项产品与特定的生活方式或一组期望相联系，便成为一种有效的市场营销工具。虽然这一说法符合事实，但如果认为响亮的品牌仅仅只建立在广告和形象设计的基础之上，那就显得十分幼稚了。正如 Klein 把目标对准耐克公司一样，她挑选了一个对她有利的目标。就这个例子而言，说品牌就是产品也许是有道理的。人们不买教练而是买耐克产品以及围绕这一品牌形成的所有与优异的运动成绩相关的联想。一方面是耐克公司的股东和经理们，尤其是对这一产品给予资助的体坛众星，另一方面是在发展中国家的很多工厂里干活的年轻人，这两者之间在财富上的鲜明对照使像 Klein 这样的人十分气愤，这是可以理解的。

然而，为了推销的目的，围绕一件产品设计出某种特定的生活方式或理想，这一过程并不新鲜。在我们有理由要举行庆典时，为何点名要香槟酒而不要泡沫四溢的夏敦埃酒？这是因为多年来巧妙的市场营销，已经让我们把香槟这一品名与成功和喜悦联系在一起。当我们在婚宴上，为幸福的新婚夫妇的健康举杯，喝的是比优质葡萄酒价格高 10 倍的酒时，我们中多少人会停下来想一想大庄园葡萄地里摘果工人每小时的工资？品牌的象征——标识——它不仅作为一种手段让欲购者迅速认知这一产品，而且一旦买下来，也可作为一种身份地位的标记。

在 Klein 这本书的全篇，都隐含着这样的假定：权衡起来，跨国公司弊大于利。对此，我断然提出异议。此处仅举几例：Merck 公司提供的盘尾丝虫病盲症的治疗方法（见第 7 章），Dell 一类的公司廉价地为数以百万计的家庭提供了计算机的应用能力，一个小孩在踏入迪斯尼乐园时脸上洋溢着的喜悦。这些公司通过不同的方式让人们受益，但如果没有大规模的企业，这些是不可能做到的。

我们干的是哪一行?

显然,西方自由市场资本主义正受到强烈的冲击。如果它想要生存下去——包括金融机构在内的企业组织——至关重要的是应该承受起这些压力,除股东价值外,还得接受一系列更广泛的目标。并且,对各种利益关系群体和公众普遍寄予企业的种种期望,经过权衡,作出反应。

一个重要的考虑是,财力雄厚、兴旺发达的发展中企业更有条件应对这些压力,并采取一种利益兼容的而不是仅为了求生存的经营方法。因此,在这个重要的意义上,一个公司对社会的首要责任是财政上保持活力,是要利用取之于社会的资源、物质和人力来创造财富,而不是毁坏这个社会。公司也不应该忽略这一点:由一家公司提供的货物和服务,连同该公司所创造的就业机会,形成公司对社会的主要贡献——也是公司利润——的源泉。注重企业的成功、社会和经济在财富创造中所起的作用以及企业可持续发展的手段,这是利益兼容法的基本内容。

然而,如果社会对企业的合理期望日趋增多,远远超过对股东价值、客户价值、就业及公平对待供应商的期望,那么,如何满足这些额外的要求,并在竞争不断激烈的全球环境中,保持其竞争优势,这就是企业经理们面对的实际问题。

企业必须满足的期望分为两大类:第一类期望与各种不同的群体有关,公司与他们有着直接关系,通常指利益相关人或业务合伙人,在大多数情况下,他们由股东、其他投资者、雇员、客户、供应商以及公司进行商业活动的当地社区组成;第二类通常是对社会更广范围内的责任,包括对未来几代人的责任,诸如全球变暖、人权或跨国公司的政治权利等这些问题则归在后一类。

在当今的经营环境中,这些列在不同名目下的一连串要求实在棘手。面对如此一大堆要求,被困扰的公司董事们也许会问:"我们干的哪一行?我们在这里是为我们的股东创造价值,谋取利润,还是作为社会服务的一个部分?"他或她也许会指出，如果企业试图要完全满足这些人的期望，其结果很可能会倒闭停业。然而，事实并未改变，解决这些问题越来越需要仰仗法律的制裁手段。结果，唯有满足这些期望而别无选择。对有些问题的法规一直在增补，诸如消费者和雇员的健康与安全、废物处理、对种族或性别方面的歧视，以及保险政策和其他金融手段的推出。在英国第一个《新劳动管理法》的执行期间（1997—2001 年），影响企业的新增补的管理规章包括：采纳欧盟对工时、数据保护、污染管理、最低工资法、利益相关人退养金的引进、残疾人歧视法、临时工管理以及其他方面的规程。尽管企管的发言人强烈地提出自我管理的论点，但由于绝大多数公司并未作出有效而一致的反应以表示赞同，增加更多的立法这一趋势不会终止。

在许多情况下，对客户而言，满足这些不断增加的期望，会大大提高他们对商品和服务的消费成本，这是利益关系群体不得不正视的一个问题。生产污染较小的内燃机，这需要在研究、开发和作业上耗费大量资源。其结果是空气更洁净了，但汽车价格却随之提高。为了滤除化工厂排放的废气，就需要大量的资本支出，这又导致生产出的化工品价格的上涨。为了日后节省更大笔的费用而采用污染较小的工序，公司也许在近期就得加大成本投入。然而，估价公司财政业绩的那些人却只考虑到这一事实：当前的成本在不断地增加。

必须在生活质量和短期经济两者之间进行权衡。在国际贸易的环境下，常出现这样一个特别的问题：分别在不同国家的两个相同产业，一个为追求负责任的行为投入了更高成本，因此要价也就较高；而相比之下，另一个却在防治污染、保护工人免受有毒工序伤害方面无任何举措。

即使要将利益兼容法的漂亮话转化为行动，也还有一大堆棘手的实际问题。管理工作直到最近才相对简单一些。企业的明确目标就是要谋取利润；这一目标是通过运用商业判断、组织能力以及过去称之为"人事管理"的技能来实现的。过去在决策中，公司经理只需观察几个简单的游戏规则。而今，游戏规则已变得复杂得多。不仅如此，它还是一种对不同技能——特别是领导技能——提出高要求的崭新游戏。而且，要加以考虑的问题是如此繁杂，要占用越来越多的时间和精力去解决游戏中的"障碍"问题，而不是"玩"

的问题。决策者们面对的是一整套规章条例和来自消费群体、与环境有关的压力集团、媒体、政府机构等四面八方的代表。决策过程难免会陷入进退两难的困境，弄不清最佳途径在哪里。壳牌公司的情况和 Brent Spar 石油平台的处理，这两例尤其如此。

正如美国电报电话公司（AT&T）在网站上所指出的那样，对简单的需求会导致人们把构想与解决方法混同起来。三重底线是一种构想，一种指导……而不是在插座中解决可持续问题的插头。构想可帮助你思考复杂的世界，但不能替代你思考问题。

有时候，把经济、环境和社会三方面的利益结合起来并没有太多的困难。例如，各种远程传媒工具减轻了污染并减少了温室气体的排放，提高了过去通勤族的生活质量，并帮助树立起社区观念。企业变得更加高兴，因为生产力提高了，有了更多忠实的雇员，无须更多的办公时间。三重底线所有的经济指数呈上升趋势。但是，除了简单的例子外。难以得知什么是对环境最好的做法，因为环境是异常复杂而多样的，而且不同文化的人们审视这一问题的角度也不尽相同。这就导致了多种社会问题。要让所有的团体都满意，判定何为公正与公平，这常常是不可能的事。

很多情况下，三重底线的三个方面，都有复杂的对等交换。不妨想一想对古老雨林的保护。公司可以把非木质纤维变为纸张，从而抵制来自那些地区的木材和纸产品，因此获得"绿色"捍卫者的声誉。从经济上考虑，至少就长远的利益而言，公司也许受到的影响相对会小些。最简便的途径就是避开争论，同意关心雨林保护的压力集团的要求；但从环境角度考虑，作出决策就要困难得多，因为用非木质纤维生产纸张对环境实属有害无益，这方面有足够的证据可以说明；从社会方面来考虑，甚至更难作出决策，在整个地区抵制木材制品会使公司陷入困境，如丧失工作，导致社区、家庭破裂，以及使个人受到伤害。

三重底线是检验复杂的解决办法的出色指南，但只有在局限性和冲突被认识并被理解的前提下起作用。它可以帮助所有相关的部门——公司、非政府组织、社团和政府机构，以更合理和理想的方式运作。但是，它既不能使世界上错综复杂的事物简单化，也不能提供一个固定模式，以赢得责任和诚笃的美名。我们应以对社会、环境和经济三方面负责的方式来经营，这些责任不能被降为表面的口号。

领导层的关键作用

要满足社会不断变化的期望，大小企业的董事会和投资团体就得从根本上扭转态度和行为。特别是就有关人们对可持续发展方面的期望而言，尤应如此。在转变态度和行为的过程中，公司需要与其所有的利益相关人通力合作。相关的变化会对不同角色的人产生影响，如消费者、援助者、投资者、雇员和公民。如要在改变气候和保护非再生资源这些方面有长足进展，变革的规模将很庞大。这样的巨变，只会是颇有卓见的领导人员发起大规模运动带来的结果，他们具备与扭转南非政治气候或推倒柏林墙相同的素质。我们将需要社会中几百甚至几千个各级的领导阐明其对可持续发展的立场，并通过他们自身的行动来证明有可能实现的目标，诸如包括 Interface 公司的 Ray Anderson、Unipart 公司的 John Neil、St Luke's 公司的 Andy Law 以及 BP 公司的 Lord Browne 在内的这些领导。其贡献在本书后面部分进行详述。

人们已经看到，虽然这样的领导就职在产业、非政府组织、消费者群体和社会责任投资的开创者行列之中，但在最高的政治领导层中显然缺乏这类领导人员。

> 然而，政治家极少具有率领其政府、党派和选民朝着这个新航向前进的洞察力，更不用说勇气。结果，由于不履行义务，可持续发展的议题的增添部分不可避免地不断陷入事务性的、被越来越多的人称之为"民事社会"的境地；所有的机构和公益活动形成了市场发展和商业运作的环境。
>
> (John Elkington)

今天的企业领导

通过分析 2000 年 BP 公司的 Lord Browne 所作的 "里思讲座" 的内容，可以说明当今企业领导所持的观点。他的论证由 Mark Goyder 进行了小结（Goyder，2000），列在表 7.1 的左边。这反映了大公司中越来越多颇有卓见的领导人的态度和价值观。但这并不代表某些称作 "企业" 的立场。个别企业的领导人作出了相关的决策，他们之中有许多最进步的领导人员在诸多协会里——如世界可持续发展企业联合会（WBCSD）——的背景下携手共事。在我看来，表右边的言论，表达了那些——可能是大部分——欠缺眼光的人的

表 7.1 企业领导的态度

布朗的言论	另一种观点
企业不反对可持续发展，实际上，企业有必要公开提出这一问题。	许多企业领导人对可持续发展无动于衷，认为他们仅对股东价值负责。
经营活动很少是短期性的，需要几十年不断反复运作。	许多企业领导人为了创立自己的名声，在股东价值上指望短期收益，以便上爬到更显要的职位，享受更高的薪金。
为了自己的生存，企业需要一个可持续发展的星球和社会。	很多企业领导认为在真正的灾难降临之前，他们即将退休，或者已告别人世。他们认为对未来几代人没有任何责任。
企业是革新这条大船的掌舵人；新技术可以提供真正的发展手段。如果你想要迅速有效地解决问题，就要行动起来。	一些企业领导人削减研究与发展预算。许多企业的领导人为解决环境或社会问题而配制资源，仅仅是因法律所迫而为之。
能使企业保持诚信的是雇员、股东、公众和政府联合起来的力量。在企业工作的人关心这个星球。	这些压力对于镜报集团公司和 Guinness 公司等又有什么实效呢？许多企业领导人认为，关心星球的那些人是理想主义者和怪人。
民间社团也会影响企业，这将在完全透明的过程中发生。	许多企业领导竭力反对完全曝光。

态度。

这一比较的意义在于强调说明，决策和行动并非由笼统称为"企业"的这个抽象名称所作出的，而是董事会所为。在多数情况下，董事会由一个有实权的人物——董事长或首席执行官领导。因此，公司多年来贯彻并促成可持续性发展的政策，由于董事长或首席执行官的更换，可以在一夜之间就彻底改变。换言之，并非所有跨国公司的首席执行官都像 Lord Browne 一样考虑问题。

国际市场评论与研究（MORI）在 1998 年进行的一项民意调查把"工商界对其社会责任关注不够"的说法列入一系列的应答题中。在同意这一说法的人中，只有不到 40% 的"产业巨头"，相对而言，普通大众却高达 70%。企业领导人所表现的自满程度自 1998 年以来可能有所收敛，但在对此的认识上，显然仍有很大的鸿沟要填补。

即使首席执行官有预见未来情况的眼识，这仍不能保证他或她的接班人会遵循同一条路线。BP 公司在 Lord Browne 的领导下，也许的确想要为可持续发展贡献力量，但他的政策是否会被继承下去，这一点仍然无法得到保证。因此，至关重要的是，我们对未来企业领导人的教育和培训，应该保证他们能充分意识到可持续发展的问题，以及保证把个人的价值观和对商业社会背景的理解，看得比所谓领导技能的运用更重要。某些证据表明这种情况正在开始发生，正如我们将在第 12 章里看到的那样。

像 Lord Browne 这样的领导人，他们的确想从可持续发展的困境中走出来，有时在遭到行动主义者对其个人的攻击时，深感委屈和不满。他们认为，这些攻击者区分不清两类企业领导人：一类确实在关心着这些重要的问题；而另一类却完全相反。这种感受有一定的道理。

社会机构是脆弱的。它们既可能轻易地落入一些人的掌控之中，这些人的动机包括贪婪、对权势的欲望、对种族或宗教的偏执；也可能会落入无能之辈的操纵之中。于是，我们看到孩子们在家中被虐待、上了年纪的病人在医院里受到非礼、警察队伍中的制度化的种族主义、腐败的政府、成为磨难和非人道场所的监狱等。尤为突出的是，学校让学生们大失所望。企业组织也不例外，有很多实例说明公司方面的过激做法，有的引起死亡或大规模污染的后果。

但是，并非所有的家庭都是儿童虐待者的避难所，所有的关怀机构都会失职，所有的监狱都是人类深渊。同样，也不是所有的企业组织都从事着破坏社会或环境的活动。况且，目前尚无有关因为企业的规模大或全球化就发生此类事件的例子，这一点说明公司的非道德行为很可能会受到公正的审判。在担任雇员和雇主的经历中，我发现，危害社会的坏蛋往往出现在小公司里。我的确一直因此而迷惑不解：人们普遍接受"小的便是美的"这一概念。这些小公司试图逃避最低工资法，忽视雇员的健康和安全，或非法倾倒废物。而且，在相当规模和引人注目的跨国公司中，让这类人干出可疑的事情而不很快被曝光披露和谴责，这种可能性是不大的。

总体而言，出任这些大公司董事的人都是受人尊敬的、诚实而正直的公民。他们在为公司实现某种发展与利益的结合而努力，手段不但合法，而且在道义上也为人们所接受。当他们做不到这一点时，很可能是由于缺乏才干，或忽视了其决策会造成的更深远的后果及影响，而并非由于违法行为所致。

在一项题为《新经济的领导和管理》（2001）的联合研究项目中，领导人的重要性得到了充分的强调。该项目由未来公司研究中心和 GPL 咨询服务公司共同主持。研究者们发现，他们所研究的公司分为 3 大类型——防卫者、发展者和创造者。

在防卫者公司中，以各种不同形式表现出的新经济，被视为某种应敬而远之并令人可疑的东西。领导层常被视为某个人的傀儡。

在发展者公司中，新技术的运用更有效力，也更具想象力，并且已开始权衡与利益相关人的需求和期望有关的各种问题。领导人员的权限与能力被认为很重要，但仅限于某些极少数高级管理者。

在创造者公司中，新技术的运用是为了与利益相关人互相交流。而且可以清楚地看到，公司的确试图要把利益相关人的问题列入其内加以权衡，并把注意力集中在长期的增值之上。领导层建立在相互信任、具有共同的价值观以及重视多样性的基础上。在公司组织的每一级都可以看到这一思想。

> 在变化而不确定的世界里，全盘考虑的领导人指出了一条企业通往
> 更大成功的道路，其核心是：需要抓住"新经济"中与生俱来的相互矛

盾的东西，掌握正在创建的经营环境所需要的才干。全盘考虑的领导层依靠主要领导，在与其他人——无论是员工、合伙人、客户、专家、敌人还是朋友——共事时，起振奋鼓舞的作用，以求最大的发展。

管理的作用

自然，在管理的作用方面，企业领导人应该依靠某种系统的框架，通过研究出一整套适合的措施，并努力把评价技术应用到社会和环境问题上，以此来作出决策。通常，这些评价方式更多地与财政业绩相关。的确，正如在第9章将要探讨的那样，今天越来越多的公司公布社会和环境报告，或者对其在社会责任方面的表现创建一个独立的社会审计制度。这值得大加称赞，但重要的是需要指出，注重利益兼容的行为的真正结果不一定都是能够进行精确评估的，诸如社会公正、人的尊严以及总体生活质量的提高等方面。无论有多少的数字显示在社会审计之中，关键的问题是要拓宽视野，充实公司领导层的价值观，以便寻求更多将这些价值观转化为决策和行动的方法。

结 论

重要的是要使整个产业对社会责任的问题形成一种观点。可以将其视为社会价值观念这样更广泛问题的重要部分并形成对社会未来的共识。毫无疑问，人们有权期望产业部门在进行经营活动时担负起对社会的责任。然而，如果人们不能以相同的标准同时要求其他的机构，政治团体、政府代理人、媒体，以及各种角色的个体公民，如雇员、消费者、股东和父母，那么，他们就不能坚定而自信地行使这一权利。社会对一个有社会责任感的产业提出的要求越来越多，但与此同时，在权衡经济发展和生活质量时，如果缺乏政府的支持，缺乏具有社会责任感的利益相关人——雇员、客户、供应商和投资者，那么，对社会负责任的产业将无法生存下去。

显然，利益关系的问题是相当复杂的；不可能会很快得以解决，并会让人陷入进退两难的困境。这些问题亦不可能通过示威来解决——无论以哪种方式：和平还是暴力。需要由政府、超国家的团体、非政府组织和公司等几方面将改革的计划与明确的目标联系起来。同时，也需要对全球化和世界贫困这类问题进行更广泛而公开的探讨。企业团体在通报经营活动时，需要对获利情况作更清楚的阐述，也需要阐明企业团体为弥补过去曾造成的、而今仍在造成的伤害所做的事情。以下几章描述过去 5 年间这方面所取得的重要的成就。

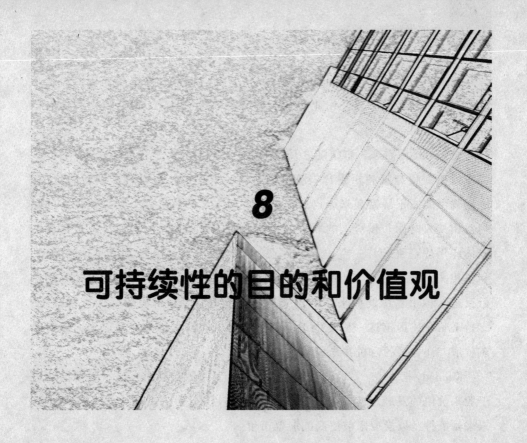

8

可持续性的目的和价值观

股东价值的终结?

Alan Kennedy 在他撰写的《股东价值的终结》（2000）一书中，记载了企业目的是使股东价值最大化这一思想的起因。按照 Kennedy 的观点，他对若干理论会计师进行了观察后认为，股东价值有其思想根源。这些会计师清楚，通过预计未来的现金流量，而不是看传统上对业绩的估算（如每股收益），就能更好地预测股市价格水平。美国投资银行在 20 世纪 70 年代末及 80 年代初对这一想法产生了兴趣。有人运用新方法论提供的深刻见解，收购那些股票价值偏低的公司。一旦收购下来，就对其进行结构调整，并在出售给新的买主之前，解冻隐匿的价值储备。

这样就需要防止公司股价的猛跌。于是，董事们开始更加密切地关注股东价值。公司开始重新调整主管人员的报酬，以便更加强调购股选择权。在这些刺激驱动下，董事们着手重新调整公司结构，以便取缔未能执行的分摊、

削减成本、关闭老厂、让生产朝新兴经济转向，以及外购很多非核心经营活动的资源。结果显示，公司业绩有了长足的进展，同时，股市价格随之大幅上扬。

在 Kennedy 看来，事情随之开始出错：公司的努力适得其反。90 年代末，股东价值变得与赢利相违背。董事们明白，只要把公司股票推到新的价位，他们就可能真正暴富起来。这是极端的短期主义的后果。受到"蔑视"的是利益相关人的而非投资人的利益。长期供职的雇员被暂时解雇，或被迫提前退休；供应商被敲诈一空，直至停业；客户的需求也被置之不理。他提出，利益相关人现在正形成如消费者协会和退养基金协会等压力集团，并开始进行反击。该书名由此而来，其含义是，过度关注股东价值的时代行将结束。支持 Kennedy 提出这一论点的论据略显不足，而且大部分专家以为，发布股东价值"讣告"的时机并未成熟。

Kennedy 把杰克·韦尔奇领导下的 GE 作为首例，用图表显示了美国热衷于股东价值的发展过程。他得出结论：那些效仿杰克·韦尔奇做法的公司把其未来做抵押，以换取眼前更高的股票市价。

Kennedy 的结论是，在英国和欧洲其他地区，一些公司及其经理们在避免走许多美国同行公司正面临的下坡路时，仍然有时间从股东价值中大捞油水——尤其是他们持有这种观念：真正重要的是实绩，经理人员应对此负责。要防止此类现象产生，董事会就要把股东价值看成一种成果而不是目的。

> 有越来越多的证据表明，公司失败的原因是，普遍盛行的有关管理工作的思考和用语十分狭隘地建立在经济学流行的思考和用语的基础上。换言之，公司的垮台是因为他们的管理者只注重生产资料和服务这些经济活动，而忘掉了其组织的真正性质——人类社区的性质。所有的法律机构、商业教育者和金融界都参与其中，与他们一道犯着同样的错误。

> （Arie de Geus，1997）
>
> John Plender（1997）

指出，在利益相关人或利益兼容模式的公司管理中，经理人员被视为过去遗留下来的财富的托管人。为了公司的长远利益，他们有保护和增加这一财富的义务和责任，以确保公司的可持续发展。他还指出，所谓的盈格鲁—撒克逊管理模式追求对股东的最大回报，而不是公司财富的最大化。结果，虽然造成了维持或提高股息水平的倾向，但却几乎不管公司的业绩如何。这样一来，权益股本的收益变得日趋固定而无剩余。因此，投资者在两方面都受益——低风险固定收益，以及享有利润增长的最大股份。Plender 所言的含义是：削减研究与开发、投资与培训等方面的开支，这在经济滑坡时期带来的更大压力，这也是公司声望渐小的主要因素。

把股东利益置于首位的最有力的论据是，他们是企业的拥有者，只要他们遵纪守法，便可按其意愿自由支配企业。过去或许曾经如此，而今，就绝大多数规模庞大的公司而论，"拥有者"——无论是个人还是机构——最好称之为"投资者"。他们自由支配其资本流动，并将其投到可获取最大短期收益之处。他们无论怎样异想天开，也不能视自己为拥有者。

> 目的是一种不受为股东价值或利益相关人的考虑所约束的东西。它是首位的，一旦选定，便对每个利益关系者都关系密切。如果有股东的话，他们的收益也会受到所选目的的影响。按我的经验，很多公司的目的不坚定。由于未履行应尽的义务，他们发现自己一心只想着为股东挣钱。
>
> （Andrew Campbell，Ashridge 战略管理中心）

目的与价值观为什么十分重要

人们常注意到这一点：如果一个公司宣布创造股东价值为其目的，那么，对于一般员工或从学校刚毕业的公司成员，这句话几乎起不到激励与诱导作用。即使是满足所有利益相关人需求的目的，如果仅仅是说说而已，也不可能唤起员工来多承担一份义务和努力。要起到激励的作用，目的须富有鼓动性或挑战性，应将它视作值得尽力去做的事情，看做是高于利益相关人的物质利益，为社会服务的事情。目的还必须用简洁、明确而又可充分量化的寥寥数语来表达。这样，目的的实现才可通过评估来给予确证。

> 首先，我想讨论的是，公司为什么而生存……我认为，许多人错误地推测，一个公司生存仅仅为了挣钱。虽然挣钱是公司生存的重要成果，但我们必须深究下去，以弄清我们存在的真实原因……我们必定会得出这一结论：一群人集聚起来，作为一个我们称之为公司的机构而存在，这样，他们就能集体完成某些单枪匹马所不能完成的事情——他们在为社会作贡献。

（Dave Packard，惠普）

1983 年，Colin Marshall 成为英国航空公司（BA）的总裁时，正值公司亏损。公司失去了旅游者的青睐，员工们士气低落。Marshall 制定的能与雇员们共同实现的目标是：成为"世界上最受欢迎的航空公司"。就公司当时的名气和地位而言，这的确是一场挑战。这一目标简洁、明确、易于评估，而且未提及股东或利润。同样简洁而有力的价值陈述——"把人置于首位"，对目标起到了烘托支持的作用。公司的目标既明确又易于确证，各种不同的年度调查报告显示，它在世界几大航空公司中享有盛名，最终成为英国产业史上最著名的扭亏为盈、名利双收的公司之一。

到 1985 年秋季，英国航空公司能够告诉员工，它已被《商务旅行》杂志提名为当年度流量最大的航线。当时，Marshall 说："一个公司的任务仅仅凭良好的动机和绝妙的主意是远远不够的，它代表整个企业的框架、推动公司前进的价值观、公司对自身的信念，以及可实现的目标。"

领导人员、目的、价值观

《当好公司干坏事时》的作者 Schwartz 和 Gibb（1999）指出："公司正在做着的很多社会责任方面的工作，并非受法规、协议或立法所驱动，而是受经营利益及经理们自身的需要所驱动。这些经理们善于思考且品行端正，他们在面临困难的决策时，人们鼓励他们采取负责任的行为。"

有关目的与价值观的思想，是由以往富有卓见的领导人——通常是公司的奠基人——最早树立的，至今仍被公司所信守。Ove Arup 就是其中的一个例子。冠以其名的这家公司这样陈述其目标：

我们的目标是：通过先进的技术、高效的组织及个人服务以提高价值，从而帮助我们的客户满足其商业需求。

将我们的技术的广度和深度应用到全球的项目之中——无论项目大小、简单或复杂。我们追求产品和服务的不断改进，并通过这些举措，使客户的项目计划增值，以达到他们可信赖的质量标准。

1970 年，Ove Arup 在来自世界各地的贸易伙伴会议上发表讲话，他的发言作为重要的讲演为大家所公认。其中，他提出了指导公司的目标和原则。

- 我们应努力追求所做事情的质量。
- 在与自己人和他人的交往中，我们的行为应该光明正大。
- 我们的目标必须使所有的员工都幸福。

Ove Arup 公司的员工不断询问，Ove 在 1970 年所言是否仍然有效。在每一种场合，他们都发现，事实的确如此。

Vagelos 的实例

把价值观转化为行动的杰出领导的例子是 Ciulla (1999) 所举的 P Roy Vagelos。他曾担任过 Merck 公司的首席执行官。1979 年，当他担任公司研究室主任时，一位研究人员带着一种想法找到他，此人研究了一种称为 "Invermectin" 的灭杀寄生虫的药物理论，证明可能是治疗盘丝虫病的有效药。在发展中国家这种病可导致患者失明。他请求批准从事这一项目的研究。尽管事实上对该药的需求市场会局限在世界最贫穷的国家，并因此缺乏商业吸引力，但 Vagelos 却同意了这项研究计划。

这项研究带来了一种叫 Mectizan 的药物的投产，并于 1987 年批准使用。此时，Vagelos 已经提升为公司的首席执行官。他雇佣了 Henry Kissinger 博士，试图从诸如世界卫生组织这类机构为这种药品的分销筹措资金，但未取得成功。公司别无他法，面对的前景是拥有一种受益人买不起的药。Vagelos 与他的董事们商榷后宣布，Merck 公司愿意公开此药的秘方。到 1996 年，服用此药的人数已达 1 900 万，Merck 公司因此付出了两亿美元的代价。这一决策符合 Merck 公司的核心价值观：药品是为病人治病的，而不是为了利润。

公司奠基人之子 George C Merck 在公司经营的起始阶段就主张这一核心价值观。Merck 公司对于目的和价值观的说法是把目的诠释为"为社会提供优质产品和服务，我们干的行业是保障和改善人类生活。我们的所有行动，必须按照是否成功达到这一目标来衡量。我们期待从工作中获利，这些工作既满足客户的需求，也让全人类受益"。

> 我一向认为，一个企业对社会的最大贡献是它自身的成功，这种成功就是提供就业、交纳税款和在社区内进行消费。我仍然认为如此，但这还不够。我认为在企业繁荣昌盛之外甚至加上慷慨的慈善事业也还不够。在这个时期，当周围的社区萧条衰落时，公司不可能置之不理，而依旧保持自身的发达和昌盛。

> （Jack Welch，GE 公司总裁）

价值观与自由市场资本主义

构成自由企业或资本主义基础的基本价值是那种最为宝贵的自由。在商业领域内，这意味着贸易、投资及竞争的自由。这种自由与整个的社会自由相互作用。在社会中，人们有花钱、选择生活方式、选择膳食以及向某一政党投票的自由。即使这些自由被认为是理所当然的事，也备受人们的珍视；随同小车所有权一起出现的行动自由也在所有最让人珍视的自由之内；因此，为限制大量使用汽车而制定的政策就面临习惯势力十分顽固的抵制。

在一个民主国度里，如果某一阶层的公民所享受的自由会损坏其他阶层这样做的可能性，自由就要受到必要的限制。多年来，随着立法逐渐让自由受到限制，以维护大多数社会弱势成员的利益，我们目睹了种种最极端的自由形式的废除。因此，我们今天有了若干法律，以保护童工、少数种族和宗教团体的权利，确保安全与健康的工作条件，等等。今天的资本主义当然不是"无拘无束，彻底自由"的资本主义。这是在法律严密管制下的资本主义。显然，在执法中仍有需要改进之处。在法律要求的范畴之外，还有对商业自由作出补充的种种约束和限制。这些管制的出台是公众舆论压力下的产物。然而，为了自由的缘故，人们现在和将来都要不断地付出代价，如随心所欲地驾驶汽车，每年造成数以千计的人在交通事故中丧命。政坛上也分成了两派，各持己见。一派认为值得为自由付出代价；而一派为了某些目标的利益——如更大的社会公正或使人们更健康地生活，宁愿生活的方方面面更多一些管束与控制。

我惊讶地发现，虽然一些资本主义的辩护者——这是个恰当的字眼，因为他们似乎总是会辩赢——在辩解中会引述这样的事实：资本主义与共产主义两者相比，在创造财富方面前者效率更高，但他们也并非总是极力主张自由与自由企业两者必须联系在一起。那些反对市场资本主义的人，要么忘记了东欧共产主义政体统治下政治异端分子的下场和对基本人权的压制，要么也许太年轻而未赶上生活在这个时代。

至于第三种观点，则无须为其确定某种概念。这是让人百般嘲笑的思想，它处于前两种概念之间，是政治和经济上的折中立场。今天的资本主义与 19 世纪或 20 世纪中叶的资本主义大不相同了，它稳稳地获得了一张更"富有人性的面孔"——这是转变态度和加大管制力度的结果。我赞同 Adair Turner（2001）的观点："在全球经济的出现后，'富有人性面孔的资本主义'的主要潜力一直未见衰退，我们应该对自己的能力有信心，把市场经济的活力与对利益兼容的社会和改善了的自然环境的需求结合起来。"自由市场体系正在寻觅自己的中间道路，按照正确的方向不断前进。这是所有想要看到一个更公平的社会、更高生活质量的那些人的任务。

对于选择在经济领域度过终生的那些人——他们与在服务业、教堂或媒体圈子里度过的人有所区别——除了自由，还要有其他重要的价值观，其中包括进取精神、开创精神、自力更生、革新精神，以及物质回报的吸引。这些价值观及其在人们行为中的表现，对社会生活质量和物质繁荣，作着极其重要的贡献。

> 公司是社会创造的，其目的是为了社会和自身的利益生产所需商品和服务。作为一个社会机构，公司必须反映那个社会的共同价值观——社会、道德、政治、法律以及经济的价值观。公司必须随社会变化而变化。然而，作为一个动态的机构，公司也能试图影响这些变化的根本形式和表现。
>
> （Ian Wilson，2000）

变化着的价值观

在西方发达社会及越来越多的其他文化中（如日本），在 20 世纪末的几十年间，人类的价值观念发生了巨大变化。与种族和性有关的例子最为突出——特别是不少国家同性恋的合法化、在接受妇女平等的思想方面的长足进步，以及对马克思主义教义的信仰的崩溃。鼓吹这些变化的早期倡导者们不但被认为是离经叛道，而且在很多情况下被直接当作罪犯。今天，反对滥用全球公司权力的激进抗议者，也处于相同的地位——他们或被打上无政府主义的烙印，或被当做怪人和理想主义者为人们所唾弃。然而，很多情况下，他们信奉的正是那些将来要成为社会主流的价值观。消除生活质量的整体差异、保护物种、承担对未来几代人的责任，以及实现可持续发展的目标，这些终将被全盘接受，并成为植根于我们价值体系中的一部分。有远见的产业家看得到这一点，至少会紧跟潮流。极少数的领导人是"商业游戏"的高手，如 Ray Anderson。他的卓越领导能力将在本章后部分进行详述。

社会价值观的划分

Francis Kinsman 在他的《千年》一书中，引用最早由社会变革研究所（RISC）于 1981 年提出的分析，讨论了 20 世纪末三种主要价值观的社会群体——被迫维持型、外向型和内向型。

被迫维持型价值观群体的人，为满足其基本需求而奋斗着。他们大多数都很贫穷，享受的权益极少，且被排斥在主流社会的决策之外。他们的当务之急就是维持现状，或再好一点，提高生活标准。全球半数以上的人口属于在这一价值观念的群体。

外向型价值观的人，其全部基本需求业已满足。他们所感知的、相对的社会地位给了他们生存的动力。在西方社会，这意味着他们不仅可享受由现代技术提供的物质利益，而且可以从中获得极大的乐趣。实际上，在他们看来，社会地位可按经济富足的外部标志直接判断出来。

内向型价值观的人更多受价值观的驱动而生存，他们在证明一种经过熟思的内在目标感。他们普遍对涉及伦理道德的问题十分敏感，并容忍对不同文化的选择。其购物模式和生活方式反映出他们具有更富同情心的特性。

这种划分常常可进一步细分为以下若干群体：

- 被迫维持型：无目的者与幸存者。
  — 无目的者要么是年迈、缺乏目的而且遇事无动于衷的人，要么是年轻、对权势怀有敌意、常以暴力行事的人。
  — 幸存者属传统主义者，多半努力刻苦，充满喜悦并关心社区。
- 外向型：归属者与炫耀型消费者。
  — 归属者在见解上依然是传统的，因袭守旧、追求安稳、极力反对世事变迁。
  — 炫耀型消费群体的生存动力源自获取、竞争与地位。
- 内向型：实验主义者，抵触社会者和自我探索者。
  — 实验主义者包括更加精明的挥霍者；他们是些精干的杰出人才，尝试着像冥想疗法或新年龄疗法这些新想法。
  — 抵触社会者包括更传统的理想主义者，通常持有平等主义的观点，以及积极投入到各种社会或政治事件中的较年轻的人。
  — 自我探索者关心的是自我表现与自我实现。"在所有社会价值群体中，自我探索者具有更广阔的视野、更大的耐心以及在全球范围内解决问题的最大倾向……他们今天冥思苦想的问题，世界上其他人明天才想得到"。

自 20 世纪 70 年代起，市场研究者们广泛征集了公众意见，对三大社会价值群体各自所占的百分率，进行了量比。

表 8.1 社会价值观的变化

日期	国家	资料来源	被迫维持型	外向型	内向型
1981	美国	RISC	11%	68%	21%
1981	英国	RISC	40%	30%	30%
1987	英国	Applied Futures	29%	35%	36%
1988	英国	Synergy Consulting	55%	20%	25%
2020	英国	Kinsman forecast	15%~25%	30%~35%	40%~50%

这份可持续发展的成就分析所蕴涵的意义是不证自明的。有几组价值观持有更长远的观点，自愿放弃物质消费而支持一种理想或事业，并具有利他主义的行为。其他几种价值观则明显不利于这个观点。

被迫维持型基本上是那些整个一生都在为基本的生存需求而奋斗的人。他们不可能参与到可持续发展的辩论中。即使他们这样做，也看不到为实现这一目标而作任何贡献的方法与途径。

极度贫穷国家的人，可能几乎都属于被迫维持型价值观的类型。他们对未来几代人的关注集中在获取这些基本商品，如住房、保障食物供给、洁净水、污水排放以及地下通讯系统。而另一极端的人——内向型价值观的人，可能与可持续发展的理念与目标高度协调一致。他们自身就十分欢迎、采纳和支持实现这一目标的行动。这不单从他们的购买决定上，也从认股投票和其变化着的生活方式上反映出来。让人担心的是，英国这一群体的比例明显呈下滑趋势。但人们同时也注意到，Kinsman 的预言最后证明是乐观的。

把对社会价值观的分析运用到公司

BT 公司网站的一篇文章把上述分析运用到对企业组织类型的划分之上。

被迫维持型公司是努力争取维持其财政状况的公司。获取利润并使现金流量保持积极走势，这两方面的困难意味着公司很难把资源用于社会发展和解决相关的问题上。

外向型公司只受利润动机和创造股东价值所驱动。公司认为自己有对经济发展作贡献的责任，但无更多对社会的责任。

内向型公司受价值观的支配要多得多。这并不是说公司不具备强大的竞争力，不能对稳定的财政业绩作出陈述，不承认其股东是商业上合法的利益相关人，而是强调公司要按利益兼容的方法来运作。这样的公司支持可持续发展，并与之保持更加和谐一致的步调。

公司的价值观

近年来，越来越多的公司已经适应了内向型的模式，并对构成企业策略基础的基本价值观和信念进行了质疑和重新确定。很多的例证表明，通过与外部利益关系群体的磋商，这个方法得到了推行。利益关系群体包括消费者、供货商、社区代表、非政府组织和雇员。人们最终几乎普遍接受了这种方法，并一致认为公司不仅仅有为股东创造价值的义务。下面是所举的实例：

Levi Strauss 公司

该公司以其对核心价值的郑重承诺，及其对社会承担具体责任的使命而誉满全球。除了对正式的使命和前景的陈述外，该公司还有个"目标陈述"，提出了诚信、团组精神、多样性、道德规范及授权等问题。公司的每份声明书都被用做路线指南，在日常商业运作和长远规划中，对管理者和雇员们进行指导。价值观作为公司的企业文化之一，被认为是所有企业决策的活要素和基础。公司定期地吸纳雇员参与对价值观的探索。在探索过程中，他们对个人认为重要的事进行评价，并查验种种途径，把这些价值观和企业决策结合起来。

南非酿酒公司（SAB plc）

该国际公司对它的价值观作了如下 8 点陈述：

1. 我们诚实经商，遵守所有现行法律。
2. 我们信守诺言，追寻互惠持久的关系，诚交天下朋友。
3. 我们尊重个人权利和尊严，珍视文化多样性，通过雇员的参与和授权促进利益兼容的法则。
4. 我们充分利用财富创新，提供公平回报，肯定成绩，为我们所有的利益相关人作贡献。
5. 我们创造和维系一个安全、健康的工作环境。此外，提高工作的满意度，发挥每位雇员的潜能。
6. 我们提供绝对优质的产品和服务，以满足顾客的需要。
7. 我们是负责任的法人公民，作为社会整体的一个成员，我们履行着所有的义务。在商业决策中，我们在维护自由贸易权利的同时，也适当地考虑社会和环境的影响。

8. 我们期盼公司价值观能得到公司全体员工，以及我们所雇佣的代表我方利益的第三方的支持，诸如我们的供货商、签约人和其他代理商。在合资企业中，我们努力确保商业合伙人也运用这些价值观。

Bovis 租赁公司

Bovis 租赁公司是一家英国公司，它十分明确地详述了自己的核心价值观，并公布在其网页上，包括以下内容：

- 诚实。遵守最高的伦理标准，维护公司的声望。
- 尊重他人和文化。接受多样性，为员工提供一个环境，以达到适度工作和生活平衡。
- 客户的满意度。密切关注建立持续的往来关系并满足和超越客户的期望。
- 团组协作精神。通过合作共创价值。
- 法人公民职责。公司对其运作的环境负责，重点在其经营的所有区域内担负安全和法人责任。
- 安全。对雇员、利益相关人和周围的社区，公司承诺为他们提供最安全可行的工作环境。

Land 证券公司

对商业道德和价值观，这家英国公司有非常全面的陈述。在序言部分，公司强调了在经商过程中牢记一整套核心价值观和方法的重要性。

与公司有业务交往的股东、雇员、客户、供应商、竞争者和更广的社区，该集团公司承认对他们所有的人负有责任。公司把集团的声誉与有生意交往的那些人的信任和信心，视为最重要的资源之一。公司承诺：在进行商业活动中，要求并维护最高伦理标准；不容忍任何与公司政策相违背的做法。伦理的实施受到定期监督。

该公司的伦理原则用以下标题作出详述：

- 与客户/租赁人打交道。"为了与客户（租赁人）发展长期合作关系，我们提供服务的特点是：个别接触，采取有助且及时的举措。"

- 与股东和其他投资商的关系。公司的目标是：确保收入增加与资本增值，以此形式维持股东的长期发展。

- 与雇员的关系。公司为员工提供均等机会、健康与安全、公平和合理的报酬，并阻止任何骚扰。

- 与供货商、顾问、代理商的关系。目的是发展相互信任的关系。

- 与政府和社区的关系。公司将通过提供有效和有益的服务，良好的就业机会和环境条件，努力服务并支持经营范围内的社会。公司将在最广泛的意义上关注环境保护，并认识到，某些资源十分有限，必须合理地利用。

- 与竞争者的关系。公司将全力而诚实地参与竞争。

- 与合并的公司和接管人有关的行为。"公司允诺：遵循市政法典内关于合并和接管以及陪审团对此的其他裁决。"

- 涉及董事和管理员的伦理。作为英国一家公营公司，我们将遵守优质的公司管理方针。

- 承诺和声明。"公司旨在努力创造气氛和机会，让雇员们就觉察到的非道德行为和决策畅所欲言，诚恳进谏。"

案例：Interface 有限公司

Interface 有限公司是有着鼓舞人心和挑战性目标的典型实例。作为世界上最大的商用地毯制造公司，Interface 公司有个长远的承诺：不仅要成为一个持续发展的，而且是"青春永驻"的公司，即致力于改善环境而不让环境资源枯竭的公司。

1998 年，在亚特兰大公司总部，Interface 庆贺了它 25 岁的华诞。在 1997 年 12 月和 1998 年 12 月，公司两次被美国《财富》杂志连续提名，誉为美国首强 100 家公司之一。

Interface 有限公司始建于 1973 年。当时，Ray Anderson 任临时董事会主席和首席执行官，他意识到了现代办公环境对柔性地面铺设的需求。于是，他领导了一家合资企业，由国际地毯上市公司的一家英国公司和一家美国投资集团公司组成。该公司大规模地生产并销售标准柔性地面铺设料。1974 年，Anderson 在美国的拉格兰奇拓展了业务，Interface 公司开始大量制造并分销标准地毯。在过去 25 年里，通过内部发展和战略思考，不断壮大。公司迅速发展并确立了现在的地位——全球标准柔性地面铺设料生产行业的龙头厂家。

现今的 Interface 有限公司已经是一家跨国公司，33 个生产基地分布在美国、加拿大、英国、荷兰、澳大利亚和泰国；产品销往 110 多个国家。公司生产商用宽幅地毯、纺织品、化工产品、建材、过道地板系列产品，以及制造和出售占了当今商业建筑使用总量 40% 的地毯。

> 我们 Interface 公司在全球范围内的全体员工有一个共同的目标：创造零浪费。在过去 5 年，我们一直为此目标而努力工作。我们称这种努力为 "QUEST"（quality utilizing employee suggestions and teamwork），即 "采信员工建议与利用团组协作精神之品质" 这句话的首取字母。通过全球范围的 "QUEST" 工作组，我们在重新查验所浪费的资源时，想办法减少乃至最终根除浪费；我们在重新设计和规划产品时，以此来达到少投入、多产出；我们在重新设计生产过程时，减少资源消耗；任何一个生产环节或产品如果不能增值，我们就将其废弃。这一哲理凌驾于生产之上。在每一部门，从财务到销售再到人力资源，我们的目标一致为实现零浪费。自 1994 年以来，我们已经走过漫长的道路，杜绝了 9 000 多万美元的浪费。

Ray Anderson 看到了他的——也是公司的——领导人的 "第二次工业革命" 的使命。公司直到 90 年代中期，还仅以遵守环保法为满足。可在当时，历史性的里约热内卢最高级地球会议召开后两年，即 1994 年，客户和分销商开始提出质疑：Interface 公司对环境采取了什么行动？公司并没有什么特别举措。而大多数公司及其客户，却对他们的行径所造成的环境影响给予了更多的关注。

但是，曾经任克林顿总统可持续发展顾问委员会联合主席的 Anderson 对事物的真谛产生了一种顿悟，他的反应与其他人没有两样。在对 Interface 公司员工组建的特别委员会的讲话中，Anderson 要求他们把公司打造成一个可持续发展的、能"焕发青春"的公司。"我们的给予不求回报，结束循环杜绝浪费，这就是远见。"牢记这句话，Interface 公司与其 7 500 名员工开始了 Anderson 所说的"攀登"。

1995 年，Interface 公司在原材料上花了 8.02 亿美元，约合 12 亿英镑的自然资本。其中，1/3 是丰富而有益的资源，2/3 是石油，这些石油中有 2/3 被燃耗。Interface 公司计算过，获取每 1 美元的销售额，须投进 1.59 英镑"我们称为材料"的自然资本。对于安德森而言，这简直无法维持下去。

因此，他们得出了一个量比：几英镑材料产生 1 美元销售额。在 1994 年和 1998 年期间，Interface 公司提高了经营业绩，达到了 1 美元销售额只需要 0.94 英镑自然资本的投入。这一业绩转化成了 2 300 万美元的"可持续"销售额。迄今为止，Interface 公司已经杜绝了 46% 的浪费，在生产过程中节约了 8 700 万美元。

Anderson 指出："今日企业是一个索取、制造、浪费的实体，所以，我们现在正在建设 21 世纪最有代表性的企业。"这种企业该像什么？Anderson 作了包含 7 点的规划：

- 杜绝浪费，以零浪费为目标；
- 对生物圈和岩石圈都实施良性排放；
- 更新能源（Interface 公司刚刚建成了一座只使用太阳能的工厂）；
- 终止浪费循环圈，用较少能量回收并再利用资源，而非提取资源；
- 有效利用资源的运输；
- 情感联络：与共同目标的供应商、雇主和所有其他的关系连结起来；
- 连带责任，我们称此为上下线供给链管理。

创新的商业客户绿色租赁计划，是 Interface 公司开拓新的商业构思的方法之一。这一计划认识到，实际上，没有客户想要一大堆尼龙纤维和胶水；他们真正需要的是地毯的保暖、外观和质地带来的益处，而不是地毯本身。除了要么花高额的保护环境费用进行处理，要么马上花高价重新更换外，客户也欢迎对逐渐用旧的地毯作出新的选择。

绿色租赁的运作方式是：一家公司从 Interface 公司租赁地毯服务，以此获取新地毯带来的利益。这些地毯定期由 Interface 公司检查，并在用旧之后被自动更换。这样，公司就有效地拥有了始终保持着高标准外观和功效的地毯。Interface

公司接着又成了旧地毯的拥有者，这样就无须动用原始资源，所有被回收的旧地毯经过翻新和处理而焕然一新。使地毯尽可能多次循环利用，为达此目的，重新设计并制定生产过程，这样做正是为了 Interface 公司的利益。从客户的观点看，最初的资本支出，以及由此对现金流量产生的影响就得以清除。并且，为商家经常提供标准的地毯服务的成本真实地反映在他们的账目上。

这个简单但极富创新思想的成功，使得其他的地毯商家纷纷效仿 Interface 公司的做法，尤其是 Milliken 地毯公司。这家公司的"地球方块"产品系列就建立在与 Interface 公司十分相近的概念之上。

Interface 公司在一段时期稳定的销售与利润增长之后，遇到了一些严峻的困难。1998 年的第二季度，公司股票下跌，持续了一年半的时间，从最高点跌入谷底，损失达 87%的价值。因此，不可避免地出现了问题——不仅影响了公司的可信度，而且波及整个可持续发展运动。

公司财富的损失反映了几个因素。当时，由于"新经济"型的诸公司受到客户青睐，在 Interface 公司的业务部门，总体产值已经下滑。然而，主要的原因却是其自身造成的。用 Anderson 的话说："Interface 公司搬石头砸自己的脚不止一次，而是三次（2001）。"增添的 29 个承包经销商带来了同化的大问题。当信息技术部门员工关注千年虫问题时，地毯的销售系统却被忽略了。在欧洲的收购同样也有问题。

Anderson 看到，所有这些问题的背后都隐藏着难以察觉而又十分独断的管理人的问题。他说："被忽略的关键因素是与之相应的对人民的真正重视，即社会的可持续性。在最沉重的压力关头，我们的管理者在大多数情况下只会仰仗法令，而不是耐心地、设身处地地，让人们参与制定与其生计息息相关的决策。"换言之，Interface 公司当时已经开始与利益兼容的指导思想背道而驰了。

是 Interface 公司对环境可持续发展的承诺导致其收益和股价的下滑吗？当然不是。如果不是赢得了客户对公司的良好信誉——响应公司所作的承诺、成本节约以及由全新的可持续性思想倾向而生产出的独特产品，这一下跌更严重。这次绩效滑坡的原因主要是公司在各方面都没有完全履行对可持续发展的承诺。

结　论

　　过去，人们对企业目的往往不以为然，很少就此而争论。20 世纪 60 年代，Unilever 的董事长被邀请在一次高级主管的发展课程上，就联合利华公司的目标作主题演讲时，他站起来说："联合利华公司的目的就是获取利润。还有别的问题吗?"今天，大公司的主席极少头脑会如此迟钝，但很多领导人却把创造股东价值作为企业的唯一目标。目标的选择反映出组织的价值观，注重底线反映出看重物质和经济的价值观。相比之下，采纳更广的目标——一个有利于人类并对利益相关人负责的目标，则反映出一套人道主义价值观，以及为社区服务的愿望。这样的目标，使得公司在公众眼里更加正当合法，也让公司更能吸引可能成为公司职员的人。他们会认为自己正在对社会作贡献，其价值远远超过使股东更富有。

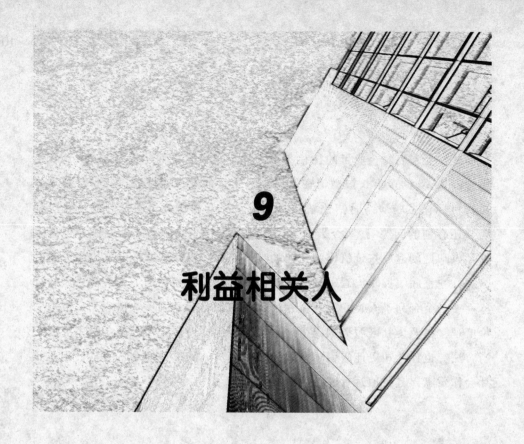

9

利益相关人

引 言

与利益相关人的关系仅仅是使企业持续取得成功的利益兼容思想的一个方面。然而，正是利益相关人的问题紧紧扣住了这些标题。而且，也正是围绕所谓的利益相关人理论，才展开了一场激烈的争论。特别是，争论产生了两种观点之间的鲜明分歧——一种人主张只集中关注作为公司目标的股东价值，另一种人则赞成利益相关人策略。争论双方有实干的企业领导人、顾问、投资专家和经济学家。

利益相关人概念

作为利益相关人，就意味着要对某种有风险的事情下赌注。所担风险可能是投资无归、工作丢失、作为供应商的合同失效、健康和安全受到威胁，或作为客户得不到金钱的价值回报。风险规模或大或小，差别明显。

利益相关人有两大集团——一类是与公司有直接关系的人，即股东、投资商、雇员、客户、供应商和当地社区；另一类是那些与公司没有直接贸易关系的人，诸如各种压力集体和非政府组织。他们代表的利益以这种或那种方式受到公司经营活动的影响。

一些公司把"社会"列入利益相关人的名单。然而，无论一个公司有多么庞大，实力多么雄厚，都和社会有着利害关系。这种利害关系对于公司的生存，比起有着利益关系的社会从公司得到的回报重要得多。例如，如果Vodafone 公司或者 AT&T 公司无法再生存下去，其影响对于社会相对而言是无足轻重的。可在另一方面，社会结构的崩溃则完全可以毁掉上述任何一个公司。

利益关系理论的批评者争辩说，一个人偶尔买一个 Mars 公司生产的一块巧克力不会使他变成这家公司的利益相关人；如果吃了一块 Mars 巧克力会导致严重的食物中毒，那么为此案开脱就很困难。虽然如此，仍有争辩的余地。不过，利害关系人受公司经营活动的影响程度差别很大。

作为一家公司的股东，他或她把毕生的储蓄托交给一家公司，这样的长期投资者是名副其实的利益关系者。一家公司里，投机股作为该公司大量发行证券的一部分，其短期持股人却不是等同意义上的利益相关人。

一个服务了 30 年的 53 岁的雇员，如果被列入多余人员的名单，就会遭受很大损失。他或她是真正意义上的利益关系者；但为了攒钱去周游世界而与公司签约一年的年轻人，却不是利益相关人。

全部产量都被 Marks & Spencer 公司占有的供应商仍要冒很大的风险，他们是主要的利益相关人。

从投机商那里买一幢房子，并因此作出了一生中重要的购买决定，这个客户无疑是主要的利益相关人，而从 WH Smith 书店买一份报纸，却不会因此就成为重要的利益相关人。

谁是利益相关人？这也取决于该组织的性质和目的。大多数公司有 4 种"主动的"或者交易性的利益相关人，因为它们在 3 种市场上活动（获取资本、劳力以及产品和服务），同时也享受由当地社区提供的服务。但是，许多私营公司没有利益关系投资人，而受管制的公司也许会把管制者看做利益相关人。

在利益相关人中的各种关系之间，极少可以做到势均力敌。例如，为壳牌公司购置船队的买方与向 Ford 公司买车的个体客户相比，后者相对呈弱势。然而，对于个人而言，一辆车有毛病，与成批供给壳牌公司的车中任何一辆有毛病的车相比，损失会更大。

要不是因为工会为会员提供保护，或者是有了涉及最低收入、不公平解雇、健康及安全此类情况的法律保护，一个雇员在处理与顾主的关系时，相对处于弱势。

将利益兼容法用于管理，意味着企业组织不会为了自身的利益而拉大这些权势差异；也意味着，它们的目标将是看重每一位客户和供应商，尊敬每一位雇员。

然而，利益兼容法也意味着应把利益关系的风险程度作为重要的考虑内容。决定裁去一个 30 年工龄、尚未达到领取退休金年龄的员工，比决定裁去一个 30 岁以下，工作不到两年的员工，要求作出更认真的考虑。同样，对于玛莎公司，取消与文件夹供应商的合同是一回事，而取消向公司供货多年的衣服制作商的全部产品合同则又是另一回事。

Svendsen（1998）指出，不同的公司对其利益相关人的方式应有重大的区别。一种是她称为的利益相关人管理法。此方法注意两者之间的关系、保护企业组织，并与短期目标关联；实行分片操作，常常以各部门的利益为驱动力，比如争取获取采购决策的"品行奖分"。

另一种更加深思熟虑的方法，她称之为"利益相关人协作"，这种方法主要关注建立关系，强调双赢机会。此方法与长期目标相关。推行此方法要结合公司的方方面面，并在公司的任务、价值观和策略推动下完成。

对于大多数公司，管理工作的关注点曾一度集中在某个利益关系群体之上。协作法经常局限于一个组织的具体部分。例如，一些公司让员工参与民主管理这些方法来与他们加强联系。其他公司则与它们的供应商和客户发展了以信任为基础的相互高度依赖的关系，但通过深刻的社会价值观和对底线重要性的认识，采取全面而具有战略眼光的方法来建立相互关系的公司却不太普遍。

> 经验表明，如果你在一群值得信赖的合作伙伴中工作，那么就能
> 迅速提高质量，降低成本。这样做比通过面对面艰难地谈判要更快捷。

(John Neill, BP 首席执行官)

作为"假想论点"的利益相关人理论

若干股东价值的倡导者将股东价值作为公司不遗余力追求的最高且唯一的目标。他们以所谓利益相关人理论的形式设定一种"假想论点"来加以抨击。虽然尚没有叫做利益相关人理论的这种为人们所接受的知识体系和理论，然而许多人却倡导这一思想：企业管理应该为所有利益关系群体谋利，这些群体还包括经济学家、商校、企业领导人、商业记者和顾问。有些人把他们的倡导建立在经验之上，而另一些人则建立在理论之上；两种人彼此不一定达成一致，而且，他们双方都能引用的普遍可接受的理论体系仍然较少。

新泽西州标准石油公司的董事长 Frank Abrams 在 1951 年发表的演讲，是企业领导人发表这一观点的早期实例。他在讲演中说："管理工作是在各种有直接利益关系的群体的要求之间维持一种公正和工作平衡。这些群体有股东、雇员、客户和公众。"

20 世纪 60 年代，美国的斯坦福研究所和瑞典管理学理论家 Eric Rhenman 发展并完善了这种方法。当企业领导们看到，日本管理体系的成功大部分归功于利益相关人理论时，对这种方法的热情逐渐高涨起来。

对利益相关人策略最强硬的批评者是 Sternberg（1999）。她提出："利益相关人理论是这样的一种学说，即企业的经营不是为了所有者的利益，而是为了他们所有的利益相关人的利益。"虽然一些倡导者也会下这样的断言，但尚不能从普遍被接受的理论体系中发现有这一思想，也缺乏任何证据可以证明"学说"这一术语的正确性。利益兼容法提出，公司的经营应该以可持续的方式来创造财富，为了实施这一方法，这就意味着特别要把参与经营活动的所有相互依赖的关系考虑在内。

Sternberg 认为，支持利益相关人观点的人都有这种思想，但他们中大多

数人也许未必主张这一观点。例如，她提出"企业应该对其所有的利益相关人担负平等责任，这是该理论的一个基本原则"，但此说法依据何在？

她彻底反对多元化责任的概念。然而，所有的董事会在法律上都要服从于此。他们对其雇员和客户的健康与安全所负的责任，高于为股东谋取利润的责任；如果公司破产，他们将对债权人而非股东负责；在不断增多的产业中，他们要对管理者负责。

她这样说："利益相关人理论恣意表现出管理工作上的傲慢与迟钝，以及在工薪、津贴和房产方面的铺张浪费。这一理论对有利于股东的接管标的产生阻力，并纵容追求毫无商业意义的市场扩张。"此时，她不仅提出了毫无事实根据的争辩，而且对研究的证据也视而不见。人们纳闷：她是否想要亲自对那些成功的利益相关人公司，比如壳牌公司、BP公司、Hewlett-Packard公司、Merck公司或者是澳大利亚大麦局（ABB）的董事会重复这些辩解。就算是那个成功的资本主义英雄——杰克·韦尔奇，现在也赞同利益相关人策略。

权衡多种目标功能的经营管理

Argenti（1996）指出，公司只有具有一个明确且至高无上的目的——创造股东价值，它才可能成功地运作。然而，当他说"公司是为股东建立的，正如学校是为孩子们开办的，医院是为病人设立的，工会是为其成员组建的，美国汽车公司（AA）是为了车手们成立的一样"时，他已掉入了自己设置的陷阱之中。

如果学校和医院是私营部门会怎么样呢？所属国家健康服务局（NHS）的医院是为其病人而存在，而私立医院则就只是为它的股东而存在？如果Argenti有严重的心脏病，发现他自己正在被送进医院，门头上有这么一条标语："我们唯一关心的是为我们的股东创造价值，"他的心脏状况也许会更加恶化。如果Centrica公司拥有了美国汽车公司，美国汽车公司就突然不再为了车手们的利益而存在了吗？这并非是在描写美国汽车公司的文学作品中所包含的意思。

在真实世界中，平衡不同的几组目标，以及应对几组不同的义务，是摆脱不了的挑战。这正是管理者们拿报酬所要做的事。即使把股东价值作为关注焦点，仍有必要权衡两种人的目的——今天的股东对高额股息的需求，以及未来股东对自由现金流量的需求。如果你在经营一家私立医院，你仍需考虑工资幅度和工作条件的优劣，以此来吸引和留住诸如顾问医生和护士等主要雇员；仍需考虑设备和药品供应商需要获取可接受的保证金。但首先是要让病人和他们的家属感到，他们得到了可能是最周到的医疗服务。对此，反对利益相关人理论最根本的论据是，如何才能平衡不同利益关系群体之间的利益。这一理论提供不出任何指导——这纯粹是象牙塔里的理论之争（如Sternberg 所为，她把这些利益称之为"多种利益"，而没有对这个术语的正确性加以说明）。当然，利益相关人理论没有提出这样一种方案，也没有必要提出。公平的解决办法会因公司不同而异。在每一家公司，又会因情况不同各异，程度也不尽相同。公司管理层的工作是，在特定的几种环境下促成利益相关人利益的最佳组合，以便形成共同的目标感。利益关系策略的倡导者只是提醒管理者，注意力只集中在满足一个团体——股东，而不顾及其他群体，这个目标是不可能实现的。

Sternberg 对此强调指出，毋庸置疑，虽然在实践中这样的平衡问题以例行公事的方式解决了，但却是通过将企业组织的真正目标作为决策标准来解决的。因此，如果组织的真正目标是使长期股东价值最大化，那么，其他利益关系群体的需求，就得按照这一标准进行平衡。此处的关键词是"如果"，但要点则是股东价值倡导者所用的命令句的性质——"企业管理必须有一个首要的关注点"。这一命令从何而来？如果一个董事会完全了解其股东，并在他们直接或含蓄的赞同下希望确立多重目标，或真正为了选择一个关注点，而不仅是为了让股东价值最大化，谁会说这是错的呢？这也许不符合传统经济学理论，但是这将是传统经济学与真实世界相矛盾的另一实例。

在日常生活中，我们很少依照追求单一的目标来行动。多数情况下是在几个相互矛盾的目标之间寻求一种平衡，比如职业和家庭生活之间的矛盾，或是尽情吃喝与维护健康之间的矛盾。在这一点上，公司也不例外。

你不能把商业关系看成一种市场活动，以此创建一个经久不衰的企业——在这样的市场活动中彼此争强好胜——或铤而走险，向他人兜售假货。而是必须把关系视为一种集聚，这使我们能做一些绝非由

> 两个方面所能做的事——这是可以把馅饼做得更大的事，于你和我都十分有利的事。
>
> (Lord Browne, BP 公司首席执行官)

企业组织或十分明确地采纳了多重目标，或真正采纳了单一目标，而不是最大化地提升股东价值，这方面有无数组织的实例，包括许多企业组织和一些世界上最成功的真正典范。比如，Merck 公司把利润及由此获得的股东收益主要目标的副产品，即研制抗病药物的副产品。

Shiv Mathur 和 Alfred Kenyon（1997）指出，利益相关人理论弄错了企业的基本性质。他俩断言：企业绝不是一个道德代理机构，它是一个无生命的实体。很显然，这是胡说八道。一个无生命的实体不可能由于疏忽大意，导致一起严重的火车事故而受到起诉。无生命的实体是没有文化、没有共同价值观，或没有名声的。一家公司就是不同角色的人共同工作的一连串关系——如股东、雇员、客户和供货商，他们通过相互依存的纽带，被连在了一起。

> 企业领导人通过他们的决策来影响其组织所选定的方向。组织最终之所以运行良好，是因为他们强调了多元化；组织成员属于更伟大的事业而不是他们自己。这一事业是信心和连续奋斗的源泉，也是更高生产率的源泉。企业机构是人，不仅从法律或金融的意义上，而且也从道德的意义上来看。他们表达了其成员的信仰、权利和义务。当人们只关心自己时，在冷漠态度的压力下，只注重财政效益的组织就容易崩溃。在此意义上，企业是伟大的人类朝文明社会发展中的重要的代言人。这是建立一个模范组织的基本论点，它帮助所有利益相关人发展而成为多元化社区的有生产能力的成员。
>
> (Carl Anderson，1997)

利益相关人策略与企业成功

Waddock 和 Graves 两人的研究（1997）观察了利益相关人关系、管理质量和财务业绩之间的联系。他们对《财富》杂志的 500 名声誉好的公司所作的调查报告进行了分析，结果显示，建立积极的利益相关人的关系网与公司的其他积极的特征相关联。稳定的财务业绩与善待雇员、客户和团体等利益相关人，这两者是相辅相成的。他们还发现，善待利益相关人的公司同样被他们的同行认为是具有优秀管理层的公司。

Kotter 和 Heskett（1992）研究了有重要价值的利益相关人与公司长期业绩之间的关系。这一研究在引言里作了小结。

案例：Ford 汽车公司

最近，Ford 汽车公司采取措施，开始实施在其网站上约见利益相关人的策略。Ford 汽车公司把主要利益相关人确定为公司设施业主的客户、雇员、当地社区、商业合伙人——如供应商和经销商——是公司和"社区"的投资人，包括政府和非政府组织。公司所陈述的信念是：主动与利益相关人开展对话，为公司自身和社会创造价值。

Ford 汽车公司主张与利益相关人建立长期的关系，并且声称，公司有很多适合与他们交流和共事的首创做法。Ford 汽车公司所采取的新做法是，系统地考虑利益相关人提出的倡议。按照公司的既定目标——做"法人公民职责的领导人"。公司认识到，它与公司的利益相关人之间有广泛的潜在约定。目前，很多约定是通过相当传统的交流方式进行的，包括广告、商业游说和调查。随着《法人公民职责》办法的推行，公司打算评价与每一个利益关系群体的关系的质量。其意图还是促进更广泛的合作，建立以听取反馈意见、相互尊重与合作为特点的相互关系。

通过相互学习，旨在更好地了解公司与其利益相关人之间的共同利益，以及与公司有关的利益相关人的共同利益同时，调整建立在这些互相关联基础上的策略。然而，对这些政策的付诸实施，以及真正对企业战略造成的影响而言，公司未提及要安排对此进行单独的核实确认。

利益相关人有关环境问题的对话

当然，对于 Ford 汽车公司，关键的问题是公司产品对全球环境造成的影响。伦敦商业学校的 John Warburton 和 Nick Cardoza 在一篇获奖文章中（2001）讨论了通过与利益相关人的对话，以及公司处理这一问题的好坏。文章作了以下总结：

42 岁的 William Clayton Ford 于 1998 年 9 月就任 Ford 公司总裁时，正处于这样的背景：公众就户外运动型车辆对环境造成的影响日趋关注，同时对更多更大的此种车型有着强烈的市场需求。Ford 对环保运动给予深深的同情，把自己说成是一名"终生环保主义者"。自任命以来，他的行动在某种程度上证实了这句话。首先，在美国有关管制出台之前，公司在研究与开发上投入巨资，以确保所有的小车和轻便卡车符合"低热量排放车辆"的要求。其次，公司于 1999 年 12 月宣布退出全球气候联盟（GCC）。这个联盟由一些公司组成，它们提出，尚无足够的科学证据来证实全球变暖是所谓的"温室"气体所致。这两起主动采取的行动表明，公司在一定程度上承诺了其陈述的目标——"成为全球与环境最友好的汽车制造商"。

不过，文章的两位作者还指出，关于有害物排放方面的决策可视为一种提高 Ford 公司品牌地位、简化公司的分销体系（作为现行规定，美国的一些州已经对这些标准提出了要求），并转移对 Ford 产品低效率燃烧的注意的行动。同样，从 GCC 的退出，也可以看成是对公司政治和品牌地位产生积极影响的行动。

他们认为，更意味深长的是，Ford 公司与德国戴勒姆—奔驰公司（Daimler-Benz）和加拿大的 Ballard 能源系统联手共同开发大批量销售的燃料电池技术。长期以来，这一项目大大降低了客车矿物燃料的损耗。Ford 公司制定了一个总体环境策略，被普遍认为是值得称赞的事。这一策略对公司的股价产生了积极的影响。然而，对于 Ford 公司，在户外运动型车辆的争论中，使股东和广大利益相关人的利益达成一致要困难得多。

Ford 公司 1999 年汽车销售总量达 768 743 辆。公司同时还增加了户外运动型车辆的种类。到 2001 年，公司已从 1990 年的两种型号增至六种型号。然而，汽车销售量的大幅度增长仅仅是说明户外运动型车辆对公司至关重要的部分原因。户外运动型车辆同时也是高赢利车辆，结果，户外运动型车辆的未来对于公司的收益和股东们的前景显然是举足轻重的，其他利益相关人同样也受其影响。客户欣赏的是这种车的安全实用。雇员之中有很多人也是股东，或许他们和供应商一样，也为公司稳定的绩效感到欣慰。甚至公司周围的社区与户外运动型车辆的成功都有利害关系，他们深受公司的成功带来的经济利益的影响。

基于利益相关人策略的狭隘定义来谈及户外运动型车辆，Warburton 和 Cardoza 得出这一结论：Ford 公司已经对其利益相关人尽了社会义务，因为公司开展了与股东、管理人员、员工、客户（终端用户和经销人）、供应商和当地社区的对话活动——各种关系似乎都已得到"均衡考虑"。然而，在 2000 年 5 月 11 日亚特兰大的公司年度股东会议上，Bill Ford 承认，户外运动型车辆提出了"安全和环境问题"，请股东和经销人就此加以关注。

在 Ford 公司网站上发表的《法人公民职责》报告中，公司也承认户外运动型车辆引起了对环境和安全的关注。他们坦诚接受了对户外运动型车辆的四点批评，即燃烧不充分、气体排放、安全问题以及不适应越野行驶。对这一事实的承认表明，Bill Ford 运用了他的哲学思想：承担社会责任带头的公司"摆出好与坏的方面，并说出他们将如何处理坏的方面"。

为了在短期之内减少户外运动型车辆的影响，Ford 公司在《法人公民职责》报告中简要提出了公司已经采取的步骤；同时还提出了户外运动型车辆进行新技术开发和做出长期努力的方向。公司短期的"解决方案"包括：

1. 扩大新车辆循环利用的范围；
2. 通过引进一种更小、更节约燃料的户外运动型车辆的车型，以及一种即将在 2003 年推出的混合电动型户外运动型车辆（此车时速可达 40 哩/加仑），减少户外运动型车辆的废气排放，以便将其列入低排气车辆；
3. 进一步研究"车辆适应性问题"（例如户外运动型车辆对其他道路使用者造成的危险）。

这些短期企业所渴求的目标意义重大，但却很有限。而且，这个目标不一定就把 Ford 公司置于产业发展的前沿地位。首先，在由美国议会每年对各种型号的车辆（轿车和卡车）影响环境的 3E（energy，efficient，economy，即能源、效力、经济）调查报告中，Ford 公司并未取得中小型户外运动型车辆的高分，输给了日本的跑车。其次，对于 Ford 公司在市场营销中不负责任的做法所提出的指控，公司并未作出回答。

按 Ford 公司的观点，长期解决的办法就是等待技术的改进。这样"将会大大减少废气排放而不影响车的功能"。他们正在调配大量资源，以开发这项技术。虽然 Bill Ford 承认，在拥有并驾驶一辆户外运动型车辆时，社会和环境真正所付的代价并不反映在消费者目前支付的费用之中，但在支持政府的倡议——争取把这些额外费用打回到产品价格中时，他却表现得极为勉强。他竭力指出，努力教育美国消费者节省更多的燃油的主要问题，在于"如果你开车进一个美国加油站，买一公升瓶装水和一公斤汽油，所付的水价要高于汽油价"。因此，他同时表示，Ford 公司愿意支持更高的汽油税。然而，他又强调说，因为"我们无权对客户想要买的东西作硬性要求"，所以迫使厂家推出更多节油汽车的规章并未奏效。尽管承认了所造成的环境问题，但 Ford 公司极不情愿单方面地处理户外运动型车辆问题，这反映在公司为继续生产这种车的理由所作的解释中。Bill Ford 提出，"如果我们单方面对客户明确想要的东西置之不理，那么，我们很快就会倒闭停业。这样一来，我们就完全无助于环境的改善了。"

在公司户外运动型车辆的政策支持下，一视同仁地对待各种利益相关人的利益，Ford 公司在这方面处于领先地位。客户和经销商们为追求更大更好的户外运动型车辆，他们的利益已经被看得高于雇员和管理人员的利益。公司承认户外运动型车辆确实有害于环境，这一点在争论中得到公认。如果 Ford 公司把其伦理立足点建立在一种对利益相关人利益的狭隘的解释之上，那么有关户外运动型车辆的决策就不会有改变。

把 Ford 公司的产品适应环境的性能与其他厂家的作比较，公司采取了一系列相对而非绝对的措施来解决对环境的影响。因此，公司就稳固了其伦理支撑点——它不需要作出退出户外运动型车辆市场的艰难决策。

然而，文章的作者强调，把利益相关人简单地定义为那些直接与公司有相互影响的人，这种方法在户外运动型车辆对因全球变暖而受到关注的地方是完全失败的。户外运动型车辆的市场份额的增加促成了对燃油的浪费，这意味着成吨计的多余的二氧化碳毫无必要地排放到空气之中。受其影响的人远远不只是那些与 Ford 公司产品相互联系的，或者那些居住在公司厂房附近的人。如果使用汽车对全球变暖有影响，而且全球变暖与无数人遭受苦难这两者之间有联系，那么，就有理由说，Ford 公司需要拓宽对于利益相关人的概念。这就要求公司像对待有害物排放以及第三方安全风险这些更显而易见的问题一样，认真严肃地对待节约燃油的问题。

节约燃油正是 Ford 公司户外运动型车辆取得成功的关键，因为，在重量/尺寸与节约燃效之间有一种直接的换算。他们认为，Ford 公司仅仅把其竞争者的行动作为判断事物的基准来用，对客户毫不妥协，仅仅是作出承诺，提供他们要求的产品。这样，公司继续不断地对其广大的利益关系群体干出非道德的行径。也就是说，他们并没有如 Bill Ford 自己所说的那样，在"一切反对两代人之间的暴政的战争中"，十分艰难地"为未来几代人的权利而战"。

Warburton 和 Cardoza 在结论中指出，偏重 Ford 公司政治游说的活动转向了其他的活动，结果在美国政府的议程中把节约燃油作为优先考虑的议题。这是公司打算在环境方面遵循可持续政策的佐证。重新确定公司市场营销的地位是一项长期的计划。这项计划可以让人看到，公司恰如其分地被置于发展车款潮流的先锋地位。同时也是一项能使他们在燃料电池技术上施展和利用其才能的计划。这可以与长期的股东利益保持一致。

简言之，户外运动型车辆造成的两难窘境是对 Ford 公司的挑战，但这并不棘手。在现在的商业道德规范内——如股东长期利益中的道德行为里，公司还可以做更多的事去处理它们对环境的影响。然而，真正根本的改变也许要等到对户外运动型车辆的狂热降温之后。

在 2000 年社区商业环境类优秀奖评选活动中，当 Ford 公司作为决赛选手登台时，又有了赞成其环保资格地位的外部证据。据评委们看来，Ford 公司的承诺：减少其产品对环境造成的影响，体现在对环境和产品寿命循环评估设计的全过程。该设计包括：

- 在 Ford 公司欧洲研究中心进行的工作；
- 一项领导行业的车辆完全循环程序；
- 销售可选择燃料的车辆；
- 驾驶员信息技术；
- 推荐保护生态的驾驶，帮助顾客优化他们车辆的环保性能。

其他引证因素如下：

称为"Ford 焦点"的新技术是以循环利用为意向而设计的，旨在创造性地利用任何可能寻找到的废旧材料。各项革新能使"Ford 焦点"按重量计算达到85%的潜在回收率，同时也确保其设计能迅速方便地拆卸。在英国、西班牙和德国的员工们一道工作，决定最大限度地提高"Ford 焦点"在环境方面的信任度。

Ford 环保系统和国际标准化鉴定组织（ISO）的 14000 号任命状设定了几项

目标，以提高 Ford 公司的环保业绩，这将通过培训、开发和个人授权来实现。

公司为全球 2 0000 名工程师提出了一个综合的员工培训和提高认识的计划。在公司全部科研实验室的预算中，一半以上的经费用于解决环境问题。在超过 2 500 个科学家和工程师中，就有 70 多个在 Ford 公司的三个研究机构中对具体环境项目开展着研究。

此外，Ford 公司的工程师和科学家们为了提高回收效能和减少对有限资源的开发，正在调查如何利用自然界的再生性物质来取代玻璃纤维强化物，如大麻纤维能使塑料成分得以强化。

Ford 公司积极努力以减少其产品使用寿命短带来的影响。其中的一家子公司——环保汽车公司（Environ Automotive）就是一个创新。该公司对所有在产品开发中使用过的样车和实验车辆的处理和回收进行管理。公司对这一废物的处理系统通过使用与重复使用物质来获利经营。在 Ford 研究中心进行的车辆排气净化试验和设计工作获得了成果：与 70 年代制造的车相比，今天的车尾气排放物二氧化碳减少了 93%，碳氢化合物和氮氧化物减少了 85%。一辆 1976 年产的 Ford 菲士达型汽车创造了像 50 千安培车一样的排气水平——这种车还节约 30% 的燃油。

新技术也帮助 Ford 公司减少了产品对环境的影响，包括以下几项：

- 太阳能计划的试验；
- 水基陶瓷涂料（减少了 80% 的汽车挥发性有机化合物排量）；
- 轮胎碎处理回收系统；
- 催化焚化炉。

在北美，Ford 公司比任何其他厂家有更多种类的使用代用燃料的车（AFV），包括使用压缩天然气和乙醇。Ford 公司已有超过 100 万辆使用代用燃料的车行驶在全球道路上。在欧洲，公司已在推销汽油/压缩天然气双燃料车和汽油/液化石油双燃料车。Ford 公司已完成了汽车、能量和技术三方面的合作，目的是在"真实生活"的条件下开发和证明燃料电池的用途。

结 论

重要的是把这两者区分开来——"交易性的"利益相关人与某种程度上受公司经营活动影响的其他团体或群体。今天，极少有企业领导人会据理反对这一主张：为了企业长期、健康的利益，与雇员、客户、供应商和社区，或公司经营活动的社区建立起相互满意的关系和诚信的氛围，这是很重要的。然而，并非所有人都了解这一点，这些关系的建立至少需要透明度与相互对话，甚至可能需要让利益相关人参与决策（第 5 章 Berrett Koehler 的案例提供了一个例子，介绍了一种十分先进的方法）。

关于公司如何处理更宽泛的利益相关人的问题，引起了更多的争论。正如 Ford 公司提供的例证那样，可能得正视这样的情形：所有的各种利益相关人都乐意以牺牲大多数人的大群体的利益为代价。就烟草业而言，情况明显如此。近年来，随着越来越多的市场敞开大门，股东们业绩一直不错；雇员们普遍有报酬丰厚的工作和良好的条件；客户唯一的抱怨是针对政府的税收；烟叶供应商依靠产业来维持生计。略感不快的是那些社区的"被动吸烟者"；他们是真正意义上的利益相关人，因为他们的健康由于烟草公司的活动而受到威胁。这些由更广泛的利益相关人群体带来的压力是十分有限的——因为不可能就为了烟草业存在的几种明显原因，对其销售进行联合抵制就会成功。在某种程度上，他们的利益可以通过其他组织——如航天公司的强制禁烟——而得以保护，但只能由政府方面的立法才能给予恰当的维护。如果政府靠大笔的烟草税来平衡其预算，这些保护就不可能完全让人满意。

10

可持续性的成功模式

企业成功的动力因素

根据特殊的产品配置、客户的情况，或企业的竞争环境，企业可持续成功的动力因素（有时也称作成功的决定因素）会因经营部门的不同而不同。即使在一个单独的经营部门也会有所差异，比如在零售部门。

例如，对某些公司而言，客户的忠实程度和反复光顾的次数对公司的成功至关重要。Neely（1998）援引了 Reichfield 和 Sasser 的一项研究，该研究发现，汽车服务公司从四年的老客户那里可望获取的收益是第 1 年的新顾客的 3 倍以上。而就另一家公司而言，留住骨干员工可能更为重要。对有的公司来说，如果供货不及时就可能会造成公司的巨大损失；而对另一些公司而言，保障稀有原材料的供应可能是取得成功的决定性因素。有时也会出现 Neely 所说的那种"非协商性"的绩效变数，例如：航班的安全、食品加工的卫生以及银行账户信息的保密。

利益兼容法要求各个公司根据自身特殊的业务情况研究并确定促进成功的关键因素。主张采用利益兼容法的人指出，企业成功的动力因素不仅仅涉及公司财力、市场份额、品牌效应和拓展潜力等传统因素，而且也涉及公司的信誉、员工的敬业精神、供货商和客户的忠诚程度以及社区的参与和别的一些"软"因素。

同样，在领会促进企业绩效的诸多因素的相对重要性时，公司必须尽可能地对这些因素进行量化。同时，当促进成功的关键因素难以或者甚至不能像可用数字来表示的因素那样进行量化时，这也并不意味着就不应该对之加以重视。比如，在服装业，下个季度什么款式的服装将最为抢手，对此所具有的敏锐意识———一种建立在经验与直觉基础之上的鉴别力———是获取成功的关键因素。这种情形很难想象该如何用数字来加以量化。

测定业绩的目的不仅是为了通过评分表来查明公司过去的业绩情况，而是通过调查过去和当前的绩效趋势来预测和影响未来的业绩。基于这个原因，英国的 Reckitt 和 Colman 联合公司使用"发展标准"这一术语，而不是业绩标准。

例如，如果企业的成功模式表明，留住骨干员工对公司的成功至关重要，如果虽然采取了措施引入期权和业绩工资，但是员工的跳槽现象仍然不可逆转，那么公司的管理方就必须采取切实有效的应对措施，如果公司想要避免业绩下滑的话。同样，公司可以根据测评上个季度的订单而不是销售以了解更多的情况。

最近的发展趋势

近年来，有关研究表明，越来越多的公司将业绩作为主要的评价方面，而不是单纯评价财政盈余。Hay 集团对 2000 年《财富》杂志上所列入的全球最负盛名的公司中的各大公司进行了调查。结果表明，与同行相比，这些公司可能更加关注以客户和员工为基础的业绩评价。它们中几乎 60% 都是这样做的，但在它们的同行中却只有 38% 的公司这样做。最负盛名的公司中有 40% 注重雇员的留用、业务的进展以及其他与员工相关的指标——这一比率

高出同行公司的 3 倍还多。

> 与同行的公司相比，这些最负盛名的公司中的高级管理人员认为，许多这样的绩效测评措施都促进了合作精神的形成。很多管理人员都认为，这些措施有助于使公司更加关心自身的发展、运作的优化、客户的信赖度、人力资源的开发以及其他的重要问题。上级机构制定的绩效测评措施主要集中于促使企业发展的因素，即财政业绩、股东价值、员工和客户。

（《财富》2000 年 10 月 2 日）

影响企业业绩因素的标准模式促进了这一趋势的形成，其中有 Kaplan 企业收支平衡评分表和欧洲质量管理基金会 (European Foundation for Quality Management) 的企业成功模式。不过正如廉价的成品套装一样，这些"包罗万象"的模式不可避免地存在着局限性，所以它们只能大概适合某些特定的公司。

即使具备了最高素质的管理人员，企业要实现经济的可持续性也并不一定就能得到保障。新技术或长期的大萧条都可能摧毁整个产业，更何况单个的公司。然而，投资分析家们需要确信，他们准备投资的公司具有保持竞争力的战略部署。这当然也包括了充足的资金储备，以及对现代化工厂及设备的充足投资。这方面的数据通常唾手可得，但人力资源和智力资源方面的数据却难以获取。其他需要考虑的因素还有公司在一般公众心目中的信誉、顾客对该公司的满意度和忠实度、供货商的素质和可靠性，以及公司的运作程序和有关制度的健全与否。

经济的可持续的微弱进展能说明公司现在或近期的赢利水平，这一点再怎么强调也不过分。未来公司研究中心的 Mark Goyder 为《纽约时报》撰文时指出，在一篇关于玛莎公司的文章中，该公司被认为"在过去 3 年里破坏了大部分股东的价值"。他暗示，虽然公司的股票在那期间大幅度下跌，但在早期公司利润尚处增长时，股东的价值实际上就遭受着破坏。"公司是如何领导，如何进行革新，作出什么样的商业决策，是否能倾听和了解客户、员工、供货商的意见，这些都决定着股东价值的产生或破坏。"

公布报告的新做法

评价公司运作中一系列的非财务因素是一码事，客观明晰地向所有利益相关人和一般公众陈述这些结果是另一码事。最近，出现了一整套的新做法，公司可以借此对诸方面的问题提出绩效报告。这些做法兼有两个共同的目的，既提出了比传统的资金测评措施更广泛的业绩测评措施，又公开了公司的一切经营活动。这些新的做法有各种各样的名称：社会报告、三重底线报告、社会审计、社会道德会计，或利益兼容报告。

有时，这些术语的意思完全一样，比如一份涉及某公司经济、环境和社会方面的业绩报告可以直接叫做社会报告；有时这几个术语的意义则更具体。

通用汽车公司是第 1 家提出社会报告的公司。在 1971 年，该公司召集了一次有著名教育家、基金会和投资机构的代表参加的会议。会议的目的是"解释通用汽车公司在公众关注的若干领域里所取得的成就，同时也听取与会人士对公司在这些领域采取的措施和确定的目标的意见"。其议题包括汽车排放、工业污染、少数民族就业，以及用车安全。会后公司将第 1 个议题刊登在一系列关于社会与环境问题的报告里。

现在提出此类报告的大公司越来越多。全球报告调查考虑对不少于 202家进行调查，这一点将在本章的后部分作详尽论述。联合利华公司就是 2001年最新加入这一潮流的一家欧洲公司。

指导原则

一些涉及该领域的非政府组织和许多咨询服务机构主动为公司提供指导，这些公司刚开始涉足这类综合性报告。主要的组织和咨询机构在附录中有介绍，它们提供的咨询意见大致相同，归纳如下：

1. 对目标，构想和价值观的指导性陈述：在起始阶段就应该对可持续发展的途径和将支持实现这一构想的目标有清晰的认识，同时也要对公司基本的价值观作清楚的说明。对未来的构想必须紧密联系公司的业务计划，不能脱节。领导层的作用是提出构想并作出明确解释。高级管理层必须积极参与全过程，这是十分必要的。

2. 应强调应用利益兼容法或整体法来解决一系列所涉及的问题。报告应该是注重利益兼容策略的，采用系统的方法，全面审查公司所有的行为和程序及其对经济、环境和社会方面的影响，以及相互之间的作用和影响。

3. 涉及利益相关人的利益兼容法。在确定哪些问题需要审查时，很有必要与利益相关人进行对话。对话的全过程应该让各利益相关人群体广泛参与，而不能只局限于直接参与公司事务的那部分人。

4. 报告的面要广。这意味着要有足够长的时间满足下一代人的需求，以及这一代人的短期决策。报告的范围不应该只包括当地的，也应该包括对人类和生态系统带来的长远影响。应该重新恢复其供给链，并最大限度地使用和支配该公司的产品。这当然也涉及组建合资公司和建立公司联盟。

5. 报告重点。选定的指标和评估标准必须要与对未来的构想和价值观念相联系。报告既要有广泛性，又要能突出核心问题。只要有可比性、可检测性，就一定要按标准化的要求进行测定。测定的标准应该适当地与目标、有参考意义的价值标准、范围、开端，或者趋势结合起来。

6. 透明度。所采用的方法和资料应该公开。资料中的判断、设想和变化情况，以及相应的说明都要明确。

7. 审核。资料的准确性与广泛性应该由独立的、有资格的评审人审核。

8. 有效的报告与交流。报告应该首先满足听众和用户的要求。报告的结构应该简明扼要，文字要清楚明了。报告应该使人振奋并能吸引听众的注意力。报告也可以通过互联网发出。报告应该尽可能具有现实性，应该是向前看而非拘泥于过去，而不只是一年一度的回顾。报告应该采用双向对话的方式，而非单向交流。

9. 保持过程的不间断性。应该形成测定趋势的评估能力。随着认识的深入，应该对目标、方法和指标作出相应的修改。应该建立一个反馈程序，以确保绩效的提高。

10. 机构的潜力。对可持续发展所取得的进展应进行不间断的评价，这应该通过机构的潜力来得到保证，诸如明确职责、对公司的重大决策提供不断的支持，以及对资料的收集、保存和引证。

注重利益兼容的报告

在未来公司研究中心出版的《更快捷，更敏锐，更简便》（1998）一书中，该中心提出了一份评分表，对公司年度报告所涉及的有关利益兼容的内容进行考核。该评分表主要设有以下栏目：

- 目标与价值标准。公司是否对其目标和价值标准作了清楚的陈述？
- 作为绩效测定基础的成功模式。公司是否使用简明的模式（如收支平衡商务记分卡）以说明各方面的业绩情况与财政绩效之间的联系？该模式是否包含对知识以及知识管理等的评估？
- 处理重要关系的进展情况。公司是否对如何建立与利益相关人的关系及其进展情况作了清楚的说明，包括与利益相关人对话的报道，以及利益相关人的参与等其他形式？
- 经营许可证。公司是否说明自己正为社区创造着价值，以此强化其经营许可证的效能？
- 年度报告是总体交流的一个组成部分。公司是否向读者提供了解情况、参与对话的机会？
- 董事会管理方面的情况说明。报告中的图表是否反映了一定时期内主要指标的进展情况？报告是否包含了为未来制定的指标？
- 清楚明了。报告是否使用了效果良好而又简单明了的英语和图表？

全球公司报告的情况调查

英国 SustainAbility 咨询公司会同联合国环境计划署（UNEP），对 2000 年三重结算底线或社会报告中涉及的公司运作情况作了一次调查。按以下的方法选出将要接受评估的报告。首先，通过若干专家或非政府组织的提名，确定 202 份报告，并从中挑出 22 份。这些公司至少能够满足以下三项标准中的一项：

- 在 1997 年度调查中至少获得一项 20 分的高分。
- 以试点公司的身份参加拟定全球报告倡议书（GRI）的指导原则（见附录）。
- 在该领域众多的奖项中至少获取了一项。

由 GRI 指导委员会和英国 SustainAbility 咨询公司网络系统的代表组成的一个评选小组再选出 28 家公司。这样总数就达到了 50 家。评分标准分布如下：

经营环境与责任：公司如何解释企业可持续发展的经营环境	40 分
管理人员素质：所提供的信息质量如何让人们对与公司所阐述的目的有关的行动作出判断	28 分
业绩情况：	
经济方面　　　　　　　　28 分	
社会方面　　　　　　　　28 分	
环境方面　　　　　　　　32 分	
多个方面　　　　　　　　12 分	
	100 分
会计责任/保证	28 分
可得分数总计	196 分

排名前十位的公司是：

1= BAA; Novo Nordisk;

3= 合作银行（The Cooperative Bank）; BT;

5= BP; 壳牌;

7. 西部矿业公司（WMC）;

8. 欧洲航天局（ESAB）;

9. Bristol Myers Squibb 公司;

10. 大众汽车公司。

在 50 家公司中，有 27 家是欧洲公司（平均得分 88 分），13 家来自美国（平均得分 75 分），7 家来自别的 OECD 的成员国（平均得分 83 分），3 家来自非经济与发展组织（non–OECD）成员国（平均 81 分）。27 家欧洲公司中，大多数都设在英国。

外部评估与审计

CSR Europe 最近发表了对欧洲 46 家公司的社会业绩方面的评估结果，重点集中在就业问题上。为了国家和地区分布的平衡，这些公司是从 FTSE 300 的目录中挑选出来的。主要的信息来源出自公司本身，更多的信息则从非政府组织、新闻媒体和工会获得。在某些情况下，在入选的公司中很难或者不可能在入选的公司中找到乐意合作的人，这说明了评估结果的可靠性。

一旦得知调查结果将要被公之于众，往往会引起两个极端的反应。在某些情况下，这会降低合作的程度，但在另一些情况下则会有所增强。对公司的评估往往根据 4 个因素来进行：

- 雇工情况，包括以下指标：受雇人员、学徒人数和为长期失业者安排临时就业等方面的增长情况。
- 工商企业家的职能，包括扶持员工创办自己的企业，为富余人员提供就业帮助。
- 适应性，包括提供培训费用和弹性工作。
- 同等的就业机会，指对妇女、少数民族和残疾人的雇用情况。

该报告的制作人称："分析表明，在所有国家和所有部门中都显示出较强的社会凝聚力。以部门为基础的四项综合评分的得分在 0~5 分的分值范围内，都保持在 2 分以上。"

这说明在适应性方面具有很高的业绩水平，但同时也反映了所有的部门事实上都处于改造的进程中，都面临着由此带来的人员过剩以及发展与保持新技能的问题。

利益兼容的业绩报告的范例

1995 年，the Body Shop 公司，就其自身在社会和环境问题上的业绩承诺，通过引进一种独立审核的审计——公司价值观报告，创立了利益关系理念。该报告由三个独立接受审核的会计报表所组成，公布了公司在环境、动物保护和社会/利益相关人方面所取得的业绩，由于具有开拓性，因而受到了联合国环境规划署的交口称赞。其后的 1997 年度公司价值观报告也得到了该署的认可，再次获得了联合国设立的社会与环境报告奖。

20世纪 90 年代后期，一些名声显赫的大型国际公司所提出的社会报告出现了爆炸式的大幅增长。以下列出其中的一些最佳范例。

BT 的社会报告

一段时间以来，BT 运用经济的和非经济的方法，报告了公司在各个方面取得的业绩。BT 根据其行为在英国产生的社会影响，进行了更加准确、更加全面的评估，并就其业绩制定出 1999 年度的社会报告。

为了制定这份社会报告，BT 公司同时开展了两项工作：举行利益相关人商议会和收集数据。利益相关人商议会包括了 12 次小组讨论会和 18 次与来自主要利益关系者群体的代表一对一的面谈。代表中有公司雇员、客户、公司的投资人、私人股东、民意代言人、社区及社会报告领域的专家。

关于这份报告，BT 公司认为：

> 这里谈的都是我们的实际所为，并没有围绕我们的愿望兜圈子。我们确信通过这一谨慎但既定的方法，我们能够在公司的员工内部，也能够与公司外部的客户尽可能地建立起对公司的热情，因为来自公司外部的积极支持是不可或缺的。我们十分认真地投入到整个报告的制定过程之中。这份报告决不是一次"政治姿态"或公共关系的演练，也不单纯是想满足人们对公司行为的期望，或行使例行公事，而是要强调学习过程中的一个部分，即万里征途所迈出的第 1 步。

Ashridge 管理学院的企业与社会研究小组充当了这次利益相关人商议会整个过程的外部审核人。基于这个角色，Ashridge 学院就以下几个问题提出了意见：

- 审计过程中采用的方法；
- 利益相关人的确定与选举；
- 小组集中讨论与面谈的范围；
- 结果的分析与报告的提出。

利益相关人商议会的全过程主要由摩里研究机构（MORI）独立执行。根本的目的始终是为了认定在利益关系者看来，BT 具有重大社会影响的因素。资料的收集工作由 BT 公司的内部人员完成。Ashridge 既没有试图审核资料的收集系统，也没有打算核实通过这些系统收集的情况。

通过参与，Ashridge 十分赞赏地指出，报告中陈述的情况满足了两项主要要求：（1）报告反映了从利益相关人对话中表现出的关切、提出的问题和希望；（2）报告展现了一幅 BT 的公司行为将为英国社会带来影响的远景。

然而，Ashridge 也指出，BT 公司的社会报告在许多方面还有待改进：

- 希望扩大商议会的参与面，与公司内部更多的利益相关人进行商议。
- 从商议会上收集到的情况应该在社会报告中得到更加清楚的说明。社会业绩的硬性措施应该补充进利益相关人提出的更能反映情况的意见。
- 公司应该建立正规的管理程序，以此整理、编辑社会报告中公布的资料。这对公司大有裨益。
- 此外，还应该有一条透明的审计途径，让外来的审核人员能够就资料及资料来源的真实性发表意见。
- 如果能在更大范围内提交公司经营活动中可供审核的业绩指标和目标，报告的过程就能得到加强。
- 最后，重要的是要认识到社会报告主要采用了 BT 公司在英国收集到的资料。

Ashridge得出结论，总体而言，应该说BT公司"在对其社会影响所提出的直率而坦诚的报告中，迈出了勇敢而特别具有开拓性的一步。向更加公开、更加负责任所迈出的这一步，并非是法规要求和外部压力所致，而纯粹是基于想与公司利益相关人建立一种更有意义的联系的强烈要求"。

荷兰皇家壳牌公司 (Royal Dutch Shell)

　　在网上公布的壳牌公司的报告报道了该公司为应对其经济的、环境的、社会的责任而采取的行动。所提供的情况尽可能地贯穿全年，重在反映现状。

　　报告内容包括：

- 壳牌公司的概述，包括了壳牌集团的结构、经营原则、历史沿革、管理人员和壳牌公司核心企业的网页。
- 公司价值标准的说明，包括壳牌公司经营总则、与之对应的经理指南及用于公司管理的制度和准则。
- "问题与困境"章节，这个部分提出了壳牌集团面临的从气候变化到燃料价格的诸多问题。
- "影响与业绩"介绍了壳牌公司在经济、环境和社会方面的业绩情况，包括世界范围的案例研究和HSE资料。这些业绩情况都由KPMG和PricewaterhouseCoopers审计并核实。
- "壳牌之声"包括了与壳牌论坛建立的多种联系，发送电子邮件和发表独立的见解。
- "能源领域"是一个受到普遍关注的领域，提供化学制品、矿物燃料、发电和再生能源方面的信息。

　　壳牌公司邀请寻访者登录壳牌网址参加壳牌论坛，发送电子邮件。

合作银行 (the Cooperative Bank)

　　合作银行研发了一套最全面、前所未有的社会审计体系。早在1997年，该银行就在3大标题下为自己确立了68项目标：

- 交货价值。包括赢利性成本控制、客户与员工的满意度以及与供货商的关系之类的目标。

- 社会责任。包括商业道德方针的执行情况、慈善捐助和社区参与。
- 生态的可持续性。针对废物监控、能源消耗、水的利用与再利用之类的问题。

为了检查这 3 方面的业绩情况，该银行听取了来自各个合作单位的代表们的意见：

- 利益相关人；
- 客户；
- 职员及家属；
- 地方社区；
- 全社会；
- 老一辈人与下一代人。

结论是该银行达到了其中的 45 项目标，部分达到了另外的 10 项，余下的 13 项还有很多工作有待去做。

这些调查结果由一位商业道德问题的专业顾问进行审计。

此外，还邀请了 3 位"专家见证人"对这 3 个方面取得的成绩进行审核，并对此提出意见。未来公司研究中心的 Mark Goyder 对"交货价值"一项发表了自己的看法。来自非政府组织研究道德问题的 Richard Evans 审查了公司在社会责任方面取得的成绩。英国自然梯级（The Natural Step UK）的 David Cook 评价了在生态可持续性标题下的工作内容。

南非酿酒集团公司 (South African Breweries, SAB plc)

该公司的使命陈述反映出其对利益兼容法的注重：

> SAB 是一个致力于获取持续的商业成功的全球公司，主要生产啤酒和其他饮料，也对宾馆和博彩业进行战略性投资。通过满足我们的客户对优质产品与优质服务的愿望，通过与利益相关人共享所获取的财富和机会，我们获得了成功。因此，在履行社会责任、促进社会发展的同时，我们实现了业务扩展的目标，最大限度地提升了利益关系

人的长远价值。

SAB 2002 年度的法人公民职责报告概括了该公司在经济、社会和环境方面取得的成就。报告由设在伦敦的企业公民权咨询服务有限公司进行外部审计。

最突出的业绩有：

- 为提高员工技术而投资；
- 在生产醇香啤酒的过程中有效地利用水和电；
- 满足顾客对新的革新产品的要求；
- 建立并达到高标准的职业道德，抵制贿赂，与商业伙伴和政府部门正常往来；
- 通过公司的社会投资，为当地社区作贡献。

据顾问们看来，"在 2001 年 6 月实施的会计责任制——特别是使经营持续进步的内部运行机制，为最佳的国际运作树立了典范。它可以任意使用有关直接管理的公司的非财政业绩方面的各种资料，以及会产生重大影响的那些公司的部分资料。"

这次审核还重点显示出一些可以切实提高业绩的领域：事故率、管理层的多民族性、向合资公司和主要供货商推广经营原则、更广泛地强调给环境带来的影响（包括在消费市场上的再利用）。

将利益兼容性业绩与管理人员的报酬挂钩

人们可以这样认为，为取得非财政业绩而确定的目标不太可能给公司行为带来重大影响，除非将这些指标的完成情况与管理人员的报酬挂钩。在某些情况下，许多公司现在正付诸实施，如下例所示。

柯达公司

1995 年，柯达公司采用一种独特的绩效测评计划——管理业绩责任测评程序，用于评价其大约 800 名管理人员在股东的满意度、客户的满意度以及雇员的满意度/公共责任心方面的业绩。管理人员的管理业绩责任测评程序得分对于确定其基础工资、股票期权授予和年终奖金都至关重要。1997 年由于公司绩效不佳，包括在上述 3 个重要领域里的公司业绩均低于额定目标，故柯达公司董事会拒绝向公司的首席执行官发放奖金。1996 年部分地由于顾客的满意度"低于期望值"，董事会削减了公司首席执行官 13% 的奖金。柯达公司的管理评定程序的另一个重要的组成部分是标准评价，即检查经理们如何体现公司的 6 条价值观：尊重个人、清正廉洁、诚实可信、恪尽职守、不断进取（自我更新、自我赞赏、自我认可）。为此，公司每年都要向每个经理督察和由经理的同事及下属组成的工作组发放问卷调查表。

Du Pont 公司

Du Pont 公司把环境管理工作部分地计入管理人员的报酬。Du Pont 公司管理人员的报酬由工资、可浮动薪金和股票期权、限制股（在有限情况下）构成。Du Pont 公司可浮动薪金计划为大约 8 600 名 Du Pont 员工（包括管理人员在内）提供年度薪金的发放标准，其幅度随公司的业绩、各个业务部门的业绩以及各人的贡献的不同而高低不等。除财务标准外，公司部门内的可浮动薪金还可根据诸如环境的管理工作、工作场所的环境、如何待人、开发人的潜能，以及人员的合理调配和安全设施方面的业绩评估而有所不同。1999 年，公司内多数的部门都接受了根据上述评估因素做出的调整，结果是部门之间的工资幅度从公司平均工资水平的 43%~158% 不等。

Intel 公司

正如其 2000 年的报表所述，Intel 公司对发放总的补助金的宗旨是"现金补助金的总额应该根据公司所取得的财政和非财政的业绩而有所差别，任何长期性的奖金都应该与股东们的利益相一致"。Intel 公司 1999 年度的员工奖金计划的形式包括了诸如销售量、客户满意度、生产措施、成本降低和员工培训之类的财政和非财政的目标。在 1999 年执行期间，Intel 董事会的补助金委员会决定按照员工奖金计划方案，而不是按照 Intel 公司经理人员的奖金计划来确定管理人员的奖金。最终，管理人员的奖金部分地取决于上述的 1999

年度业务目标的完成情况。

Procter & Gamble 公司

1993 年，Procter & Gamble 公司发布了其管理人员报酬宗旨的提要。立刻间，Procter & Gamble 公司成了头条新闻。在 1992 年，Procter & Gamble 公司收到一份股东关于这个问题所作出的决议，该决议受到拥有 17.2% 的股份的股东们（通过投票）的支持。公司的提要回顾了宝洁公司管理人员的薪金原则，概述了公司的评估程序。在其他的评估标准中，公司认定提高全体工作人员的地位（包括妇女和少数民族的晋升）是一项重要的业绩指标。公司已经确立了种族多样化的五年目标，在 1998 年还特别提到，少数民族在这里得到晋升的比率要高于他们在管理队伍中的整体比率。再则，每个业务部门还定期部署包括环保方面在内的工作计划。对经理人员的业绩评估和相应的薪金核定都有赖于这些工作部署和业务计划的执行结果。

Texaco 石油公司

1996 年 11 月 Texaco 公司解决了在美国最广为人知、代价也最为惨重的一起种族歧视事件。自那以后，Texaco 公司一直十分重视推进种族多样化计划（见本书第 10 章）。自 1997 年起，Texaco 董事会的薪金核发委员会开始将管理人员和骨干员工在多样性劳动力的招聘、保留、开发方面表现出来的能力纳入业绩标准，以此评定奖金额度。在 2000 年 11 月的一次发言中，Texaco 公司的副总裁兼总顾问指出，"对我们而言，在管理人员的薪金中，这与利润、工作场所的安全性和环境保护同样重要"。在 1998 年，公司因为险些完不成这项种族多样化目标而扣发了一部分奖金。

结 论

系统思考与三重结算底线

三重结算底线这一概念（见第 2 章）平实动人，但也可能使问题过度简单化。在上一个财政年度所获取的利润或所进行的投资清清楚楚地归于"经济"的标题下；旨在为年轻人设立俱乐部的社区计划很显然应划进"社会"的内容；排放量的减少很明确地属于"环境"问题。然而，在实际操作中，这些门类经常相互交错，密不可分。例如，支出减少 20%，利润必然增加，这似乎可以归在经济题目之下进行报道。但是，如果说这实际上是实施了废物控制与循环利用战略的结果，难道就不该将其划归"环境"的范畴？

Zadek（2001）阐述了类似的观点：

> 从特定的商业过程中所得到的社会、环境和经济方面的收获与损失不可简单地相加。比如说，我们不知道是否多培训员工四周，减去十多棵树，加上大量的利润，这样总和起来差不多就是可持续发展……事实上，就一个组织的活动与整个系统之间的关系而言，我们不知道，或者也不可能知道得太多。

不过，在提出报告（财务的或其他方面的）的过程中，重要的不是对过去的业绩情况的说明，而是看它传达了些什么样的未来潜力方面的信息。很显然，可持续性是对未来而言；而且考虑到未来的情况，经济、社会和环境各个范畴之间又是相互交融的。例如，决定新建一所公司"大学"（现在许多公司都在这样做）。它将增强公司的技术基础，使公司更具经济方面的竞争力。它为人们提供个人成长和发展的机会，因此它具有强烈的社会的因素。如果这所大学的设计是从最节能的考虑出发，而且也设有环保方面的培训课程，那么这当中就有了三重结算底线中的环境成分。因此，在三重结算底线的会计程序中，哪里还有比这更具特色的呢？

因此，当今需要的不是太多的三重结算底线来说明"我们为社会、为环境保护、为创造长久的股东价值作出了多大的贡献"；而是需要这样的一份报告，它说明"我们现在所做的一切将有助于保证我们公司获得经济方面的可持续性，同时也对社会和世界的可持续性作出了贡献"。

使用"底线"这一术语会让人想到完成了什么样的任务，想到划出的线条，想到总分；然而，提出报告的过程，理想地说，应该具有连续性，在拟定某一反映过去业绩的资产负债表的同时还要展望未来。鉴于这些原因，使用"利益兼容性报告"这个术语可能更可取一些。使用这个术语还能避免某些公司使用"社会报告"来反映经济、环境和社会方面的问题时，可能带来的问题。

正如 John Elkington（1997）指出的那样，"对整个系统的思考使我们明白，不可能就某个单一公司的情况给可持续性下定义。相反，必须根据包含经济、社会、生态在内的整个系统，而不是其中的某一个组成部分来解释可持续性"。但同样需要注意的是，公司本身就是一个聚经济、社会、环境为一体的完整系统。

11

经营许可证

正式和非正式许可证

　　所有公司都有经营许可证。虽然在某些情况下，许可证的颁发
（如航空业或国家彩票经纪人）不仅具有证书或文件的正式的意义，而
且具有非正式的意义，即人们是否愿意接纳这个公司并与之打交道。
任何人只要愿意与这个公司打交道，他实际上就绝对地承认了这个公
司具有"经营许可证"。如果这个人决定不与某个特定的公司来往，他
就是在否认该公司的"经营许可证"。实际上，这就意味着所有公司的
"经营许可证"都是由若干不同的群体（管理者、员工、客户、供应
商）予以认可的，这些群体中的任何一员随时都可以决定废除其"经
营许可证"。

(Neely, 1998)

　　人们过去对公司行为都持比较宽容的态度，至少对公司的行为应该合乎道德规范这一点的期望值比今天低。只要公司能够制造出人们想要的产品、提供就业机会，人们对它们存在的缺点就愿意视而不见。现在的情况已不再如此。今天的公民所受教育的程度更高，兜里的钱更多，信息的来源更广泛，因此他们更加关注公司的经营活动。如果公司事情做得太过分就应该受到遏制，应该受到真正的处罚。

　　现在，越来越多的人可以直接进入互联网。这样，如果辜负了公众的期望，这些公司就很难保全自己的声誉。许多大型的全球性公司吸引了为数众多的网站，它们专门揭露公司的失误。如英国广播公司播出的"监督者"一类专门从事问题调查的报纸杂志栏目和电视节目，也参与了对公司不法行为或不正当经营手段的曝光活动。

　　Svendsen（1998）认为，公司现在开始意识到，在一个网络世界里，它们的声誉完全取决于能否与外界坦诚交流，能否按道德规范行事，能否与利益相关人——特别是它们从事业务活动的社区——建立可靠的关系。

　　Charles Handy（1997）认为，公司是一个缩小了的社会。它不可能脱离它所开展业务活动的更大社会，也不可能改变它作为这个时代的一个公民社区的含义。

　　为了顺应国际私有化潮流，现在许多公共服务都由私营公司提供和经营。在英国，私营公司从事的业务有公用事业、公共交通、电信、电视广播、国家彩票发行、监狱和学校。在这些领域，由政府颁发的正式经营许可证是必不可少的；同样，来自公众的非正式的认可也不可缺少。主张实行私有化的人之所以欢迎私有化，很大程度上是因为他们认为私有化可以提高效率、改善服务。私有化的反对者则认为，私有化公司首先考虑的是股东价值，而不是优质服务。

　　在这种情况下，管理者或被授予同样权力的人的任务，就是为维护公众的利益而监督公司的服务标准，如果达不到标准就立刻废止或不再延长其经营许可证。

　　当关系到公司的责任问题时，这样的公司就特别容易受到公众的注意。过去一旦公众对公共服务的标准不满，锋芒就直接指向政府，现在则是指向承担这类责任的私营公司。同时，这一趋势已经成为越来越多的公司在管理上接受利益相关人策略的重要因素。公司一旦承担起向社会公众提供特别服务的责任（如教育），就很难再声称自己的存在只是为了创造股东价值。

为了说明公司对社会责任的感知在信誉建设中起着日益重要的作用，最近 Harris Interactive Inc 对 26 000 名消费者所作的调查将"社会责任"作为评估知名公司信誉的 6 大要目之一列入其中。《华尔街日报》（2001 年 2 月 7 日）载文报道了这次调查，文中提到 Daimler Chrysler 公司、家得宝公司、强生公司在对社会责任的感知方面名列榜首。

调查报告指出，如果公司能像有责任感的公民那样遵循道德规范，它们就能避免那种一边花大价钱做广告，一边又由于不负责任的行为而遭到公众声讨的尴尬局面。广告人把这种情况称作"复合呆滞"，即花钱做的宣传为公司行为的负面影响所抵消。

哥伦比亚大学的研究结果显示，在许多产业部门，股东价值中约有 1/3 是由公司信誉所取得的。据 Ernst 和 Young 的研究估计，对关注知识创新的公司而言，技能、知识、公共关系和信誉方面的无形资产达到 2/3 的市值。

公司的信誉是一个决定能否聘到并留住高级人才的重要因素。《财富》杂志确认，对公司整体优异成绩的唯一最可靠的预见，就是它吸引人才并留住人才的能力。

沃尔沃公司用了若干年建立起了生产安全汽车的信誉；这里指的既不是跑车，也不是情侣车，而是能为车主及其家人提供一种安全感的汽车。然而，在 2001 年 5 月，该公司因为没有公布有近 2 万辆汽车存在着可能导致部分刹车失灵的缺陷这一情况而受到指控。这不仅使公司遭到非议，还受到可能被起诉犯有杀人罪的威胁。据称，有两个小孩被车撞死，其原因是虽然驾驶员使劲踩下了制动踏板，但制动器却毫无反应。从代理商处搜查到的资料显示，虽然公司在 1997 年时就得知存在这一缺陷，对此代理商也曾提醒公司注意，但公司却没有收回这些有问题的车辆，只是建议在提供常规服务时作些调整。沃尔沃公司承认可能没有对所有的汽车都实施了调整，并承认没有对此进行公布，那可能是"判断失误"。

这个事例可以说明公司的信誉是如何与公司的成功模式联系在一起的。沃尔沃的客车市场份额很大程度上取决于作为强调安全第一的制造商的自我定位。任何有损公司安全信誉的情况都会直接危及市场份额的基础，使公司无法标高价。

重大案例

壳牌石油公司 （Shell）

近年来,最著名的一个案例就是壳牌公司。在 20 世纪 90 年代中期，这个极端受人敬重的英荷石油公司因两个问题而使其信誉受到了一次沉重的打击：拆毁 Brent Spar 石油公司的钻井平台和与尼日利亚军政权有瓜葛。后者引发的事件更为严重，至今仍有余音。1995 年，反对当权统治的作家 Ken Saro-Wiwa 连同 8 位同事一起经审判被处死。他们受控谋害前一年在 Ogonland 政治骚乱中遇难的几个人。这些骚乱牵涉少数民族团体与政府、少数民族团体与壳牌公司之间的冲突。骚乱的起因是反对所谓对该地区的环境掠夺，以及政府对石油收入的分配问题。审判的结果令许多自由的观察家感到极不公平。尽管很多国家发出呼吁，这当中有英国首相 （John Major 和 Nelson Mandela），但是法庭最后还是执行了死刑。顷刻间，世界各地爆发出反对壳牌公司的抗议声。虽然壳牌公司的业务暂时没有受到太大的影响，到年底时壳牌公司的股价和利润仍然能够维持在最高纪录的水平上，但这一事件对壳牌公司的影响是深远的。公司的形象失去了往日的光彩。高级管理人员个人感到羞辱。公司强烈的自信心遭到重挫。它已经不能预测未来，也不能充分应对形势。不过，壳牌公司很快汲取教训，在 1998 年提交了第 1 份社会报告。尽管在 1997 年，即将卸任的董事长 John Jennings 声称，董事会不能接受激进分子提出的"公司应该提交社会报告"的要求，但是公司终于还是提出来了。

可以预见，外界对这份报告的反应不尽相同，有的认为这是一次公共关系的演练；有的却表示欢迎，认为这是迈向透明的第 1 步。公司称"在合作伙伴拒不接受我们认同的商业准则的情况下，壳牌将不再组建合资企业"。但这也不能使它摆脱在公共关系中陷入的困境。壳牌公司还继续留在尼日利亚，它对那里的涉足从殖民时期一直延续至今。石油公司面临的问题很特殊，它们必须到世界上产油的地方去开展业务活动。由于探矿和开采工作的特殊性，一旦它们决定去往哪个国家，它们必须立足长远。而且，时过境迁，民主政体有可能被别的政体所取代。

与此同时，在 2001 年 4 月，美国最高法院宣布将受理一起民事诉讼，Saro-Wiwa 的亲属声称，作家所遭受的折磨及其死亡都是壳牌公司从旁协助与教唆的结果。

Texaco 石油公司

几乎就在同一时间，另一家石油公司——Texaco 石油公司遭遇了一个完全不同的信誉问题。在 1994 年，6 名黑人员工就一个种族歧视问题向该公司提起诉讼。这是一个名叫 Bari-Ellen Roberts 的人与人力资源部主任谈话的结果。据称，按资方要求，她和一位同事共同准备了许多关于改善种族多样化状况的意见。在当面陈述时，人力资源部主任表现出愠怒的神情。1996 年，他们的律师向《纽约时报》提交了一盘录音带，上面记录了 Texaco 公司管理人员所说的一些带有种族歧视的话，以及他们密谋将公司文件藏匿起来的情况。这立刻引起了媒体极大的兴趣；而公众则为之哗然。公司新任首席执行官 Peter Bjur 十分明智地决定不予否认，而且称公司将把解决这次种族多样化问题中所取得的成就当做一大竞争优势，从中获益。通过磋商，他以 1.15 亿美元解决了这起案子，增加一次工资，再投资 3 000 万美元来改善公司内种族间的气氛。他还亲自登门求教于非—美社区的领导人，之后决定制订一份长期性的计划，确保将对种族多样化问题的承诺写进公司的政策里，贯彻在实践中。最后，公司取得了不错的业绩，这在很大程度上都要归因于 Bjur 开放的风格和亲身的参与。

耐克公司

20 世纪 90 年代形象第 3 好的案例就是耐克公司。1996 年在耐克公司旧金山分店开业之际，一些激进分子举行了多次示威活动，控诉公司靠压榨工人的劳动力生产产品。起初公司采取的是守势。它辩解道，能得到低收入的工作总比没有工作强，发展中国家的低薪问题是任何公司都无力解决的，抗议应该指向联合国；但无论如何，耐克还是着手开始处理这个问题。

由于耐克公司已经使自己的公司及其品牌名扬天下，在一定程度上可以说，它是在引火烧身（公司在 1994 年投入的广告费达 2 800 万美元）。其推销经费，包括让球星们穿自己的产品而付给他们数百万美元的报酬在内，与公司和承包商的员工们那低得可怜的薪水形成了鲜明的对比。人们指控耐克极其残忍地把合同从一个国家转到另一个国家，目的就是为了寻求减少劳动力的成本。

当注意到整个世界都在关注公司的活动时，耐克公司董事会一改往常做法。首先，停止使用有害的化合物质甲苯。同时开始支持科研创新，支持建立国际生产行业学会，并在生产场地设立了独立的监控系统。耐克的这一举动导致了一个独立的监控机构的建立，即非政府组织商业与社会责任的"服装行业合作关系与服装、鞋类零售工作小组"。

截至 2001 年，世界上有 700 个承包商的工厂生产耐克产品。16 岁以下者不得进入任何一个服装厂干活，18 岁以下者不得进入制鞋厂。公司既有内部检查组经常到这些工厂巡查工作，也有由 Pricewaterhouse Coopers 机构执行的审计。生产现场与外部的审计结果都发布在公司的网站上。耐克已经加入了成立于 1999 年的全球工人与社区联盟。这个组织的职能是鉴定工作场地存在的问题，强调服从管理，为设立教育、医疗保健和社区活动基金提供指导。

公司的社区、环境与劳动事务部雇有 90 名员工，设两名副主任负责公司责任，一人管理内部事务，一个负责外联和公司战略。耐克公司的 Hannah Jones（2001）陈述道："耐克相信，只要合乎道德规范的行为，以及可持续发展与社会和公司的方方面面实现整合，就能从根本上保证公司与世界的长期繁荣。"

她继续指出："说起来倒是轻松愉快的，但现实情况十分复杂，涉及的问题是多方面的，根本就没有一锤定音的回答可以用来宽慰消费者。"

我们在第 6 章可以看到，Naomi Klein 一直都在猛烈批评耐克公司。然而，该公司现正致力于改善工人们的生活状况，这也是毋庸置疑的。

训条

现在，这样的问题依然存在。在撰写此书时，在西非种植园里仍然存在着胁迫儿童从事体力劳动的现象，因此我们不断听到联合起来抵制巧克力的呼声。于是，人们立刻提出这样的问题，在发达国家，这些受人尊敬的巧克力生产商们对这样的情况到底知道多少，对此他们又做了些什么。我们完全可以预料，以后的年会上人们肯定会提出一些尖锐的问题。

一旦人们提出这类重大的问题，公司可能会作出以下几种反应：

1. 否认。这类公司会让公关部门去处理此类问题，相信媒体关注的焦点迟早会转向别的问题、别的公司，以此来安慰自己。高层管理人员会唱起低调，拒不接待新闻媒体。

2. 辩解。这类公司虽会认真对待，但竭力辩解，试图说明自己的所为合情合理。高层管理人员参与其中，对种种诉讼进行抗辩。

3. 先抗辩，后做必要的改变。在这样的情况下，高层管理人员进行抗辩时十分明白，公众的舆论是不可抗拒的。不过，有时在高层管理人员了解情况的过程中，他们会慢慢意识到公司的所为将给社会造成多大程度的影响。

4. 公开，对话，共同制订行动计划。这些案例中，上层管理人员将领导工作透明化。这样的反应在过去很少见，现在倒是越来越普遍了，而且将来会成为一种规范。越来越多的公司在对问题作出反应之前，不是到传统的对外联络处，而是到一家专业的咨询服务公司听取意见。现在，在社会责任领域已经涌现出了众多这样的咨询公司。

当然，理想地说，当在公共领域出现问题时，公司不应该惊慌失措。在拟定重大战略计划的过程中，需要全面审视可能出现些什么样的问题。可能会提出这样的问题："会发生什么严重有损公司信誉的事？"或"会发生什么有可能将我们淘汰出局的事？"更为重要的是"什么情况有可能使公司和要员们涉嫌死人或伤人的事件？"

诚信取胜

社区企业建立的英国工作组提出了一整套的指导方针，这是为了使大大小小的公司能够更具社会责任感而专门拟定的。指南《诚信取胜》概括了企业用以测定和报告自身社会影响力的若干方法。英国的公司都被要求签名使用这些指南，并将其进展情况公布在互联网上。

该工作组称这份文件是"在英国彻底完善'公司社会责任'的第 1 个尝试"。它详尽地说明了公司如何解决诸如人权、工作条件、环境之类的问题，并概述了各种有助于测定社会责任方面进展情况的业绩指标。

9 家公司很快同意按文件规定的评定标准对其社会影响力进行评估和报道。这 9 家公司是 Carillion、The Cooperative Insurance Society、Hasbro、豹牌汽车、J Sainsbury、Prudential、Severn Trent、Thames Water 和 Zurich Financial Services。

非政府组织，许可证授予者？

在公司社会责任领域展开工作的非政府组织为数众多，但其业务与目标却不尽相同。有的关注一系列的问题——社会的、经济的和环境的，有的专门应对某个比较宽泛的领域（如环境），还有的则集中解决涉及面较窄的问题（如毛皮贸易）。这些组织的业务范围和下属机构正逐渐走向世界，因为它们监控的公司有的就是全球性公司。

绿色和平是一个经常表明人们对这些组织的态度发生变化时被援引的模式。30 年前，当他们向政府和公司提出强烈抗议的时候，人们把他们看成极端分子和左翼激进分子。但是，现在，他们的许多目标都已经写进了法律和行为准则。

非政府组织的工作往往都要经过这样一个过程，首先是抗议和示威游行，然后与公司进行对话，继而与其合作解决问题和监控业绩。这一趋势已经导致了非政府组织运动内部的关系紧张，有的支持者认为与公司合作等于是与敌共眠。

非政府组织面临的挑战是要说明自己有理由出席董事会。它们从哪里去获得其合法性呢？很显然，这种合法性主要来自公众的支持。这种支持远远超出了资金的作用。反过来，公众的支持取决于它们已经建立起来的信誉（如同红十字会、红新月会和牛津饥荒救济委员会一类的机构）、它们研究工作的质量、它们所提供的信息的可靠性。正是公众的支持才使它们事实上获得了授予公司"经营许可证"的地位。

社区计划

公司建立社会责任方面的信誉和维持其"经营许可证"效用的一个途径，就是积极参与制订地方社区的改良计划。

例如，BT 公司的社区合作计划在英国就是最大的一项。该公司的社区投资政策重点突出通讯的重要性，这既是从人的方面，也是从技术使用的角度来考虑。强调通讯在培养知识经济所需的技能中所起的辅助作用，以及这样的技能将给英国和英国人民带来的好处，这样做反过来也会给包括英国电信在内的企业带来好处。

英国的所有马拉松式的电视节目（"喜剧镜头"、"贫困儿童"等）从一开始就依靠英国电信提供的特殊网络服务，这样才能接受电话捐赠。1997 年，BT 公司与喜剧镜头进行合作，首次在英国使用互联网发布呼吁，使人们能够通过网络在线捐钱，随即推动了其他的马拉松式电视广播节目和慈善事业。该公司为志愿者小组提供的服务还延伸到使用先进技术为公众提供一些社会问题方面的信息。例如，BT 为"天下一家在线"提供赞助，使该互联网站为数百个志愿者团体提供中继线路，同时也提供有关重大的国际道德与社会问题方面的信息。

BT 向志愿者组织提供援助，目的是对某个特定的社会问题产生影响。例如，为新开设的一个全国性 24 小时帮困热线所投入的资金已经使接受"避难所"帮助的人数扩大了 3 倍。BT 公司还资助"儿童热线"，这是一个为害怕遭受性虐待、被恃强凌弱以及家庭有纠纷的儿童提供亲密劝导服务的栏目。

Xansa 公司（前身为 FI 集团公司）是另一个参与地方社区重大活动的公

司。其社区计划专门集中于援助无业且无家可归的年轻人，并赞助教育事业。其中优先保证旨在（特别是通过信息技术）帮助年轻人过上成功的劳动生活的援助计划。这个计划受到了来自员工们的广泛支持，并得到了与 Xansa 进行社区合作的企业的认可。

Xansa 公司更多地强调利用自身条件促进和鼓励员工投身志愿服务，而不仅仅局限于提供现金捐款或者赞助。公司的所有办公机构和若干以客户为基础的志愿小组制订了旨在援助收容当地无家可归者的团体和学校的计划。

考虑到所有利益相关人的需求，公司保证该计划能够满足公司的商业目标，并能对社区产生重大的实际影响。现在，Xansa 公司的董事会中70%的执行董事参与了这项计划，有的作为 Xansa 的代表出现在全国或地区的领导小组中，有的则以个人身份在 Xansa 的地方活动中充当志愿者。

社区企业优秀奖

优秀奖是经过严格的评估过程评选出来的。评估标准是以企业优秀模式为基础而拟定的。报名参加评选的公司接受来自专门领域的专家的评估，以及英国质量基金会的监督。最终获得"计划影响奖"的公司有权使用"影响认证标志"。该标志说明某项社区计划达到了由"社区企业"确立、英国质量基金会推荐、贸易部认可的优秀标准。影响认证标志提供一种有效的交流方法，让人们知道某家公司的计划达到了实际要求。

社区企业是一场全英上下致力于继续提高自身社会积极影响力的公司运动，这些公司中有 650 家具备核心会员资格，其中也包括了 75% 的 FTSE 100。

大奖分布于若干相关的领域，包括：

有事业心的社区；

合作关系的力量；

为年轻人投资；

有重点的行动；

与营销有关的目标；

社区投资；

环境事务；

种族多样化奖励的革新；

对社会奖的影响力。

2000 年度最后一项的获胜者是：BAA、联合公用事业公司（United Utilities）和 Camelot 公司。

Ron Brown 领导奖

为了获得这一美国奖项的评选资格，上层管理人员必须说明自己长期致力于法人公民职责的建设。法人公民职责必须成为公司共同的价值观念，为公司各个阶层有目共睹。而且，法人公民职责必须与成功的经营战略合而为一。

达到合格标准的项目必须包括：

- 达到"最佳运作"水准：卓越，创新，高效；
- 对服务对象具有重大的影响力；
- 表现出为美国社会赢得社会效益和经济效益的巨大潜力；
- 经营环境和目的具有可持续性和可行性；
- 能适应其他公司和社区的需要。

获奖范例：

惠普公司以其"种族多样化的教育倡议"而受到广泛认同，这是专为开发人们的经济潜力而设计的。具体做法是通过对 K–12 学生进行强化训练，使其进入大学学习，其次就是增加代表名额不足的工科学生的就读率、毕业率和就业率。

1997 年，惠普公司与 HP 基金会在 5 年中为种族多样化的教育倡议共投入 500 万美元的资金。该项计划资助了 4 个都市大学和 K–12 学校的合作项目（波士顿、得克萨斯州的埃尔帕索、加利福尼亚州的洛杉矶和圣何塞）。这些学校或发起或推广了一些卓有成效的方案，旨在帮助美国黑人、讲西班牙语的美国人、美国印地安人和女学生。另外，有 80 名 HP 奖学金受领人获得每年 3 000 美元共 4 年的奖学金。刚进入大学一年级的工程学和计算机科学专业的学生按约定可享有 3 个带薪的暑期实习期。HP 员工自愿担任辅导教师，或自愿雇用并管理这些奖学金获得者。在学习期间，学生们可以通过"HP 奖学金受领者电子邮件辅导计划"与 HP 员工保持通信，从而获得鼓励以及准备个人简历、接受面试等方面的指导。种族多样化的教育倡议通过最大限度地开发 HP 奖学金的受领者、辅导教师和雇工小组（欢迎学生到 HP 实习并在他们实习期内向他们提供援助）的潜力，促进了工作场所种族多样化的形成。

IBM 公司因其 4000 万美元的"改造教育"补助金方案而受到赞赏。作为自 1994 年以来 IBM 公司参加学校重大改革的最重要的内容，通过改造教育，IBM 公司得以与美国国内外院校共同创立、实施提高学生成绩的革新技术的解决方案。该方案的每一个课题都能解决学校改革过程中某个特定的难题，结合在一起就能解决教育改革中几乎所有的问题——从家长与教师的联系到资料管理与分析、课堂讲授、师资培训、学生成绩评定等。在美国的合作院校包括了佛蒙特、西弗吉尼亚等州和若干个大城市的 21 所院校。在巴西、爱尔兰、意大利、英国、新加坡和越南等国都实施了改造教育方案。该方案的评估报告表明阅读与数学的成绩提高很大。哈佛商学院称改造教育是企业与教育合作的典范。

为百强企业设立的第 12 年度商业道德风尚奖

获得这一美国奖项提名的公司必须能够出色地满足多重利益相关人的需要，也就是要看公司向 4 个主要的利益关系者群体（即股东、员工、客户和社区）提供的服务质量如何。

IBM 公司（名列第 1）实际上只是较好地服务了 3 个群体：股东、社区和员工。较有典型意义的是惠普公司（第 2 名），它擅长于服务两个群体：社区和员工。虽然排名在前面的 25 家公司都能对所有利益相关人提供非同寻常的服务，但没有一家公司能够同时为所有的 4 个群体提供出色的服务。

这些资料是以波士顿的一家社会研究公司——KLD 公司的调查作为依据整理出来的。该公司把对利益相关人提供的服务按一定的等级范围进行划分，从 1 级到 5 级不等。

对不同的公司，KLD 检查的区域会有所不同。没有定式可言。但以下内容可以说明一些检查的范围：

- 在环境标题下列出的项目有减少污染、循环利用、节能措施；还有负面的评估标准，如污染物的比率、环境保护局（EPA）的传讯次数、罚款及应诉的次数等。
- 与社区有关的领域列有慈善事业、公司的基金会、社区服务计划、教育扶贫、奖学金的设立、员工的志愿行动等。
- 员工关系方面的事务涉及行业工资、福利、家庭和睦政策、育儿假、班组管理、员工授权等。
- 种族多样化的积分加在其他的员工积分上。考核内容有少数民族与妇女在员工、经理人、董事成员中所占比例，以及是否有向机会均等委员会（Equal Opportunity Commission）投诉的现象，是否有适当的种族多样化的方案，是否有这方面问题的诉讼案件等。
- 客户关系可能会涉及质量管理计划、所荣获的质量奖、客户的满意度及有关这方面问题的诉讼案件等。

这些都是 KLD 公司评分时要加以考核的因素。公司的评估没有严格的定式。在对公司进行评估时，往往是先汇总所有可得到的议案、新闻文章、法律诉讼、年度报告等（包括该公司自己提供的情况），然后再由调查人员确定等级。

例如，在对公司的社区服务进行评估时，Polaroid 公司名列第 2，得分 4.83。该公司出现了一件新生事物，即员工们决定捐助慈善事业。Polaroid 基金会主要服务马萨诸塞州的波士顿和新贝德福德社区。它设有两个委员会，每个社区各有一个，其工作人员来自员工，委员会的工作受专业人员监督。基金会的执行总监 Donna Eidson 与其他成员一样只享有一票的权利。基金会的工作重点是通过对弱势群体的技能培养以提高其自给自足的水平。

公平性与管理人员的报酬

近年来，高级管理人员与普通员工之间的工资差距愈加拉大，这在美国最为突出，但在英国和别的欧洲国家也存在这种现象。人们普遍用"肥猫"来形容这种现象。

在美国，1965—1980 年期间，首席执行官与普通员工之间的工资增长指数的比率大致相同，这样自二战末期业已存在的工资差距就一直延续至今。后来这种差距开始拉大，再后来就到了爆炸的程度。对此现象的愤怒不断加剧，现在"讨厌"、"无耻"之类的词语不绝于耳。公司为了说明为首席执行官制定的工资级别的合理性，往往会援引同类公司的工资级别，也会以要留住高级管理人才才能使公司保持竞争力作为理由。但当公众和员工们将首席执行官的工资与自己的作了比较之后，这样的辩解就显得苍白无力了。一旦人们发现高工资级别与公司的业绩情况不相一致时，失落之感就更加强烈。大西洋两岸的公共机构的投资人正积极施加影响，迫切要求进行改革。

从另一个极端看，也有的公司树立了走中间路线的典范。极少公司会同意曾一度广为采用的定式，即 Ben & Jerry 提出的工人工资最高与最低之间 5:1 的比率。Peter Drucker 提出了 20:1 的比率，这一建议得到了 Herman Miller 公司之类的公司的采纳。在 Intel、Monsanto 或 BP 之类的公司，一旦涉及期权和奖金分配，比率更可能是数百比一。

现在投资人强烈要求在管理人员的期权分配问题上更多地采取折中的做法，增强报酬与业绩的联系。他们敦促公司建立起自己的首席执行官与普通工人之间的工资比率，并就其基本原则向股东们作出解释，以后一旦出现偏差要能自圆其说。

现在面临的另一种压力就是要求将股票期权扩大到所有员工。在美国，据国家雇员所有权中心（the National Center for Employee Ownership）估计，现在有 15 000 家美国公司建立了广泛的员工股份所有权。参加雇员股份所有权计划（ESOPs）的雇员有 900 万之众，他们平均控制了他们公司 10%~15% 的股份。

信誉与全球就业状况

随着全球市场竞争日趋激烈，生产活动正从劳动力成本高的国家大规模地向成本低的国家转移。这一趋势给相关的公司带来了诸多的挑战。

由此带来的社会问题是双重性的：一方面是就业出口国国内的工作秩序和相应的社区生活来源遭到了破坏；另一方面也使人们看清，这是在剥削东道国的廉价劳动力，一旦涉及童工或强制性劳动，问题就变得严重了。

在涉嫌为自己剥削和滥用劳动力强词夺理的案例中，最广为人知的要数阿迪达斯和本章已讨论过的耐克这两家公司了。

这类公司辩解道，在一个充满竞争的市场上，它们无力承担比现在更高的工资。然而，换句话说，这只能说明与别的任何一家在同一个劳动力市场上运作的公司相比，该公司未能付出能够维持生活的工资。

SA 8000 管理法规处理全球供给链中的工资与工作条件问题。有关标准要求，按标准工作周发放工资至少要能满足合法的或最低的行业标准，"要能够足以应付工作人员的基本生活需要，并且还要能够提供一定的可随意支配的收入"。

SA 8000 标准是通过与企业社区、非政府组织、工会及政府间的组织（包括一些重要的联合国机构）广泛商议而制定出来的。因而得到了国际工会运动，特别是国际纺织品与服装工人联合会（ITGWU）的认可。但该标准却因未能反映发展中国家非政府组织的意见而受到批评。

Simon Zadek（2001）叙说了两家在社会责任方面极负盛誉的商业团体如何因未能信守其传统的价值观而信誉扫地的事件。1997 年，美国服装鞋业界的几大生产厂家，包括耐克、锐步、Sarah Lee 及 Liz Claiborne 共同组成了服装行业协会（AIP），即后来的公平劳工协会（FLA），目的是建立一项统一的行为规范和一种内部监控与外部审计的程序。

Levi-Strauss 公司（一家美国牛仔服制造商号）拒绝参加，理由是接受外部强加的标准与公司自身的政策和处理此类事务的方法不相一致。在 1999 年，该公司关闭了许多设在欧美地区的工厂，结束了长期保持的传统——时世再艰难也要保证工人们日常生活。该公司还由于违背了其长期坚持的不在中国设厂的承诺而遭到抨击。尽管事实上该公司并没有作过这一承诺，但名誉上还是蒙受了损害。1999 年中期，Levi-Strauss 公司加入了 FLA 和英国的《以德经商倡议》（ETI），终于接受了由外部进行审计的要求。

ETI 兴起于 1999 年的英国。由英国大型零售业公司联合发起的 ETI 得益于政府的支持和人权领域的一些非政府组织和国际工会运动的相互协作。M&S 联合公司由于已经与供货商建立了长期的密切联系，故拒绝参加 ETI。当时该公司还没有感受到与日俱增的压力——要求公司增加透明度，因此其公平交易的信誉尚未受到影响。当格拉那达的纪实电视节目透露了 M&S 公司的供货商使用童工的情况后，该公司的信誉第一次遭到沉重打击。随即不久，公司的销售和利润急剧下滑。为尽量减少损失，该公司立刻取消了与英国供货商维持了几十年的供货合同。由于没有事先征求意见便中止了在欧洲的业务，所以在整个欧洲大陆立刻激起了公愤。虽然后来 M&S 公司改变了原来的决定并加入到 ETI 中，但在很大程度上仍然毁弃了由先前若干代领导人多年建立起来的信誉资本。

信誉、形象与品牌

2000 年 7 月，BP 投入 1.35 亿英镑彻底重塑该公司的品牌形象。70 多年来象征公司形象的盾牌商标被一幅伴有"超越石油"口号的黄、绿、白构成的日出图案所取代。据《独立报》（2001 年 4 月 19 日）的一篇文章所言，这一设计引起了各种各样的反应。最初受到了致力于环境保护的非政府组织的赞赏，这一设计被解释为 BP 公司着眼未来、关心气候变化、展望自身在引领多种能源形式开发活动中的前景。当时 BP 公司实际上并未作这番说明，但也不会费神去加以反驳。而且，作为深切关注环境问题的首席执行官 Lord Browne，就凭其声望人们也自然会相信这一解释的。不过在其间的几个月里，BP 公司一如既往大力执行着石油勘探计划。据《独立报》报道，BP 公司新闻处称"超越石油"的含义只意味着提供天然气、燃油，将食品杂货摆进加油站的商店。

这个例子说明在该领域确实存在着这样的危险，即公司的政策和目的与实际发生的情况之间存在印象上的差距。今天的 BP 公司成了激进分子恶语攻击的目标。由于辜负了他们的期望，因此他们的攻击很可能还会更加猛烈。

一则负面宣传足以使企业多年建立的商业信誉前功尽弃。壳牌公司将"诚信"列入其核心价值观中，然而刊登于《周日时报》（2000 年 4 月 15 日）的一篇《石油零售组织》（Petrol Retailers Organization）的调查报告却对该公司的经营活动在多大程度上体现了这样的价值标准提出了质疑。

自 1998 年以来，壳牌公司的批评者们一直希望该公司所公布的一系列社会报告能够反映这方面的情况。从调查的结果看，人们对该公司所陈述的诚信的本质内容依然持怀疑态度。按要求，石油经销点的经理们对他们与其代理的石油公司之间的关系进行了评价。76%的属于 Jet-owned 公司的油站认为关系很好；但是，壳牌公司的经理中只有 23%的人持同样的看法。关于特殊的诚信问题，Jet-owned 公司称好的人有 74%；而壳牌公司只有 17%（Texaco公司得分 45 分，BP 公司 36 分，Esso 公司 30 分）。这样的结果与壳牌公司对其价值标准的陈述很不一致。

> 具有坚定不移的道德价值标准和健全的经商原则，这意味着我们为自己的所作所为而感到自豪。我们十分清楚，在作决策时，这可以使公司的工作人员取得一致，并能激发他们的工作热情，还可以让社会对我们所创造的财富以外的业绩进行测定。多年来，我们一向遵循这一热情的承诺：诚信，正直，尊重他人。我们坚信，信任、豁达、合作、讲求职业道德的精神定将发扬光大。

这份报告得到了公司的重视，于是发表了如下意见：

> 我们承认，我们未必总能把每件事都做得很完美。在过去的几年里，为了改善我们与我们加油站的经营者之间的关系，我们投入了大量的时间和金钱。一旦他们不能提供人们满意的产品，公司应该即时作出反应，这一点十分重要。壳牌主张顾客至上，承诺为所有客户提供最优的产品、最佳的服务。如有不妥之处，我们总会积极改进。

训条：如果作出了如此之措辞华美的陈述，就不能使其形同虚设；在经

营活动中每个环节都应该严格遵循；而且，还要具体体现在公司制定的政策里，落实在执行的过程中，同时在工资制度中也一定要有所体现，这一点不容忽视。

案例：Camelot 公司

在写作本书的过程中，Camelot 公司是目前"国家彩票"的操作者。国家彩票发行委员会最初拒绝了 Camelot 公司提出再经营一个时期的要求，但 Camelot 公司成功地推翻了这一决定。出于不言而喻的原因，Camelot 公司一直竭尽全力地去获取国家彩票发行的经营许可证（无论正式意义上的，还是从基于民意的非正式意义上的）。

为了达到目的，Camelot 公司提出了自己的第一份报告，该报告涉及 1999 年 1—12 月期间的内容。目的是根据公司的价值观念、企业目标和利益相关人的愿望，对 Camelot 公司作为一个企业公民的业绩进行测定。公司渴求的目标是"按照我们的价值观，在我们的一切业务关系中求得生存。我们的目标是通过实现我们作为一个公司的成功模式，满足利益相关人的愿望，来做到 FITTER 所要求的 6点"。

FITTER 是个首字母的缩略词，代表：

- 我们信奉对人公正无私（fair play）；
- 我们诚信做人（integrity）；
- 我们言而有信（trusted）；
- 我们提倡团组精神（team）；
- 我们对一切力求最佳（excellent）；
- 我们为所有利益相关人尽职尽责（responsible）。

这份社会报告探讨的是 Camelot 公司作为企业公民的运作情况，并非是对其承担的国家彩票发行工作进行的整体财务审计。当然，Camelot 公司代表着国家彩票发行中心的对外形象，在公众心目中，Camelot 公司就是国家彩票发行中心。利益关系人提出的问题中有一些将国家彩票发行作为一个整体来关注，这些问题并不在具体操作者的权限范围之内。

这份社会报告的拟定旨在表明哪些问题应该由作为国家彩票发行操作者的 Camelot 公司解决；哪些问题的解决并不在 Camelot 公司的权限范围内，因为这些问题本来就归国家彩票发行中心的其他的合作者去处理。在审计过程中，所有"归"其他合作者解决的问题都已经提交给了相关的合作者。

Camelot 公司提出这份报告接受审计，完全是出于以下目的：

- 对我们的价值观的执行情况进行评估，看在多大程度上实现了我们的成功模式。
- 明确在我们和利益相关人看来还有哪些问题亟待改进，以保证实现我们的成功模式。
- 概括说明作为继续提高公司业绩的一个组成部分，我们正在或打算实行的经营策略。

在第一份报告中，社会和道德方面的业绩并未涉及环境问题，因为 Camelot 公司当初并没有意识到自己会给环境带来重大的影响。然而，Camelot 公司还是制定了一份正式的环境政策，成立了专门的管理机构。

该公司与来自 174 个机构的 479 人进行了一对一的磋商，同时还通过其他的调查方式听取了另外 5 469 人的意见。这份社会报告接受了新经济有限责任公司的独立审计。Camelot 公司成立了独立的社会责任咨询小组对审计实施全程监督。小组成员自愿提供服务，对自己的付出不索取任何报酬。他们都是专业人士，与各利益关系群体有着同样的经历。小组中每个人都向某个利益关系群体负责，检查利益相关人咨询活动的一贯性，审查并建议采用社会报告的方式。

建议采纳这一程序的小组成员有：Louise Botting（主席），Clive Morton（Anglian Water 公司），Rodney Garrood（BP 公司/Amoco 公司），Anna Bradley（国家消费委员会），Stuart Etherington（国家志愿组织委员会），Davi Bryan（社区托拉斯与基金会协会，现为公共管理事务部），Mark Goyder（未来公司研究中心）和 Roger Clarke（国家报刊零售经销商联盟）。

为了从报告的过程中获取教益，Camelot 公司任命了负责社会责任工作的总监。这既是一个致力于社会与道德审计工作的专门小组，也是一个由全公司高级管理人员组成的发展小组。

Camelot 公司从一开始就严格奉行公司的价值观，所追求的目的是测定公司的各项政策和实际运作情况是否与其价值观紧密联系。在准备社会报告资料时，首先收集与各个利益关系群体相关的现行政策以及一系列有关的现行措施，以此作为社会报告的主要依据。然后，通过与利益关系者的积极对话，对以下几点进行调查：

- 各个群体认为 Camelot 公司的政策在多大程度上反映了该公司的价值观；
- 什么样的价值观和问题与他们关系重大；
- 现行的公司措施在多大程度上受到他们的关注；
- 公司的业绩与战略是否还有改进的余地。

为了使社会报告得以完成，应激励利益相关人说出自己关心的问题，发现现有资料中的不足之处，并在可能的情况下再进行另外的调查。假如没有可能，则应作出承诺，在提出下一年度的社会报告时，进一步加强调查研究，以期不断改进。

公司将恰当的指标纳入公司主要的业绩指标，将不断改进的经营策略纳入具体操作人员的业绩指标，努力将这次报告中所了解到的内容融入公司的主流业务的过程和运作之中。这一切都将被视作年度业绩评估的一个组成部分。

2000 年度报告

由于在颁发第二份许可证的过程中出现延误和问题，在撰写本书时，Camelot 公司只提出了 2000 年度的临时报告。就其对"下阶段"的承诺而言，这份报告说明了在 2000 年度取得的进展情况，记录了与所有利益关系群体的对话结果。

报告中每个涉及利益相关人的部分都分为：

- 1999 年度社会报告中所包括的对下阶段工作的进展情况；
- 各项指标（包括倾向性的数据）；
- 与利益相关人商议的结果。

对绝大多数的利益相关人而言，Camelot 公司为这份报告只是作了定性的咨询，因此，不可能获取通常需要通过定量调查才能得到的指标。在可能的情况下，对主要指标进行了更新；如果没有可能，就只能提供选择性的指标。由于这一年情况特殊，公司没能达到所有的既定指标。

这份报告按照 AA 1000 标准提出，涉及商议、审核、报道等方面。这样，Camelot 公司就能够说明公司将社会的和商业的道德问题融入公司的战略性管理和经营活动之中。作为 1999 年度社会报告的约定之一，环境问题已经列进了利益相关人的名单之中。

这份 2000 年度的临时社会报告由 Adrian Henriques 进行审核，他现在是一名独立顾问，从前是新经济基金会的会计责任部主任兼 1999 年度报告的主要审核人。负责社会责任的咨询小组的会员情况没有发生改变：

> 在提出 1999 年度社会报告的过程中，出现了许多问题。这些问题是由多个利益相关人群体提出来的。结果，Camelot 公司接受了其中一些，这些问题很可能是 Camelot 公司 2000 年初在利益相关人群体之间过分发挥而引发的。在拟定这份临时报告时，通过与利益相关人的商议，许多问题迎刃而解。我们相信，只要多思考一些跨利益相关人群体的问题，公司处理问题就能更加全面。我们也相信这有助于增进各利益相关人对彼此间不同的利益、不同的观点而向公司提出的不同要求的理解和尊重。有的问题通过利益相关人之间的对话可以得到解决，对于这类问题，公司已经做了一些初步的计划性的工作，并将以此推进下一个年度的协商计划工作。

在 2000 年 2 月举行了一次跨利益相关人的专题讨论会。议题是如何才能防止向未成年人销售彩票。青年代表、家庭代表、来自博彩调查与援助团体的代表、国家彩票销售人员代表和商业规范立法机构的代表与 Camelot 公司的销售部、市场营销部、零售人员培训与服务部、安全与社会责任部的高级管理人员聚集一堂。会议最终拟定了一份综合性的"解决未成年人博彩问题"的行动方案。该方案经过与国家彩票发行委员会进行讨论，决定在公司内成立专门小组全权负责执行。

> 作为公司，虽然现在并非"和气生财"的时代，但是为了能与社区一道寻求同社会阴暗面作斗争的新方法，我们也愿意提供资金、技术和知识。我们希望，我们向社区提供的投资能够体现我们的 4 项政策性优先的价值观：发展技能，敞开机会之门，援助社区，履行我们行业的社会责任。

例如，为了解决一些孩子从小学向中学过渡期间丧失原有的阅读技巧的问题，在"发展技能"的名目下，英国的中学已经成立了100个读书俱乐部。迄今为止，已有3 350名学生参加了俱乐部活动，每周的平均参加人数为2 320人。有初步迹象表明，参加阅读的不同年龄的人数已有了大幅度的增加。

结 论

"经营许可证"这个术语意味着不同的利益关系群体（即投资者、消费者、社区）有能力采取行动，最终使公司的商业利益遭受损失。抛开那些由政府颁发经营许可证加以规范的行业不论，这种情况在多大程度上存在呢？可以诉诸的主要武器就是消费者的联合抵制，以及资金管理人员对建立在社会责任和可持续发展标准基础上的审查。公正地说，迄今为止，即便是一些好唱高调的公司（如Exxon、壳牌、耐克）似乎在利润和股价方面也并未遭受严重损失。然而，它们所面临的压力却与日俱增，这将对董事会的政策施加极大影响，因此，公司提交社会报告的做法将呈迅速上升之势。公司也会比过去更注意避免可能造成信誉损失的曝光宣传。然而，它们必须充分意识到，一旦唱出道德高调，也就比以往任何时候都更容易遭到批评。

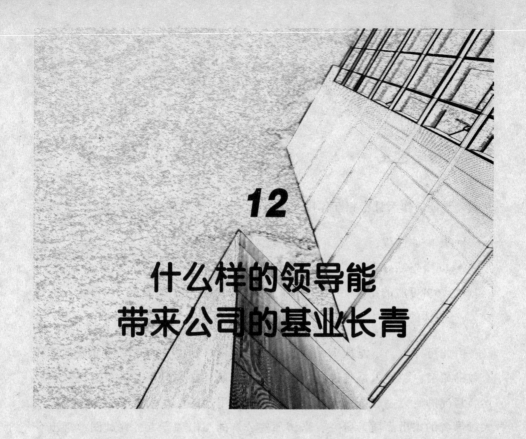

12

什么样的领导能
带来公司的基业长青

引 言

　　本章探讨注重利益兼容的公司领导人员，这样的领导人员将激励并促使未来公司在未来的世界里成功地进行竞争。本章的目的是在面对未来的社会、技术、环境及经济情况时，为那些负责主要大公司的人提供一些思路。

　　有些明显的早期预兆表明，在21世纪的头几十年里，企业组织可能将彻底背离我们在传统上所熟悉的等级森严的官僚体制，这一点将在第13章进行论述。随着新的组织形式的演变，传统上由正式的权威职位所决定的自上到下的领导关系正变得越来越不相关。

　　尽管有这种明显的趋势，但近年来大多关于学术和从业者对领导能力的论述，都反映了一种含蓄的猜想，即领导能力肯定与个人天生的气质密切有关，领导者是具有个性的、像 Moses 一般的人物，可从组织的最高层，带领大家到达世界一流业绩的乐土。

这种观点在此受到了强烈挑战，下面对该领域里一些更为进步的思想家的观点作简要的概述。

领导人员之定义

领导能力作为社会相互作用的一部分，是一种复杂的活动，包括：

- 影响的过程；
- 既要当领导者又要当追随者；
- 许多可能的结果——最明显的是实现目标，也献身于这些目标；加强团体的凝聚力，并增强或改变组织的文化。

由此可得出，不能从个人的心理特点和性格学说方面来对领导人员进行有效的研究。领导人员是社会的，对他们的研究必须包括对决策过程和企业运转情况的研究。过去对于领导人员的研究采用的形式大多是努力去识别伟大领导者的杰出品质。研究者采访那些公认的杰出领导者，并试图整理出令他们成功的品质、特征和性格，这是一个非常主观的过程，如果走极端的话，可成为某种形式的英雄崇拜。那些在不同的研究中出现的领导形象是如此的矛盾，以至于变得彼此否定。同样，随着时间的推移，有些在研究中显得十分突出的"杰出"领导人却无法维持他们的成功。

领导者的个人品质无疑是与领导能力有关的，但个人品质在相互作用的复杂过程中只是其中的因素之一，要理解所发生的事情，重要的是将所有人员的态度、信仰、价值观，以及产生相互作用的企业文化考虑进去。

领导与管理

表 12.1 阐述了领导与管理的主要差异。

企业管理这一"职业"主要是 20 世纪的发明——由于生产方式的所有权脱离了控制，一种新的职业管理阶层便出现了。管理方的合法性——至少在理论上——是由作为业主代理人的经理的作用所授予的。

然而，作为一种影响力的源泉，领导人员的合法性却不是来源于其主持

表 12.1　经理的领域与领导者的领域

经理的领域	领导者的领域
开发金融、物质及人力资源（资本、工厂、设备、经营场所及劳动力）	授权给人们，作出承诺并与组织的目的保持一致
与雇员、客户、供应商的关系是合同性关系	与利益关系者的关系是建立在相互信任基础上
主要任务是计划、组织、指导及监控	主要任务是确定目的，创造共同的理想和价值观念
其合法性是凭借所主管的办公室和所拥有的权利	其合法性是建立在以明显的能力和正直为基础的信任之上

的任何一间具体的办公室，而是由许多因素所致。我们接受领导与否，在于我们如何看待领导者、我们是否愿意信任他们、他们在我们心目中的品行怎样、他们是否具备相关的知识和技能、我们是否能够以他们的行为为榜样，以及我们觉得他们所提出的方案是否切合实际等。必须强调的是，这些品质和行为就是我们所感觉到的那些；我们对他们的感觉是以我们的偏好和价值观加以过滤后的观察范围为基础的。然而作为人，我们心中也有固定的领导模式，我们的判断也会受到表面特点的左右，诸如性别、种族、年龄、口音甚至穿着风格等。我们的既定模式也许更像电影《角斗士》中的 Russell Crowe，而不是真实生活中像 Nelson Mandela 那样的领导人。

我们所寻找的这些领导品质不但将受到我们的价值观念的强烈影响，而且也会受到企业文化的影响。工地上的工人期望寻求到与那些高级公务员、研究实验室里的科学家，或艺术家社团成员所追求的截然不同的风格和方法。

Kotter（1990）提出这样一个论点，即尽管企业管理给复杂的企业组织带来了秩序和一致性，并参与了策划和预算，但领导者的任务却要涉及指引方向、发展未来的设想，以及为实现这一设想而制定战略。就领导者的预见性而言，Interface 公司的 Ray Anderson 具有的远见卓识领导方法使该公司成为世界上第一个扭转颓败的公司，这一例子很好地证明了领导人员所起的作用。（见第 7 章）。

理想所起的关键作用

Charles Handy（1992）将卓有成效的领导者行为与其对未来的预见能力联系在一起。他认为，要成为具有前瞻性的领导人，必须满足他所提出的 5 个条件：

- 第一，理想不可能是相同的。"理想必须对已知的背景进行重新设计，将显而易见的东西重新概念化，将先前未联想到的东西联系起来，做一个梦。"
- 第二，这种理想对于别人来说应该是有意义的，应被视为具有挑战性，但又不至于高不可及。
- 第三，这种理想应该是可以理解的，而且能够深入人心。
- 第四，领导者必须以自身的行为和全心的投入来阐明这一理想。
- 第五，领导者必须记住，如果想实现这一理想，那他就应该是一个大家共同的理想。

英国的"伊甸园"项目——在一个废弃的陶瓷场兴建两座圆顶生物大楼——是一个把理想付诸行动的成功例子。用项目发起人 Tim Smit 的话来说，"伊甸园项目并不是追求的最终目标。它不仅是一座令人叹为观止的科学建筑，而且是我们坚信人类拥有乐观前途的宣言"。Smit 的理想之所以得到实现，是因为他的理想得到了由排水系统到长期融资等领域的一个庞大的专家团组的一致认同；这个理想要求必须具有坚定的信念和毅力以克服似乎是不可逾越的障碍；它涉及一整套的价值观念，用一个词来归纳，就是"管理工作"。

> 在此，我们同时也表明，环境意识关系到所有层次的生活质量，环境实际上是对每天以成千上万种方式影响我们的问题所作的速写，这些问题包括我们所吃的食物、所穿的衣服，以及我们所享受或忍受的天气等。最主要的是，我们希望在人们下决心迎接改革和复兴的挑战时，伊甸园项目能成为一个象征，证明一切是可能实现的。

Kotter（1988）断言，就理想而言，真正重要的不在于其独特性，而在于它能在多大程度上满足重要的利益关系者——顾客、雇员及股东，以及如何才可将其变为一种提高组织竞争力的策略。

改革型的领导

近年来，人们更多关注的是企业组织变化的过程，尤其是那种可被称之为改革的剧烈变化，并关注那些促使改革顺利进行的领导人员的品质和行为。

Tichy & Devanna（1986）在观察了一系列在位的改革型领导者后，所得出的结论表明他们有以下一些共同特点：

- 他们显然把自己看做了改革的代理人。他们下决心要对自己所负责的组织进行改变和改革。
- 他们斗志昂扬，能够克服阻力、坚持主张、敢于冒险和面对现实。
- 他们信任员工，对动机、义务和授权有着成熟的信念。
- 他们受一整套价值观的强烈驱使。
- 他们是终身领导者,把错误——不论是自己的还是别人的错误——视为学习机会。
- 他们能够妥善处理错综复杂的、难以意料的，以及含混不清的问题。
- 他们具有远见卓识。

具有性格魅力的领导

有些领导"古鲁"（注：印度的宗教领袖，比喻有影响的人）会说，成功的改革领导者有一种非凡的品质，这种品质可以归纳为一个词——"领袖气质"。

Bernard Bass（1989）引用了 Max Weber 关于"领袖气质"的观点，它包含下列五个要素：

- 具有非凡天赋的人；
- 危机意识；
- 对危机的彻底对策；

- 追随这位非凡人物的人们坚信，他们通过他与一种超凡的力量联系在了一起；
- 不断重复的成功经验验证了这位非凡人物的天赋和超凡的力量。

Bass 通过采用问卷调查工具多因素领导能力问卷表（MLQ）来研究具有性格魅力的领导者。他指出，在由他和他的同事所进行的大量研究中，"领袖气质"总是作为最重要的因素出现，自 1985 以来，他们对教育机构、军队、企业、工业、医院和其他非营利性组织都作过研究。

在 MLQ 问卷调查中，得出了以下结果：

- 在企业组织的各个层次都存在具有性格魅力的领导，但大多数是在最高层次。
- 很多追随者在描述他们的领导人时都使用了表明性格魅力的术语，有些人对他们的领导者非常忠实，而且对能与他们联系在一起感到骄傲。
- 将顶头上司描述为具有"领袖气质"的下属，也认为自己的单位更具生产力。
- 具有性格魅力的领导者被看做是精力更充沛的人，在他们手下工作的人有更高度的自信，且把工作看得更有意义。
- 在具有性格魅力的领导者手下工作的人，干得往往时间较长。
- 他们显示出对领导者的高度信任。
- 在评价领导者"领袖气质"与测定团体的有效性之间显示出高度的相关性。

无论明确或不明确，以上这些方法都基于一种共同假想，即领导能力主要是体现在企业组织的最高位置，是一种只能在少数有天赋的人身上观察到的过程。这种观点正越来越受到质疑。

有关"具有性格魅力的改革型领导者概念"的批评家

Nicoll（1986）强调，在很大程度上，"英雄"或"救世主"型的领导者都是神话，这种神话在于，我们希望领导者比我们自己"更高、更强、更好：就是我们的救世主"。Nicoll 指出，这种希望给领导者带来了巨大负担，而这种神话也暗含着其他人被动的跟随作用，这使我们低估了领导与追随者关系中相互作用的重要性。Nicoll 暗示，方向和目标"不是由领导者去构想并传达给我们"的。这些东西应该是"在我们与领导者的相互作用中创造出来的"。

在 Nicoll 看来，领导者如果想要在新兴的经营环境中有所成效的话，就需要开始考虑他们在采用"令人震惊的新方法"时所负的责任和所起的作用。他们需要把自己看做是"行为对话"或"共同托管制"的一部分——作为双方互动过程的一部分。他们需要将一些绝对的偏见从思想中剔除，诸如领导者作用与追随者作用的两极分化、对等级制度的偏见以及认为追随者是被动的等概念。

Nicoll 的观点得到了 Warren Bennis（1997）的响应，后者提出"我们对当代领导人的看法染上了英雄主义的色彩，以致'领导者'与'英雄'的界限都有些模糊不清了。在我们的社会里，领导才能经常被看成是天才的表现"。

在对有关长期持续的企业成功的因素所做的主要研究项目中，Collins 和 Porras（1995）得出了这样的结论："对于成功地确定公司目标而言，塑造高形象、性格魅力的做法并不是必不可少的。"他们引用了 William McKnight 的话说，William 曾经连续在 3M 公司担任领导：总经理（15 年）、首席执行官（20 年）、主席（17 年）。William 是个说话斯文、性格温柔的人，同时也是一个谦卑、虚心而且毫不招摇的人。其他明显缺乏"领袖气质"的领导人物还有惠普公司的 Bill Hewlett、波音公司的 Bill Allen 和 Merck 公司的 George W Merck 等。

彼得·德鲁克（1992）有力地强调，卓有成效的领导人与"领袖气质"几乎没有什么关系。他引证了 Eisenhower、George Marshall、Harry Truman、Konrad Adenauer 以及 Abraham Lincoln 等领导人为例子，虽然他们成效显著，但他们并没有"领袖气质"。此外，约翰·肯尼迪也许可称为美国历史上最具"领袖气质"的总统，但没有几个总统像他那样无所作为。

按照德鲁克的观点，领导的一切都与工作和业绩有关，从仔细地思考企业的使命并清楚地加以表达开始，一直到设定目标和标准。"领导者的首要任务就是充当一支声音嘹亮的小号。"德鲁克断言，有成效的领导者是把领

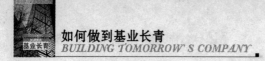
导权看做职责而非头衔或特权的人。根据德鲁克的观点，对领导人的第 3 个要求是要能够赢得人们的信任，这是领导者的正直和一贯性的作用。

第五级的领导能力

斯坦福大学的 Jim Collins 带头搞了一个研究项目（2001），其出发点就是要寻找从业绩平平者真正变为业绩杰出者的公司。他和他的研究小组从1965—1995 年期间在《财富》杂志 500 强的名单上出现过的 1435 家公司着手。他们寻找一种证券市场收益的特定模式——15 年以来相当于和低于市场的平均水平，然后到达一个转折点，在随后 15 年里的收益至少要高于市场平均水平 3 倍以上。结果仅有 11 家公司达到这一水平。它们在转折点之后的 15 年内的收益是市场平均收益的 6.9 倍。这可与 1986—2000 年间在杰克·韦尔奇领导下的通用电气公司所取得的 2.8 倍的收益相媲美。

该项目的研究人员根据企业的相似性、规模、历史以及在发生转变这一期间的业绩，为这 11 家公司里的每一家都挑选了一个可比较者。另外六家进行比较的公司被确认为是"非持续性"的公司，即只显示出暂时进展的公司。

至少有 22 名研究同事一起进行了该项目的研究，他们仔细审查了堆积如山的文章和公司文件，对经理们进行了 87 次访谈并分析了大量统计数据。然后，他们得出结论，明确认定了使业绩持续增长的主导因素。

其中，Collins 所谓的"第五级的领导能力"是成功的关键。第五级的领导者的性格似乎是一个矛盾的组合，一方面谦逊、腼腆（阴），另一方面又任性固执、无所畏惧（阳）。

"阴"的性格特征主要表现为避免抛头露面、行动安静、决策平静、对公司而不是对自己雄心勃勃、承担失败的全部责任、给予别人成功的荣誉、培养继承人。"阳"的品质包括无论多么困难都毫不动摇的决心，以及不愿马虎了事非要追求完美的态度。

五级领导能力的看法是在研究中发展而来的，它基于这样的假设：第五级是指建立在其他 4 种能力之上的一种高效力的领导能力。其他四种能力指的是先做一个非常能干的个人，然后是一个有贡献的团组成员，接着成为胜任的经理。最后，虽然不足以创造留名青史的业绩，却是一名富有成效的领导者。

《工业社会》（1999）所进行的项目研究进一步证明了富有成效的领导能力与谦逊度之间的关系。这个项目邀请了大约 3 000 名观察家，从 38 种能力上，对领导者所取得的成绩进行评估。每个领导者都得完成一份自我评估，然后根据他们最近的报告，或从同一企业中其他的团组成员中，收集四份不署名的评估意见。

问卷表中的 38 项总分为 7 分，顶尖的 100 名领导者被评为 6.3 分或 6.3 分以上。然而，他们的自我评估要谦虚得多，大多数情况下，他们自我评估的分数仅为 4.6~5.8 分。与之对照的是最末位的 100 位领导者，他们并没有表现出这种自我批评的精神。他们的自我评估成绩与评估者的意见相比，表明他们对自己的能力有种言过其实的感觉。

注重利益兼容的领导人员

Hooper 和 Potter（1997）指出，未来的领导者面临的关键问题是："通过赢得下属的情感支持来释放人性的巨大潜能……我们未来的领导者将更能干、更善于表达、更富有创造性、更善于激励人而且更为可靠，如果他们想要赢得追随者的爱戴的话。"本章以下部分将检验一些相对较新的领导概念，这些概念一致针对人性潜力的释放。

学习型领导者概念

虽然 Senge《第五原理：学习型企业的艺术与实践》（1993）一书的书名看起来与领导能力毫不相干，但不论是对今天的还是明天的领导者来说，这本书实际上都是非常中肯的指南。这本书把领导能力看做是一种方法，用于培养企业组织中各级人员的学习热情和学习能力。

Senge 的五个原理中的第一原理是个人完善。个人完善关系到对终身学习的追求，还关系到"理清对我们真正重要的事物……为了实现我们的最高理想而生活"。

第二是思想模式。这条原则是关于学会认识我们自己的思想模式，并为了接近现实，要对这些思想模式做严密而仔细彻底的检查。

第三原理是建立共同的理想。Senge 强调真正的理想的价值区别于对理想的陈述。领导的角色是揭示一幅可以达成真正承诺、可以实现的未来图画。强行推行理想通常适得其反，提出理想交由大家考虑和讨论可以启动一个非常有力的进程。

团组学习是第四原理。这一条相当重要，因为在现代组织里是以团组而不是以个人作为基本的学习单位……除非团组得知在这个企业组织不能学习。

系统思维是第五原理。如果我们要看整个事物的组成部分是如何相互作用的，如果我们要成功地应对变化，这是非常重要的。

在学习型组织中，领导者有三个功能。他是设计师、管理者和教师。

领导者的设计工作是关于制定组织的政策、战略、体系并付诸实施，是关于把各个部门组成一个有机的整体。领导者的首要任务在于理想、使命和价值观等领域。

管理工作与组织的长期生存以及对更广泛社会的贡献有关，这为领导者的作用提供了道德基础。

领导者作为教师就是不断帮助人们看到"大图画"，看到组织的不同部分是如何相互作用，那些明显不同的情景其实是如何的相似，今天的决定有着多么深远的含义等。

领导能力与创造力

要让创造力在组织内盛行，光靠经理拿出原创思想和念头是不够的，与之同样重要的是，他们应该对别人的思想和念头作出认识、评价和维护。确实，有时首席执行官的新念头不断涌现是有危险的，因为他/她可能无法对自己的点子作出完全客观的评价。利用职权来维护自己的观点的经理冒着两个风险：其一，这个观点实际上并非如他们想象的那么好；其二，虽然观点很好，但会遭遇到组织内成员的阻力，如果组织的成员是被要求履行职责又觉得没有所有权感的话。

然而，开发其他人的创造力需要一些特别的领导技巧。多数人从经验中得到教训，对提出激进的想法小心翼翼，循规蹈矩来得更加轻松而且毫无风险。一幅描绘一个公司老板在会议室向下属当面作报告的漫画，把问题说得淋漓尽致。他说："我要你们直率、诚实地说出自己的想法；即使会丢掉工作也不要有话不说。"

实践中的学习型领导人员

JOHN NEILL，UNIPART 公司的首席执行官

Unipart 公司是 1987 年买下前国有 British Leyland 公司 (现在叫 Rover 公司,是以前的 BMW 汽车公司的附属公司) 部件部门的管理权所创立的。

在一次发表于《战略》杂志上名为《战略计划社会》 (1997) 的访谈简讯中，Neill 叙述了他如何将一个生产和运作都是三流的公司进行彻底改变，努力满足了人们对质量和运送的要求。"我们知道，如果我们想在生产方面取得成功，我们就需要向世界上最好的公司学习。"在公司赢得与 Honda 公司的一份合同时，转折点终于来临了，因为该公司善于学习，Honda 公司才愿意与它的新供应商进行合作。Neill 派出了一个 6 人小组前往日本与 Honda 公司的燃料箱供应商一起学习，学习的结果使公司主要的工厂管理与生产完全得到改观。工程师和监督者的作用变了，他们在自治团组里组成法人组织，每个小组都有各自的领导并且有小组奖金来补充每月薪水。作为一个看得见的质量象征，所有的工作者现在都身着纯白的工作服。

1993 年，Unipart 公司大学建立了。如今它已经发展成为一所开设 180 门不同的课程，由 Unipart 的人员执教的大学。为了让参与者"为工作而培训"，而且能将"上午的学习运用到下午的工作之中"，这些课程设计得比较实用。这所"大学"中有一个叫做"领导边缘"的地方，是艺术技术展室和培训中心的领地，所有雇员在一天中任何时间都可以来这里构思新的工作方法，技术可以帮助他们释放出创造的潜力。此外还有一个叫"学习曲线"的地方，这是一个学习资源中心，其作用就像图书馆一样，可以借书和期刊、提供在线信息，甚至还可以提供雇员在家使用的手提电脑。

Unipart 是一家以利益兼容原则作指导和管理的公司，也是未来公司研究中心的基本成员。其 1996 年的年度报告说："我们看到，我们公司的未来与我们的五大利益相关人群体——我们的客户、我们的雇员、我们的投资者、我们的供应商以及我们做生意的社区——的未来紧紧地联系在了一起。"

管理工作概念

　　Block（1993）提出用一个全新的概念——"管理工作"来取代传统的领导能力概念。

　　他断言说，我们大多关于作出变革的理论都是围绕领导能力这一观念以及在实现组织变革工作中的领导者的作用来进行的。按照他的观点，对领导者的这种无处不在和近乎宗教的信仰实际上减缓了真正变革的进程。

　　管理工作是关于"愿意对大机构——组织、社区而不仅仅是对自己负责"，是"忘我服务"和"愿意肩负责任而无意左右我们周围的一切"。

　　Block 在作为一种企业管理方法的"好父母"与"合作关系"之间划了一条基本界限。前者基于这样的信念，即那些位于顶层的人应为组织的成功及成员的福利负责；而合作关系建立的原则却是把权力下放到最靠近具体运作的地方。

　　另一条界限位于依赖与授权之间。前者基于这一信念，即有权力的人知道什么最好，他们的工作就是为我们创造一个安全可信的环境。而授权则反映了这样的信念，即每个人都具有正确处理事物的能力，无论有或没有上司的动员，我们都愿意努力将企业的工作干好。

　　然而，最根本的区别与选择是在于服务与自我利益之间。我们对当今领导者的疑问，并不在于他们的才干，而更多的是在于他们的品质和可信度。对 Block 来说，根除自我利益对人的诱惑力（它最终将使人毁灭）的"良方妙药"，莫过于投入和从事一番事业——献身于组织的目的和蓝图。

　　Block 认为强有力的领导人员无法为组织创造所需的根本变化，如果组织想要在进入 21 世纪后继续生存和繁荣的话。"这并非是身居高位的人的过错，而是错在我们对这个职位作用的定位上。"寻求强有力的领导人员反映了我们的愿望，即他人应为我们的组织的所有权和责任承担责任。其结果便是将"权力、目的和特权" 集中在我们称之为领导者的那个人身上。

按照 Block 的观点，我们为认为领导具有改革企业的能力的看法付出了代价。他委婉地指出："我们所寻找的领导者在新闻报道方面比在我们生活方面更卓有成效。"存在着伟大领导者的这种幻觉强化了这种信念，认为所有的成就都是个人行动的结果，以至于我们把信任给了个人，但实际上成果却是由团组产生的。我们变得过于依赖来自上层的动员，将其作为一种为我们的积极性赢来支持的一种方式。当然，就处于上层的领导人物而言，危险在于他们开始相信关于他们自己的剪报了。

管理工作的概念与可持续性的成就之间的相关性是不言而喻的。

企业领导人 Dennis Bakke 是 AES 公司的共同创建人，他对管理工作概念作了举例说明。AES 是一家国际性电力公司，创建于 1981 年，目前营业额超过 30 亿美元，经营范围分布于大约 46 个国家的 140 多家发电厂。Bakke 提出"企业和 AES 公司的目标都是为了满足社会的需求而管理资源"。Bakke 认为："代表全人类管理地球及其资源是人类的主要责任。"（Manz & Sims，2001）

仆人—领导者概念

仆人—领导者这一术语最先是由 Robert Greenleaf 于 1970 年在一篇题为《仆人当领导》（1982）的论文中使用的，这篇文章是关于领导人员的无数论文或专著中的第一篇，这些书在全世界的销量超过了 50 万本。Greenleaf 将其大部分时间花在了对 AT&T 公司的管理教育作用的研究上，接着又在世界上的几家主要教育机构担任顾问。1964 年他创建了应用伦理学中心，即目前的 Robert Greenleaf 研究中心。

Greenleaf 的思想深受 Hermane 的小说《东行漫记》的影响。这本书记录了一群年轻人为了某种精神追求所做的旅行，这群年轻人是某宗教团体的成员。故事的主人公叫 Leo，同时也是陪伴这个团体的仆人，他经过不懈的努力，帮助其他成员克服了困难。然而有一天，Leo 失踪了。整个团体便迅速瓦解，并放弃了他们的追求。故事的叙述者决定设法找到 Leo。经过多年的寻找，终于找到了他，这时才发现 Leo 实际上就是这个宗教团体的领头人和精神领袖，是一个智慧而伟大的领导者。

Greenleaf 认为这个寓言故事表达了他自己的领导方法的中心思想——伟大的领导者就是那些为他人服务的人。Larry Spears 在一本有关认知 Greenleaf 的工作的论文集的引言中（1995），根据他对 Greenleaf 的工作的研究，确定出下列有关仆人—领导者概念的 10 个特点：

1. **倾听**：仆人—领导者作出深深的承诺，专注地倾听他人的观点。他们还倾听自己"内心的声音"，试图理解自己身体里、意识里、精神上的声音。他们花时间反思。

2. **心灵感应**：努力去理解别人；即使不接受他们的行为或表现，也不否定他们本身。

3. **治愈作用**：帮助人们处理情感上的痛苦和悲伤。

4. **意识**：对所发生的事情敏感，包括自我意识。

5. **说服**：努力说服他人理解某项行为的正确性，而非通过胁迫来达到使人服从的目的。

6. **概念化**：以概念术语来延伸思维的能力，超越日常思考。

7. **先见之明**：能理解过去的教训、目前的现实和决策的可能后果。

8. **管理工作**：看到个人为了社会的利益而受托保管组织的财富和资源时所起的作用。

9. **保证员工的成长**：重视人员而不是看重他们作为雇员所作出的贡献，关心他们的个人和职业的发展以及精神上的成长。

10. **建立社区**：为在组织中一同工作的人建立真正意义上的社区。

Spears 提出，仆人—领导者的模式在好几个方面对公共机构的生活都有影响，这种模式在赢利性和非营利性部门都被领导学的教育项目所采用。ServiceMaster 公司的首席执行官 C William Pollard 就竭力倡导仆人—领导者模式。William 是该公司的主席，该公司在世界上拥有约 20 万雇员。在过去的 20 年中，该公司收益每三年半翻一番，目前营业额超过 40 亿美元。Service-Master 有限公司在过去 10 年中，一直被《财富》杂志提名为财富 500 强中的最佳服务公司。

适应可持续性的领导能力——利益兼容法

迄今为止，从所回顾过的不同研究中，一种领导风格和方法的画面开始出现，在未来的几年中，应用利益兼容法来达到企业成功将是非常恰当的。这种方法包含下列要素：

- 改革型领导人员鼓舞人心和前瞻性的品质（但不必有个人魅力）；
- 学习型领导人员善于学习并促使他人学习的做法；
- 管理工作的思想——作为组织的声誉、资源和未来的监护人；
- 领导人员就是为他人服务——为组织而且还有整个社区服务；
- 愿意与他人分享领导作用。

关于利益兼容的领导人员概念，哈佛大学的 John F Kennedy 政府学院的领导人员教育项目主任 Ronald A Heifitz 在其作品中进行了最好的描绘。在其中一本关于近期领导人员的最富挑战性的书中（Heifitz, 1994），他提出 5 条原则来指导领导者：

- 确定问题以及变革的需要，向所有利益关系者阐明所涉及的问题和价值观。
- 认识到变革带来的压力，没有压力，真正的变革就不可能发生。领导者的任务就是控制压力并使之保持在可容忍的限度内。
- 领导者应该将精力集中在关键问题上，不被诸如个人攻击等问题分散精力，他们不应该作出否认问题存在的尝试。
- 他们应该给予人们可以承受的责任，用问题来给人们施加压力以便得出解决的方法。
- 保护那些具有领导能力的人，即使他们没有正式的权威；不应制止那些提出尖锐问题并因此带来压力的人说话——他们经常能引起人们对问题进行再思考，而这是具有正式权威的领导者所做不到的。

对于那些上层领导人物，如 Ford 汽车公司的 Bill Ford 或 BP 公司的 Lord

Browne 而言，这些原则是非常合适的。这些领导人在为自己所负责的利益相关人寻求一条可持续发展的道路时，努力克服了短期利益冲突的问题。

对于 Heifitz 而言，其策略是一开始就询问，为使问题的解决取得进展，哪些利益相关人必须作出调整。在强调他们的社区利益时，为了让他们能承受解决问题所带来的压力，领导者要如何才能加强紧密联系利益相关人的纽带？

正视冲突、正视形势的现实，这对于领导人员是极为关键的。正如我们在第 8 章里所看到的一样，对于 Ford 公司而言，首先必须作出调整的就是公司的客户——在美国尤其如此。但如果没有利益关系者、雇员、证券交易商及地方社区所作出的相应调整，公司的战略调整是不可能做到的。

Heifitz 的思想与学习型组织的概念以及暴露深层问题的需求紧密相关，而不是主张直接处理症状。在变化的形势中从权威的职位上行使领导权力，这往往与自己的意愿格格不入，因为领导者是提出有关问题，而不是要满足人们的期望，认为领导者将提供答案。

领导者让人们感受外部的威胁以便刺激他们对变革的渴望，而不是要保护人们免受外部的威胁；领导者制造冲突而不是要压制冲突；领导者挑战现状而不是要维持和捍卫现状。

> 随着全球性企业组织商业性质的不断变化，截然不同的新型领导应运而生。自上而下、一丝不苟的方式将一去不复返。未来的领导者将显现出灵活、富有同情心的特点，同时又坚持组织的核心价值观念，并善于摆脱变幻莫测的困境；全心服务，平易兼容，不屑于独来独往或者高高在上。其他的领导才干还包括：有能力发展并阐明观点主张——能在千变万化的市场中始终如一，能促使其他人接受并坚持其观点；建立指导各层次的雇员作出决策的企业模式；保障重视经验和学习的文化，使个人与团体的目标保持一致，认识发展和管理真正变革的知识系统所意味的含义。这些新领导者具有共同的特点，他们对组织的无形方面的问题更加重视。经过一段时间之后，那些不愿意或不能展现出领导能力行为的未来领导者将发现其追随者寥寥无几。

(Nevins & Stumpf, 1999)

某些注重利益兼容的领导者

John Elkington 在《蛹经济》（2001）中对几位被他称作"公民首席执行官"的领导者进行了描述。

一位是 Dee Hock，1970 年 VISA 信用卡的创始人，他对这个未来公司的观点是"以唤起人们更高志气的共同目的为基础的社区体现"。他发明了这个词——"混乱的时代"——来表达这样一种思想，即在一个"自我组织、自我管制、适应性强、非线状的、复杂的有机体、组织、社区或系统中，需要将混乱与秩序结合起来，无论其行为是物理的、生物的或社会的，都要将混乱与秩序的特点进行协调地交融、混合"。作为一个显著的例子，VISA 现已发展到被 22 000 所成员银行所拥有，它们彼此竞争客户，但通过尊重彼此的业务来进行合作。

另一位是 Lend Lease 公司已去世的 Dick Dusseldorf，他把公司的目标描述为"为人类状况作出改进，而不仅仅是对某个具体群体的改进，也不仅是对股东、工人、管理人员或其他人而言"，在他的领导下，Lend Lease 公司制定了可持续发展的政策并建立了可持续顾问委员会。

Elkington 还引证了 BP 公司的 Lord Browne、Ford 公司的 Bill Ford、Interface 公司的 Ray Anderson 和 HP 公司的 Carly Fiorina。关于他们的行为和政策在本书其他地方已有描述。

案例：Andy Law

Andy Law 在 Bristol 大学时学习的是古希腊与罗马语言文学，在这座城市呆了一段时间后，他于 1978 年开始了他的广告生涯，加入了现在已瘫痪的 Wasey Campbell Ewald 公司。80 年代时，他成为 Dickinson Pearce 国际公司 Collett 董事会最年轻的董事长。1990 年 1 月，他帮助极富创造性的美国机构 Chiat/Day 创立了伦敦事务所，1993 年成为常务董事。

他开始行使领导才能的转折点始于 1992 年，当时他是 Jay Chiat 公司于 1992 年成立的一家广告公司的特派组成员，这个特派组的任务是"研究和构建未来的广告机构"。这个特派组成员们把自己洗礼为"蝶蛹委员"——目的是迅速改变公司，就像使毛毛虫变成蝴蝶一样。"这一切经历改变了我，我意识到改变一家公司是一个永恒的过程，受远大理想的驱使——就像漫长的探索之旅，并非是可以轻易包装和展现的一次性计划。"

一个标题为《其他事情在发生》的报告就这样产生了。这篇报告指出企业应该更加合乎道德，并且在社会中发挥所谓的"完全作用"。这个小组吸收了这一观点，即如果公司想要表现得像更负责任的公民，就可避免在运作昂贵广告的同时，由于一些不负责的行为而进行的不利宣传。作为广告业专业人员，他们知道这种事经常发生，他们称其为"组合失效"，这些付钱的广告被公司行为的负面影响抵消了。这个小组还讨论了利益关系者概念，并希望 Chiat/Day 公司可以通过做好事、与其他公司合作来挣钱，这些公司能够对其与社会的互动方式作出评价并进行反思。令特派组成员深感失望的是，该公司的主席/创建人并不欢迎他们的报告，这个小组就这样被解散了。

1994 年，作为该广告公司的代表，当 Andy Law 与"王子青年信托公司"工作时，进一步接触到了令人激动的思想。他看到企业以启迪人的慈善方式经营，但不知道企业是否能改变以往的这种行为方式，以便更多地融入社会而不是仅仅站在外面捐献。他被人力资本这一概念吸引住了，觉得可以按这种思想将整个广告公司统一起来。在一个周末，他带领全公司的 30 个人外出，目的是让彼此更加理解。他们用了一整天开展挑战极限的活动。

第二天，作为创造高层次信任的方式，Law 决定冒完全敞开自己秘密的风险。他讲述了自己童年生活在一个"流浪儿与迷途者"的家里，他透露说他父亲是印第安人，母亲是英国人，父母在少年时就已是恋人。在当时，他们的关系不论是对英国虔诚的基督教中产阶级社区还是锡克教社区来说都是无法接受的。Law 三岁时被一位牧区的教师及其妻子收养，在英国南部一系列的牧区教师住宅中长大。Law 认为，在一个大家努力去理解彼此优点和缺点的公司里，从他开始被看做常务董事的那天起，人们就能够彼此信任。

另一个有重要影响的人物是 Anita Roddick 及其模范公司 The Body Shop。经过许多磋商之后，Chiat/Day 公司被指定为 The Body Shop 公司的新媒体和内部交流的代理机构。

1995 年，Jay Chiat 把他的公司卖给了美国的 Omnicon 公司。在确定伦敦部的主要客户 The Body Shop 公司、英国 Cable and Wireless 公司和中部银行（The Midland Bank）会继续支持他以及他的班子之后，Law 现在收购了该公司整个管理权。

此时，Law 带着他的队伍又开始新的探索，目的是要"发明一种完美的公司"。大家都一致认为，这种公司应是开明的、利益兼容的、富有创造性的公司。答案是一种罕见的名为合格雇员股份所有权信托（QUEST）的结构形式。大家一致同意股份应该平等地分给所有雇员，但因为 Law 作出了如此多的服务，并作出了如此突出的贡献，他应该拥有 10% 的股份，这是 Law 需要用 10 年时间才可能实现的。

一年之后，Law 改变了他的安排，放弃了 10% 的股份。他已经学会了"除非你准备放弃有价值的东西，否则你将永远无法真正作出改变，因为你会永远支配那些你无法放弃的东西"。结果，机构的高级董事与接待员实际上持有相同的股份，这让产业界的人们大为震惊。对于 Law 来说，这是公司的特殊性及其差异方面的一个主要因素。

在 St Luke's 公司成立的那一天，该信托公司 25% 的股份平等地分配给了所有的雇员。凡离开公司的人，必须将其股份卖给公司，但雇员不必靠离开来实现其股份的价值。他们可以随时将自己的股份卖掉一部分，但不能是全部，从而可以保证所有雇员一直都是股东。

Law 认为他走上这条股份制的道路出于以下几个原因：

- 第一，如果采用传统的有限公司形式，将会出现我们与他们、老板与雇员的区分，违背真正合作运作的初衷。
- 第二，那将无异于剽窃全公司的劳动成果。正是由于大家全心全意、并富有想象力的服务，客户才愿意与公司合作。
- 第三，少数持股人会在某个时候出售其股份而离开。但是，他们想建造的是一个将比他们自己更长寿的公司，而不是创造出某种东西，然后为了个人的利益而将之摧毁。

因此，公司决定每个雇员在 6 个月的合格服务之后就可以拥有股份。这个决定在促进雇员的忠诚方面取得了成功。人事变动率已完全消失，绝大部分人的离开是由于他们的个人环境变化而并非是由于想跳到其他的机构去工作，客户忠诚的增长也同样重要，这是对提高稳定、有承诺的工作人员所表现的一致服务的反映。

为新企业选择的名字也让有些人感到吃惊。选择这个名字是因为 Saint Luke 对富有创造性的人来说是一个赞助人。为了完成这幅与众不同的画卷，公司避开精明的伦敦西区事务所，搬进了一个靠近 Euston 车站的原先的太妃糖工厂。

新公司采用的组织模式基于下列 3 条相互联系的原则：

- 探索"我们的理想——'敞开心扉'，这个理想在我们面前提醒我们，如果我们停止探索的话，将会发生什么。我们会关闭想象的潜力而不是去开发它，那将会导致竞争不利"。
- 用吸引人的产品来满足客户的最大需求。
- 忠实于我们自己以及我们个人的价值观体系。这是"QESOT"选举出的 6 个受托人的责任。

在公司的成长过程中，避免官僚倾向的问题被所谓的"公民细胞结构"的东西解决了。公司成立了一些不超过 35 人的高度自治团组。当这些团组成长壮大后，反过来，它们又必须像阿米巴虫一样分离成较小的单元。

Law 的另一个项目是进行社会与环境的审计，建立一个不仅可以衡量财政、创造力增长而且可以衡量道德增长的框架。这一尝试取得了公认的成功。St Luke's 广告公司于 1996 年在《战役》（Campaingn）杂志上成为崭露头角的企业，1997 年成为该杂志的"风云公司"。以 IKEA 和"欧洲之星"——曼彻斯联合队前球星 Eric Cantona——为主题的广告战役是 St Luke's 公司的最令人难忘的两次巨大的成功。

St Luke's 公司的业绩如表 12.2 所示。

表 11.2　St Luke's 公司的业绩

年份	收益（百万美元）	税前利润（百万美元）	所有人数量
1996	16.5	0.46	35
1997	20.3	1.75	50
1998	18.8	1.06	75
1999	24.0	3.64	90
2000	27.0	4.36	120

培养未来企业的领导人

首先，有必要对领导人员的培养计划和培训课程作出区分。正如其术语所表示的一样，"课程"是可从一天持续到几周的一件事，其目的是提高参与者的领导效率。而领导人员的培养计划却是一系列的相关事件，不但包括培训课程，而且还包括其他一些诸如指导、辅导、工作任务、在评价或发展中心进行培训、学习规则或各种各样的反馈。

在前面我们对两个过程——领导和管理划了一条清楚的界限，但当我们看当前的惯例做法时，很显然，两者之间的界限并不总是存在的。有些所谓的领导人员培训课程确实是与管理技能的培养有关；而有些管理培养计划确实包含了有关培训领导人员的单元课程。

在大多数情况下，在实施领导人员培养计划时，涉及其中的人都局限于所谓的"雄心勃勃者"——通常是年轻男女研究生，他们被认为是等级制度结构中有潜力达到高级经理职位的人。只在少数情况下，这种发展机会才会对其他人——如专业知识人员、技术员——开放，更别提那些在生产和客户服务前线的雇员了（这种情况只有在公司所采用的户外培训课程中才有例外，这些课程涉及诸如缘绳下降、越野赛、划独木舟或帆船运动等活动。在这些活动中，来自公司底层或相同地位的年轻人经常得到提名。然而在大多数情况下，这些课程都是些独立的课程而非结构培养计划的一部分）。

在任何对领导人员的培养计划中，一个关键的要素就是由工作任务所提供的学习机会。早期对真正责任的假想，被看做是提供特别有用的经验，根据适当的反馈和辅导，从中可以学到许多教训。

Kotter（1988）选出下列职业经历作为领导技能发展中的重要内容：

- 在事业的初期阶段就经历过重大挑战。年纪相对小时就有机会领导并承担责任的人能从自己的成功、失败和挫折中吸取教训。在个人没有正式权威可依靠的跨学科项目队伍中，领导人员的作用主要是培养领导竞争力。

- 通过横向调动到不同的部门、调往志愿组织，或分配到特别项目队伍中等经历后，在事业后期阶段机会得以增多。

- 一种淡化集权的组织结构，使责任由中心向外发散。强生公司、3M 公司、惠普公司和通用电气公司都被 Kotter 作为最佳例子引证。欧洲的 ABB 公司也有类似结构。
- 具有确保年轻雇员有望成为高层管理人员和有机会参与高层管理的程序。
- 认可并奖励成功地培养了领导者的德高望重者。

Paul Evans（1992）提出，培养领导者的一个重要工具是交叉流动，即把人员调动到必须得到比自己更能干的人的帮助才能有所成就的岗位上。然而，他也提出对此要谨慎，因为很多公司的工作任务持续时间太短，结果只是刚开了个头，却不能把工作进行到底。这样就无法很好地培养他们的实施技能。

指导和辅导的手段正越来越多地运用于培养程式中。很显然，指导的有效性主要取决于导师为未来的高级经理所起到的作用模式的适用性，取决于他/她在指导中的能力。由于导师是从现有的高层经理阶层选出的，就存在着作用模式一成不变的危险，这些模式不适合于未来的世界。

自我发展

为了取得自我发展——包括与领导人员作用相关方面的个人发展，雇员们正越来越多地开始为自己的职业和所承担的责任负责。既然没有几个企业能够提供"铁饭碗"的职业，人们预计一生中会为几个而不是一个组织工作。考虑到这种前景，他们显然不会干坐着等待发展的机会。自我发展可以被看做是一种纯粹的个人活动，或者，作为某个自我管理的学习团组的成员，最好以团组为基础采取活动。

课程

关于领导效率的课程可以分为两大类——由商学院或培训顾问提供的开放式课程和公司的内部课程。

Templeton 大学为高层管理人员们开发了一种名为"牛津战略领导培养计

划"的课程。这一课程包括关于领导能力的不同方面、不同类型和理论的演示；对导致组织发生战略性发展和转变过程的案例分析；辛迪加讨论会、团组项目，以及同级人员和导师对个人领导风格和团组工作的反馈。这是一种极具影响力的课程，涉及一些高层从业者的发言人。

Ashridge 管理学院开创了英国领导培训的先河，在 1982—1998 年间开设了为期 7 天的领导人员培训课程，叫做"领导人员培养计划"。这一课程经位于北卡罗来纳州 Greensboro 富有创造性的领导人员培训中心特别批准后，以特许经营权的形式进行，其显著特点有：

1. 强调心理测验。要求参与者在参加课程前完成一组测试（约需 8 小时）。这些测试涉及智力、个性、领导风格的偏爱、专业兴趣及革新能力。

2. 十分强调由训练有素的人员和同事作出的个人反馈。

这个授权现已中止，1999 年，Ashridge 学院开始了自己的"领导人员培养计划"，设计在室内进行。

Ashridge 学院现在还开设了"Christopher Harding 爵士的领导人员培养计划"。Christopher Harding 爵士是位杰出的企业领导人，竭力主张企业组织应该面对其社会和环境的责任。他主要参与的四家公司——United Utilities 公司、Consignia 公司、BT 公司及英国核燃料公司（British Nuclear Fuels）——共同创建了"Christopher Harding 遗产项目"，其目的是为未来领导者创造一种特别的发展机会。这一项目可为参与者提供：

● 明显建立在价值观之上的领导构想；

● 对组织和社会真正起作用的技能；

● 可为致力于改善地方社区人们福利的组织发展积极关系的实践机会。

参与者来自企业、公共部门和志愿部门。这个项目分为三部分：第 1 阶段，一周的住宿阶段，主要包括综合技能的发展，对政府、企业及文明社会的作用转变的输入，对那些受益于杰出的领导技能的组织的参观。第 2 阶段，参与者在小组里共同工作，为某个志愿的部门组织承担一项 100 小时的咨询任务。最后，在相当短的住宿阶段内，参与者将共享他们的学习经验，建立学习网络来保障他们所进行的任务能达到该项目的目标。这一项目由Ashridge管理学院的企业和社会研究中心进行。

Exeter大学的领导人员研究中心从1993年起开始授予关于领导人员的研究生文凭/硕士学位。这是一种在业余时间完成的课程，可以拥有文凭，由7个为期一周的单元组成，时间为两年多，接着可选择一年时间作硕士论文。目的是帮助所挑选出的年龄在28~45岁的人，培养他们的领导能力。这个课程囊括了Templeton大学课程中的很多要素，重点是培养下一代的战略领导人。其哲学观点与利益兼容方法论相一致。

另一个英国企业领导人员信托基金会（LIF）及Strathclyde大学研究生商学院为了进行对领导人员的研究，共同开办了企业管理硕士学位课程和专业（MBA/LS）。这个项目将导师辅导的远程（开放）学习、正规课程、经验学习讲习班及项目工作溶合在一起。

Strathclyde大学的MBA核心课程，除了普通的企业功能、商业策略及策略思维以外，还通过领导者参与团组实地场景的临场学习，加入了增强学员自我意识、自我控制、自信心等内容。实际领导技能的培训，在Ross-on-Wye领导人信托公司的室外发展中心进行。

"为可持续未来培养加拿大青年领导人课程"（YCLSF）是一个特别重视可持续发展的领导人员培养课程，这一课程是由国际可持续发展研究所（I-ISD）资助的。

IISD关于领导人员的培养目标是"为年轻人提供有关可持续的知识、交流技能、开发国际可持续发展政策，以及成为有效的变革代理人所必需的资源和实际的经验。这一课程将为年轻的加拿大领导者提供改变世界的技能和机会"。

这一课程包括关于在温尼伯进行针对可持续未来的为期2周的培训、为期6~8个月的国际工作安排，以及完成安排任务之后，又在温尼伯进行为期一周的强化。

企业可持续发展基金会是1996年由世界可持续发展企业委员会（the World Business Council for Sustainable Development）建立的一个非营利性机构，

目的是为了促进企业对可持续发展的理解，鼓励对可持续发展方面的教育、能力塑造、研究及论证项目。

在剑桥大学的帮助下，这个基金会从 1998 年后就致力于名为"虚拟大学"概念的研究，这是一种结构性远程学习网络，主要供互联网使用。基金会的目标是通过对这一概念的应用来推行对可持续发展行动的理解。这一课程开设有：

- 公司社会责任；
- 企业可持续发展面临的挑战；
- 全球性挑战。

《脱掉灰条衣着：为社会与环境管理培养 MBA》（2001）是一份由世界资源研究所（WRI）和 Aspen 研究所属下的企业社会责任倡议（ISRB）共同发表的一项调查报告。随着越来越多的企业发现在社会与环境管理上所带来的竞争优势，该项报告认为美国先锋商业学院是"致力于教育未来管理人员如何处理复杂的社会问题，并提供在脆弱的环境资源里的管理才能"。这一项"脱掉灰条衣着"的调查表共发给了国际管理教育协会（AACSB）公认的 313 所美国的研究生商学院。调查结果来自 110 所学校，其中有 60 项报告的活动是关于环境或社会话题的。

其中一所一流的学校就是密西根大学商学院。所有在密西根大学就读的 MBA 学员都获得了有关人类的可持续发展、健康的社会与自然社区的重要性等方面的基本意识和知识，这些知识是通过各种课程而获得，诸如必修的学前社区公民职责方面的经历及有关的研讨会、一系列的公共讲座、与听众的共同讨论、各种必修核心课程的单元课程、在非营利性组织领域内的行为学习项目、必修的道德标准/统治课程、关于学生组织的革新等课程。那些希望在企业管理、自然与社会关系方面有更深刻、更广阔的洞察力和技能的 MBA 学员，可以继续学习更广泛的、一系列由商学院和大学内其他部门以及不同证书项目（如工业生态学）共同开设的相关的选修课程。最后，希望将自己的事业朝着成为组织的领导者方向发展并致力于生态与社会的可持续发展的学员，可以追求有高度选择性的三年制双学位课程，如公司环境管理课程

(CEMP)。毕业后学员可以获得 MBA 和 MS 的关于自然资源/环境的两个文凭。CEMP 培养未来的私营和公众事物的领导者,为了达到商业和管理的可持续发展,这样的领导者必须集科学遗产、全球性视野、企业家的创造力和管理技能为一身。CEMP 通过把重点放在跨学科的方法、系统思维、公私合作关系以及经验学习的方式等方面来训练其学员处理复杂的社会、生态、经济之间相互依存的问题。

考察培训

在由 Outward Bound 信托公司开辟的培训道路上,对"考察"培训的应用已经有了相当大的增长,英国的几家组织现在也为初中级管理人员开设有类似培训,这些组织包括"领导人员信托"、"努力训练"和"Brathay Hall"等。这些课程开设有各种体力挑战和冒险活动,诸如缘绳下降、划独木舟、攀岩、越野等。参与者作为团队的一员,在共同分担艰难困苦、克服压力和恐惧的过程中所学到的教训可使他们成为更有效的领导者。这种类型的课程与那些商业学校或公司管理中心的课程截然不同,多用于第一线职员的培养。

最佳做法

在英国,管理与领导人员国家教育委员会 (The National Council for Education in Management and Leadership) 的研究结果以《培养领导人员》的标题发表了,研究人员对几个在英国有强大基地的"蓝筹"公司的领导人员培养的"最佳做法"进行了研究,他们发现虽然没有任何一条策略可以保证完美无缺,但有 10 条原则作为最佳做法的标志,他们将其分组归在下列 3 个标题下:

- 必备的策略
  - 如果对领导人员的培养要取得效果的话,就必须在专家的支持下从上层开始培训。
  - 设计的目的是为了支持和推动企业的发展。
  - 应对领导人员的概念(如"英雄型"领导或团组领导)、文化差异以及不同的培养方法作出考虑。

- 可选择的策略
  - — 清晰表达的职业发展框架。
  - — 各种不同的正式与非正式的培养内容。
  - — 发展自己的德高望重者或将他们聘请进来。
  - — 利用商学院或其他的外部资源。
  - — 重视能力结构及经营管理。
  - — 人员留置及奖励办法。
- 评价
  - — 明确且具有共识的评价过程。

培训项目的弱点

领导人员培训项目有一些严重的毛病，其中许多都是关于管理技能的，而不是关于领导能力的。这些问题主要集中于诸如计划和项目管理之类的东西。很容易作出这样的假定，即可以将在培训课程的工作锻炼中学到的东西转换到实际工作情形中来。同样，雇主也会错误地以为，仅仅通过这些课程本身就可以培养出企业的领导者。

Nevins & Stumpf（1999）指出，传统上用于领导培训最常用的学习方法提供了一些学习经验，但在几方面还不够，包括：

1. 没有为对取得成功最为关键的领域提供精确、及时的反馈。反馈可以使人们更新对未来行为的结果的预期，所以及时反馈很重要。利用电脑进行学习之所以具有价值，部分原因在于其可以提供迅速的反馈。在工作的组织中越来越多地使用 360 度的反馈，这为别人如何看待一个人的领导风格及有效性提供了相当重要的信息。同时，采用模拟、角色扮演以及其他实验性活动，这也为同事、教员、观察者作出及时反馈提供了机会。

2. 应该包括一些真实情形，包括危机、在压力下学习（类似于为飞行员做的最先进的航空模拟装置）。这种复杂的、注重行动的领导能力模拟训练，比如缩小培养领导能力差距的战争游戏一类。这种模拟包括在重要的决策小组里再度创造组织生活的集中、互动的经历。因此而产生的领导行为很容易被参与者回忆起来，也容易被受训的人员观察到，有助于今后的复习和讨论。

3. 应该让解决问题和诊断问题作为集训的中心部分。大多数的挑战在于为学习者提供需要他们来解决的某种部分确定但仍感困惑的情形。

4. 为了对进行中的培养过程作有效的指导，学习过程中应该采取师徒关系：

在正规的教育课程中，企业教育家很少是企业的师傅。他们培养学生作为徒弟的能力最低，他们对此的兴趣同样也很低。与其他职业形成对照的是，人们可能会认为管理是某种无须弄懂就可以被教会的东西。医药、牙医学、表演艺术以及其他职业似乎有不同的责任。当把关键的技艺和要领从一个人（师傅）传授给另一人（学徒）时，个人掌握的熟练程度的重要性是必不可少的。正规的业务教育依赖于书本、讲座以及并不对所教内容进行实践的教员，这是许多领导人员培养计划的弱点。

5. 他们应该通过将他/她置于决策或行动决定成败的火线上（想一想军队的生存训练或在许多国家从事艰难的拓展任务的经理们）的方法，来激励参与培养计划的人：

重要的真实事件，尤其是那些突发事件和威胁个人的事件，可让人在短短的一瞬间学到几年内才能学到的东西，有些突发事件是灾难性的，它们令人再次考虑别人的安全和环境问题；另外一些突发事件不算太严重——可能只是人们过去的习惯做法的转变，亦或是某些超出责任方预见能力的事件。

将来，有效的职业培养会较少强调死记硬背或案例分析，而更多地重视那些指导经验，它们使学习者提出"会出什么错？"以及"如果我们把当前信息推后 15 年，情况会是什么样？"之类的问题。

建立在利益兼容原则基础上的领导人培养过程

可能用来培养未来领导者的过程安排如下：

1. 课程的设计过程应包括首席执行官和上层团体。第一步是要重新检查组织的目的和价值观，考虑什么样的领导风格和方法才与这些目的和价值观最一致并最适合组织的未来需要。在私营部门，尤其需要对这些方面作全面的考虑。在如今这种贪得无厌、消费性的享乐型社会中，年轻人可能受其影响而将领导权看做是对社区的服务，而不是简单地看做一条分享选择权和获取高收入之道。在寻求对这些事情的一致意见时，他们应该广泛咨询，不但要咨询他们的利益关系者，而且还要咨询不同民族和宗教团体的代表、商学院以及有远见的非政府组织。

   在这一过程中有很多模式，当然也可以把不同模式中的要素组合起来。一些普遍被引用的要素在上一章已作了回顾：

   Jim Collins 的"第五层领导能力"
   Block 的"管理职责"
   Greenleaf 的"仆人—领导者"
   Senge 的领导人当"设计师、管理员和教师"
   Heifitz 的领导者当"教育者"

2. 第二步是确认那些具备可开发的领导能力潜质的人。这些人需要在更广泛的范围中寻找，而不能像传统的挑选方法那样，只从精英队伍——如接受管理培训的研究生——中挑出那些雄心勃勃者。未来企业需要在各种各样的团组里——在实验室研究、在基层商店、在销售队伍中——都有高效的领导队伍，在所有的情形下人们都需要靠清晰的理想和目的感联系起来。当然，确定未来有潜质的人，是一项颇具挑战性的任务，所以在某种程度上不可避免地会涉及主观的判断。然而，可以通过有效地利用评价方法来降低这种主观的程度，评价方法包括生物数据、就业趋势的记录、心理测试以及提供机会展示领导素质的各种小组练习等。

　　近来，对有潜质的人进行评价的方式已经越来越多地采用了由上司、同事和下属三方面作出的 360 度的评价，这是一种表面效度很高的过程。

　　BP 就是一家采用这种方法的公司。公司的高级管理人员确定了 9 条成功的领导所需具备的领导能力。在做了一些仔细的职业/技术工作后，根据这些能力要求设计了有 45 项的问卷表并作了尝试。然后，这又被用来为 2 000 名高级经理人员提供 360 度评价。然而，没有理由表明为什么类似的技术就不能在更广泛的基础上运用。

　　需要考虑的一个重要因素是个人的领导动机和以此为基础的行动准则。在让年轻人尽可能深刻理解领导作用的背景时，应该对此进行探究。让年轻人理解，作为领导就必须接受责任、限制权力、服务高于特权并要公平正直，这是至关重要的。

3. 作为培养的主要方式，应该分配给那些被选拔出来参加课程的人一些任务。根据富有创造性的领导人员研究中心小组的研究，这些任务应包括下列挑战中的 5 项以上：

- 对于别人而言，成功或失败都是可能的和显而易见的。
- 应让领导者单独去处理这类情形而不用去见更高层的领导。
- 应与新人员、许许多多的人或难以打交道的熟人一道工作。
- 在非同寻常的重压之下工作，如期限非常紧或有巨大代价的风险。
- 不得不支配那些不属于领导者管辖的人们。
- 应对变化、不确定或有歧义的情况。
- 在有能力影响自己未来事业的前景的人的严密观察下工作。
- 在紧张的环境中锻炼领导团组的能力。
- 用具有主要战略含义或积极思维的方法处理任务。
- 与效率特别高的或特别低的老板一道工作。
- 处理缺少关键因素的事物，如缺少足够的资源或重要的知识。

　　研究者提出了不少于 88 项的具体培养任务。这些任务被分为下列 5 组：

- 小项目及突然的变动，主要强调说服力、快速学会新东西、在时间紧的压力下与新人员一块儿工作等能力。
- 小范围的责任"跳动"，强调队伍的组建、个人责任、应对老板与时间压力的能力。
- 战略小作业，强调智力的要求和具有影响力的技巧。
- 暴露个人知识或技能差距的课程工作及辅导任务。
- 工作以外的活动——如为社区服务。

只要有可能，这些活动应该包括各种机会，满足组织的利益关系者并与利益关系者相互作用，还应包括地方社区、志愿组织以及组织以外的其他机构的参与。

4. 在执行系列培养任务的整个阶段，应从以下几方面对参与培训项目的人给予支持：

- 把参与者分配到由 4~6 人组成的自我管理行为的学习小组，也许每季度碰一次面来分享学习内容和经验。每个小组应该有自己的学习预算，使其可以在需要时寻求外部的帮助。如果是一个国际性组织，理想的做法是这些小组的构成应是跨文化的。
- 应把每个参与者分配给导师。导师可以是组织内部的成功领导者，他们应受过这种角色的训练，而且就他们自己的领导风格和行为而言，应该适合此类角色的模式，或者，可以从组织外部的专家或合适的角色中挑选导师。
- 在培养过程中应该及时并定期地接受对参与者所取得的进步的反馈意见。反馈不仅要回顾每个人所取得的成就，而且要回顾取得成就的方式及其与组织的价值观的一致性。不但应有来自同事的反馈，而且还应有来自利益相关人群体的反馈。

5. 有两种情况可以利用外部课程。一种是技巧培训，这在目前最为盛行。学员可以与陌生人在一起练习和发展自己进行演讲、主持面谈与会议的能力。因为没有同事在场，他们可以大胆地试验各种方法，甚至不怕出洋相。

另一种用法的潜在价值更高，也更适用于开放式课程，在这种情况下参与者来自不同的公司，或者更好的是来自社会的不同部门。这种用法是为未来的领导者构筑可持续的网络，这个网络是通过探讨其价值观、培养对某些问题（比如企业对社会的责任、经济活动的最终目的等）的共识而联系起来的。如果参与者处于真实的情形下，即如果他们的价值观可以被检验的话，这样做是很有益的。比如，让小组承担一些下列的任务：

- 为有学习障碍的孩子们策划并进行一天的出游。
- 准备并给贫困地区的市内学校的青少年送一份礼物，解释工业是如何造福于社会的。
- 就少数民族中的年轻人对就业中的工作机会和所受到的歧视的看法，设计并进行一次调查。

结　论

　　利益兼容的方法的核心就是采用一整套的价值观，这种价值观把人性关系作为中心，使企业的目的超越了纯粹的金融或商业的定位。这样的价值观将包括对个人的尊重、服务高于自我利益、权力的限制、同样重要的还有对可持续发展的关注。不言而喻，如果人们想要成为可靠的领导者的话，就必须在他们的行为中体现出这样的价值观。

　　有些精神模式比较适合于这种价值观，比如领导者把组织看做有相互依赖关系的复杂网络，理解组织与广泛的社会经济环境之间的联系，尤其是把组织的变革放在社会与技术的变革中来看待。前面所描述 Senge 的思想体系的第五原理对所要求的思想模式作了完美的总结。领导者需要意识到自己的思想模式或思维方式，以及 Schein 称之为"文化底蕴"的东西。

　　在组织和动态环境之间存在着相互依存的性质，正是对此的深刻理解为领导者的能力奠定了基础，这种能力有助于组织实现其对未来鼓舞人心、充满理想的发展。

如果这个理想可以实现，那么所有利益关系者的合作就肯定是成功的，在此，关键领导人的任务就是在所有利益关系者之间构建起共同信任和尊重的牢固关系，并加强与他们之间的联系。

"一加五"

未来公司研究中心的工作任务可用"一加五"这个短语来概述。"五"指的是五个关键的关系——与雇员、客户、投资者、供应商及社区的关系；而"一"指的是领导人员的中心作用，即构思公司的理想和领导方式、赋予不同的利益相关人群体权力、使其将重心放在如何实现理想上，并发挥其参与可持续发展方面的作用。不仅是组织的管理人员中需要有这种领导能力，雇员、客户、投资者、供应商和社区中也需要有这种领导人员。

领导人的培训

对领导人员的培养应该以吸收新成员为起点，而且应该让方方面面的职员都可以得到这样的机会。入门课程、工作经验、职业发展过程、学习指导等应该与培训糅和在一起以培养领导人员的潜力，并鼓励学习必要的技能和价值观念。企业的整个文化需要转变为创造力和目标的滋养品。同样，商学院也需要更加注重社会科学和人文学科。

13

什么样的公司能够基业长青

引 言

就未来的经营环境而论，我们可以预计将会出现影响企业运作的重要变化，这些变化不仅会表现在结构方面，而且还会表现在过程方面甚至企业文化方面。在这些影响变化的诸多力量中，以下一些已经为人所知：

- 新技术对企业组织的内外联络过程所产生的影响；
- 增强知识管理的重要性并提高对人力资本的重要性的认识；
- 变化中的社会价值观，它们对大公司的权力构成了挑战；
- 发展战略联盟或"共同竞争"，并提供供应链的关系，要求对职能权力以外的情况实施领导；
- 要确保可持续发展就必须采取措施，对这一点的认识有所提高。

虽然每个公司都需要发展自己的成功模式，但是存在着所有公司都得面对的共同问题。如果它们欲保持其竞争力，其组织机构也必须作出调整。现根据以下标题逐一探讨这些问题。

新技术的影响

随着我们进入 21 世纪和新经济时代，企业界涌现出一股新潮流，这股潮流以互联网为肇始，强调对新机会的利用。投资者争先恐后地对网络注册公司投资，期待着从中获利。相比之下，以传统经济著称的蓝色芯片公司则由于股票下跌，步履维艰。

显然，信息技术（IT）革命带来了一个商业活动的全新领域，即电子商务。但这场革命最终并不会对我们的世界产生最重要的影响。我们会发现，其影响将对企业的组织设计及其运作方式带来更为严重的后果。

在传统的等级制的企业组织结构中，一些管理层并不能作出决策或对管理实施监督。这些管理层的职能就是传递信息，仿佛电话线上的增幅器，负责收集、放大、转换和发送信息。虽然现代技术做得比以前更好，但未来技术则会做得更好。"联结广度"这一新原则正在取代传统的"控制广度"。现在，下属愿意对其自身的通信联络和关系负责，这样做可以限制向经理请示汇报的人数。现在可以将下属安置在世界的任何一个角落，以联结取代控制。

所有这一切的主要概念就是"联结"。人们直接而廉价地与其他人进行联结；客户与供应商联结；组织与组织联结；网络与网络联结；教育机构与学生联结；活动小组与活动小组联结，等等。

很少有人怀疑这些发展将会对企业组织机构的结构和运行方式产生影响。这些变化的实质目前尚不清楚。企业组织，尤其是规模大的企业，变化往往较缓慢。实际情况常常是，那些负责对经营和战略作决策的人对新技术的潜力的认识不如级别较低的年轻人。德鲁克（1986）认为，以信息为基础的公司的组织方式看起来可能非常普通，然而，其运作方式却与众不同，对员工表现的要求也与众不同。

然而，至少有一点很清楚。新技术可能创造遍布整个企业组织的网络以及由各个企业构成的网络。这样的网络将会是一个"拼凑起来的世界"。传统上，大型企业组织的联络一直呈垂直型，指令自上而下地传达，信息则自下而上地传递。20世纪末，水平型联络渠道随着供应链的发展而增多。今天，我们正目睹联系纽带在向各个方向发展——不仅有水平型联络、垂直型联络，而且还有倾斜型联络。等级制可能在纸上继续存在，但企业生活的实质将会跟以往不同。从组织上层对下属实施控制会变得更加困难；与此同时，应对各项跨组织界限的工作——不论是企业内部的还是企业外部的——的协调给予大力的改进。

事实上，现代组织的界限常常极不明显。合作经营的企业和战略联盟以及其他形式的联系——如供应商、客户及业务伙伴的联系——正在改变管理的本质。由于管理的内部功能的日益淡化，行政部门开始负责处理与这些外部团体的各种各样的关系。昔日疏远的交易现在正在变得紧密、持久，相互间各具独立性的关系。戴尔电脑和思科系统就是极佳的例子。

通信技术的发展也使企业组织及其固定成员大为减少。在传统观念中，公司总部就是拥有一幢大楼，每个经理都拥有一间办公室，现在这种观念因为"联结"而成为过时。它已被"虚拟公司"的新现象所取代。Brown（1999）把Verifone公司（自1997年来一直隶属于惠普公司）描述为"或许是世界上最著名的虚拟公司"。Verifone公司在销售点的自动控制系统方面处于世界领先地位。它所面临的挑战是要建立一种虚拟企业组织，能一天工作24个小时，遍布于100多个地点。设立总部的想法被抛弃了。责任分摊于遍及全球的网络。总经理通过定期访问全球的客户、员工及供应商进行领导。人才从各地招聘——例如在印度的班加罗尔就有一个主要的信息技术中心。

在世界范围内，公司的所有信息都可以通过网络获取，因为快捷的获取方式和电子邮件被用于增强公司的人生观和价值观。

Brown还引用了Oticon公司——一家丹麦助听器生产商——作为另一家使用信息技术取得显著变化的公司。为了在与索尼公司、飞利浦公司、西门子公司这样一些大公司的竞争中保持领先地位，该公司的首席执行官着手创造出一种他称之为"在混乱的网络里条理分明的立体组织"。他开始重新思考组建公司，以便最大限度地提高人员、客户、供应商以及经营思想之间的互动、协作和联结等作用。

Oticon 公司的雇员在上班之前，需要在一台 PC 机上签到，其报道时间随后就会传送到众多的电视屏幕上，这些电视屏幕安装在开放式的计划大楼内。参观者一到接待区，他们所看到第一样东西就是一根巨大的塑胶玻璃管，一股碎纸流从管中流出。这根管道的始端是收发室，那里所收邮件的 95% 都要经过扫描并切碎；咖啡厅散布在大楼各个角落，配有供非正式聚会用的柜台。移动工作台空间有限，因而不鼓励堆放纸张。员工之间通过移动电话保持联系。对话室里有环形沙发和小咖啡桌。

支持这种工作方式的想法很重要。抛弃了传统的部门和职务以有利于建立项目团组。员工从传统办公室的束缚（固定的工作时间、说明、报告等）中解脱出来，被鼓励去从事富有刺激性的、挑战性的工作，而不是追逐正式的地位和头衔。办公场所呈开放式，极具吸引力。办公室的设计也是为了最大限度地发挥人员间的互动性，增强团队意识。Oticon 公司的价值观包括以下一些主要方面：

- 选择。员工提出新方案，选择合作伙伴，并可以拒绝参与某一项目。只有最好的项目才能通过同行的评审。
- 多重作用。项目采用的方法既扩大了专业知识又丰富了工作经验。
- 透明度。信息几乎完全公开。共享知识就是准则。
- 无干预的管理。成功的项目来自于看似完全混乱的过程。没有预算或资源的限制，只对认识并利用机会的过程加以充分信任。

自从这种工作方式被采用之后，Oticon 公司的销售额翻了一番，其利润增长了 10 倍。

与客户和供应商相互作用

信息技术的发展，加之对多学科团组角色认识的提高，使信息和决策的进一步分散成为可能。Day（1999）认为，信息和决策的进一步分散又反过来有利于在处理与利益相关人群体的关系方面使用互动战略。

例如，就客户关系而言，相互作用方法的本质在于利用来自于客户的信息而不是有关客户的信息。对于客户很少的公司来说，虽然这种方式可能很简单，且直截了当，但对占有很大市场份额的公司（如旅行社、出版社、汽车公司）来说，这不失为新颖之举。在这些行业，传统方式一直通过大众传媒、零售以及批发经销渠道来占有广义的市场。转向一种更具相互作用的市场占有方式，这就需要对企业组织进行调整。向相互作用转变的部分步骤包括在网络上发布现有的促销资料并向客户介绍保留方案，诸如经常发放回购单或购物积分卡。有关的结构创新包括：

- 客户部门经理负责与特定的客户群体联系；
- 实施技术支持的团组负责内部网站的开发或为客户的保留方案提供技术支持，包括充分利用信息技术；
- 资料检索的专门技能，如对使用方法的查询；
- 特别的多功能项目团组。

要全面实施互动战略，企业组织就需要对其结构作重大调整。Day 引用美国合作经营企业 Astra-Merck 公司为例，并与一家传统的制药公司作了比较。Astra-Merck 公司创立于 1992 年，其前身是一家环保型合作经营企业。其结构从一开始就按多功能项目团组的思路设计。该公司一共建立了 31 个经营单位，每个单位负责美国的一个地区。每个单位都有医疗信息科学家，他们具有渊博的知识，能与医生、客户支持的员工，以及企业的经理们发展业务关系。因此，这些单位能为各种客户迅速提供解决问题的方法。

公司通过对遍布整个公司的信息系统进行投资来支持这些项目团组的发展，诸如读取产品信息。公司通过对每个治疗部位（诸如胃肠）建立负责解决问题的管理小组，以便对客户的需要作进一步的反馈。这些小组负责获取经营许可证、企业发展、市场营销，以及信息处理等工作。

1996 年，Unipart 公司利用互动技术，通过公司的批发经销网络召集了分布于世界 35 个地区的 6 000 个客户，询问他们希望从汽车修理中心处获得什么。这些客户能够在战略问题上行使投票权。通过将他们的知识及专业经验与其自己的研究及市场分析相结合，Unipart 公司拟定了一个力度更大、更强调以客户为中心的未来议程。

新技术与供应链

花了 20 世纪的大部分时间，制造商、供应商、经销商和客户构成了一个供应链，这个供应链其实就是一个大量起草或批阅文件的过程。这样的供应链使公司对存货的预测往往值得怀疑，公司根据运输时间表制订的生产计划也存在着主观上的臆测性。这种局面因互联网的出现而得到改变。互联网将这一陈旧的过程变成了更科学的过程。以互联网为基础的供应链，能做到交货及时、库存预测准确，并随时追踪经销情况。这样的供应链是一种战略武器，它能够：

- 帮助公司避免代价惨重的灾难；
- 从降低成本、产生收益中获得利润；
- 降低因库存太多或太少而带来的成本。

然而，要使供应链自动运转，就要求公司制订周密的计划，而且一开始就要对合作伙伴以及客户关系有一个全面的了解，并营造一种相互信任的气氛。

知识管理

德鲁克（1969）认为，"知识是唯一有意义的经济资源"。因此，企业组织应当对知识的创造或获取、传播或应用及使用的过程实施有效的管理。

管理知识的过程是了解组织概念的一个基本方面。它与无形资产和智力资本的管理亦有联系。现在，公司发现它们拥有相当可观的资产，尚未竭尽全力去利用这些财产；公司同样意识到，如果其不对这些资产追加投资，它们就会面临将来竞争力日益下降的窘境。这些资产包括以下几个方面：富有经验的雇员所具备的知识、常被忽略的各种信息、数据库、专利权、版权、商标、经营许可机会等。许多公司现在都将知识管理过程视为其核心或主要的经营过程。组织结构中正在出现一些新的角色，如知识管理部主任。

知识管理过程主要包括以下几个方面：

- 注意并分享现有知识，确保所有雇员均能获取这些知识并将其用于工作之中；
- 确保所有雇员无论何时何地都能轻易地获取所需信息；
- 促进新知识的创造并为其提供资源；
- 支持从外部渠道获取知识并为其提供资源。

知识管理的第一项结构性要求就是让那些勇于进取的人担任公司的重要职位。从理论上说，他们直接对总经理负责。他们有权建立知识框架、过程及系统，并能利用所需要的资源。他们还应当具有领导素质，可以影响他人，进而改变公司原先的行为模式，如知识防范而不是知识共享。

第二项结构性要求就是要建立具体而实际的人际网络，专门制定共同的企业目标，如降低成本或提高质量。这些网络不仅要负责收集信息和创意，而且还要激励创新。建立这样的跨组织和跨国家的工作团组极为重要。

当然，知识的管理过程正越来越依靠信息技术。电子邮件、集成电路、网络通信、电视会议以及各种各样的数据库构成一个强大的多媒体通信处理系统。然而，它们的有效性主要取决于人员的态度，以及如何使用这些业已建立的系统。同以往一样，知识管理最大的障碍来自文化方面。知识就是力量，分享知识就是削弱一个人的地位，这样的看法正在慢慢地消失，正如"不是由此而发明的"这句话所归纳的看法一样。

J.A.C Brown（1963）很早就开始研究组织行为。他指出，在等级制组织中，通常有这么两个人，其中一个人处于组织的上层，有权作出特别的决策，而另外一个人，则处于组织的下层，其所拥有的知识构成决策的基础。知识管理的一个重要方面就是将上述二者合而为一，组成一支有效的队伍。这在权力差距突出的组织中很难做到。令人遗憾的是，许多大型企业集团中都存在这种情况。

英国计算机（控股）公司（ICL）对知识管理的技术支持

Elizabeth Lank（2000）对如何应用 ICL 公司的技术来支持知识管理和知识共享作了评述。该公司对知识共享的技术支持是一个全球信息服务系统，称为"咖啡馆 VIK"。选择此名是为了反映咖啡馆乃是你与朋友聚会聊天的地方，而 VIK（valuing ICL knowledge）则表示重视 ICL 公司的知识。该系统 1996 年投入使用，用来存储与客户打交道的雇员的信息，进而通过在全球范围内提高共享知识的能力"切实提高速度和服务质量"。到 1999 年，它已经发展成为一种重要的经营模式。然而，正是它的成功导致了它的衰败，因为系统上信息太多，很难获取所需要的信息。解决这个问题的方式并不是要提供人们所需要的各种信息，而只需要使其能够查到具有高深专业知识的人。需要帮助的人应当得到及时的反应，这也同样重要。公司随后对"咖啡馆 VIK"进行改革，将其改为一个动态的公司信息图书馆，负责向各个工作小组提供互动支持。这一新形式于 1999 年 7 月开始实施。ICL 公司的具有共同业务兴趣的任何一个团组都可以在系统中开辟自己的空间。这些团组能够利用这个系统管理其成员、发布个人信息并将其归档、通过电子设备进行团组讨论、就某些问题在成员中做民意调查，以及让每个成员都能获得知识和经验。系统上的每条信息都有一个主持人和评论日期。系统自动检查每个评论日期，向主持人发送电子邮件，这样，系统就能确定信息是否应当更新或删除。在这个系统重新投入使用后的头 3 个月内，就建立了 100 多个知识团体。从此次经历中得到的主要教训就是，促使知识共享得以实现的不是技术，而是人员团体。管理知识的技术很有价值，因为它使人与人之间保持相互联系。

Skandia 公司对智力资本的管理

Edvisson（1997）对 Skandia 公司对智力资本的测定与对这一创始性工作的利用作了评述。公司的管理方式就好比一棵树，对长期的可持续性而言，专注于向根部提供营养比收获果实更为重要。由于公司持有这样一种看法，即公司的无形资产至少像固定资产一样重要，因此，除了现有的传统财务、市场等职能外，公司决定发展一种新型的智力资本职能。1991 年，一种新的职能在智力资本主任的领导下建立了起来。此项职能的目标是将智力资本发展成为一种可见的、持久的价值，与现有的资产负债表互补。其内容包括开发计量工具和比例，实施快速学习与知识透明的创新项目，为知识共享提供有利的条件。

1992 年，Skandia 公司开始对其"隐藏价值"进行核算。核算清单包括商标、特许权、客户数据库、基金管理系统、信息技术系统、核心资产、主要人物、伙伴和同盟，以及大约 50 个其他项目的内容。这些内容分为人力资本或结构资本两大类。这涉及 Skandia 公司对智力资本的定义：

$$人力资本 + 结构资本 = 智力资本$$

结构资本由"员工回家后所剩下的"那些东西构成，如客户数据库和信息系统。企业组织的主要任务之一就是将人力资本转化为结构资本。

学习性组织

学习性组织的特点是由 Mayo 和 Lank（1994）提出的，现概括如下：

1. "学习"一词经常听到，为日常词汇的一部分。

2. 经理将培养所负责的人员视为其工作的一个主要内容。

3. 用于评价和发展的文件是个人与其经理共同制订学习计划的先决条件。

4. 发送信息并接收反馈是正常的活动，员工在这个过程中受到训练。

5. 经理及其他人可以对所偏爱的学习方式进行分析，然后在各种学习方法中作出选择。

6. 每个人都要主动学习，并支持他人学习。

7. 每个人都对事件分析感兴趣，并从中学习知识。他们要对行为方式不断提出质疑以求改进。

8. 出现问题时只追究该受责备之人或事，这是不可取之行为。分析的重点要放在"我们能从中学到什么？"这个问题上。

9. 员工对因工作需要而提供的学习机会表示关注，而不是只关心随之而来的地位。

10. 摒弃"不是由此发明"的态度。各个工作小组一起分享先进的思想和经验。

11. 企业组织的数据库应便于利用、对用户友好，并随时更新内容。

12. 企业要经常以"最佳业绩"为标准来进行自我测定。

13. 企业组织中具有自发和非正式的网络，并被视为合法的。

如果学习性组织要变成现实，需要具备一定的条件。这些条件包括：

1. 通过高级管理层、自我了解以及向他人学习来实现角色塑造。

2. 沟通渠道具有横向、纵向和倾斜的特征，具有实效性。

3. 组织对学习动机给予奖励。

4. 建立观测环境的有效制度。

5. 积极参与合资企业、战略联盟等。

6. 企业文化呈开放性，倡导信息共享与平等主义（Pascale，1991 将其称为"竞争管理过程诚实性"，即披露严酷的事实并面对现实）。

7. 允许其雇员将学习成果应用于实际工作中。

阻碍企业学习的因素包括：

- 只注重短期效果和业绩的"底线"指标；

- 主观认为经验本身就会引起自动的学习；

- 具有悠久的成功史（正如 IBM 公司、玛莎公司的典型事例）。

学习与企业组织效率

Mayo 和 Lank 都认为，有必要说明企业学习对经营结果的影响。他们指出，改变组织的运作方式并不会取得立竿见影的效果。并提醒我们，投资在第一年左右就会有回报的情形很少出现。他们还认为，企业组织的某些成本和所丧失的收益往往既看不见也摸不着。例如，由于行动迟缓及对市场变化了解不够，就会造成企业合同不能如期履行或不能吸引新客户，要对这些合同的价值和客户数量作出评估，往往是难以做到的。

他们认为，应将员工及其技能和知识视为公司的资产，它们如同现金、工厂、设备和建筑物一样重要。学习可以提高员工的知识水平和技能，继而使这些资产增值。然而，尽管将其他诸如信誉、品牌价值和智力资本等无形资产的价值都考虑进去，这种资产的增值却不反映在资产负债表上。

显而易见，当我们迈向 21 世纪时，企业组织若欲保持其竞争力，就需要对智力资本和服务于持续性学习的设施进行投资。

人才管理

公司逐渐认识到，在国际人才市场竞争异常激烈的环境里，他们必须制定相应的人力资源政策。人才不断从生活水平较低和报酬较低，或个人税收较高的国家流向报酬较高的国家，这即是所谓的人才外流。竞争不仅意味着要在全球范围内与其他公司竞争，对许多有才能的人来说，还意味着独立性和自我雇用的吸引力。

在经营中我们所面对的一对孪生的挑战性问题可以简单地概括为：一方面要吸收和利用人才，另一方面要留住人才。吸收人才与利用人才之间的区别至关重要。如果一个组织无法发挥现有雇员创造非凡业绩的潜力，它就会不时地向外搜寻新人才。

吸收活动本身可以分为两个截然不同的过程。第一步就是吸引具有专长的人员，其专长在别处已经得到发挥并已得到承认。这可以称作移植型吸收，如同把一棵已长大的树或灌木挖来，以求在短时间内把花园建好。在这种情况下，公司经常会犯这样的错误，即现金交易的关系最为重要。无论在何种行业，一个杰出的管理者决不会仅仅是因为薪金减少，就从一个企业组织跳到另一个。虽然，实际情况是这样的，但其他的因素却很少受到足够的重视，这也是事实。例如，就高级人才而论，影响作出去留决定的一个重要因素是公司在该行业的声誉，即公司在该行业是否处于领先地位、是否享有诚信的美名、个人是否受到尊重。由此可见，声誉的确立是吸引人才战略的主要内容。

第二个过程可以称为胚珠或温床培育法，即直接从学校或大学吸引年轻人，为其正在显露的才能提供营养，并使之能够开花结果。这显然是一种长期的充满冒险的难以预测最终成功与否的方法。要做到成功的预测，这里存在着很多障碍，其中包括：

- 个人能力成熟的比率有异。晚成熟者经常受到忽视。
- 在预测诸如创造性和企业管理能力一类东西时，心理测试存在不足之处。

- 公司对学历往往看得很重。

- 公司不重视劳动力的种族多样性。少数民族中的大部分优秀人才遭到忽视。

- 动机和动力可能比纯粹的能力更起决定作用。

在现有雇员中去发现人才，这样做的风险较小。如果这些雇员已经受聘了一段时间，公司就可采取某种经过周密设计的评价与培养程序，这对精选那些有发展前途的、公司拟迅速培养的候选人会很有效。

Exeter 大学教授人力认知的高级讲师 Michael Howe（1990）是世界上人才研究方面的一流专家。他指出了各行业将人才的能力看做天赋的危险，他们认为天赋是人与生俱来的东西。"我们很容易相信，最令人感到骄傲的业绩一定是取决于那些除了罕见的人才外，凡人完全无法达到的条件。"对于杰出人才而言，有些最广为流传的看法认为，"某些个人与众不同，而且天生如此，而我们这些剩下的人注定为平庸之辈。"Howe 对这样的看法提出了挑战，并提出令人信服的证据，证明只要经过适当的训练和培养就能够创造出不同凡响的业绩。

然而，常见的错误是照搬老套的做法，并将某些类型的雇员排除于考虑范围之外。重要的是，公司要意识到任何一种文化偏见都可能将其挑选人才的范围局限在传统资源上，这就像英国军队一度倾向于将军官资格限制在公学的男女毕业生上一样。

至于说留住人才，需要提供足够的报酬是固不待言的。使有才能的雇员保持忠实的真正关键在于，公司为其提供的工作环境应有利于创造、自我表现和主动性的发挥。企业组织，尤其是大型组织所面临的矛盾是，等级制度、官僚作风、因循守旧，以及为追求实效与一致的墨守成规。然而，正是这些特点将富有创造力的人拒之于门外。

"臭鼬工程"这个词已收入企业的词汇中。企业用它来描述规模小的、组织严密的工作团组。这些团组具有非正式性，不受标准公司行为的规章制度影响的特点，能够培养出创造力。Warren Bennis（1997）对第一项"臭鼬工程"作了生动的描述。这项工程由洛克希德在第二次世界大战时创立，旨在研制第一驾美国喷气式战斗机。洛克希德的首席设计师精选了一支由 23 名工程师和 30 名辅助人员组成的工作团组。他们利用废弃的引擎箱建成了临时代用的工作区，上面覆盖了一顶马戏团的帐篷。他们秘密地工作，自己完成清洁和文秘工作。Bennis 把设计师 Johnson 描写为"一位幻想家，至少在两个方面是这样——飞机设计和组织天赋。Johnson 似乎本能地知道需要何种才能的人员才能最为出色地干工作，他知道如何激励他们，以及如何保证将合乎要求的产品尽可能快且廉价地制造出来"。他的团组具有如下特点：人与人之间平等相处、无须起草或批阅文件、穿着随意、辩论公开。企业文化对于留住人才甚为重要。能够培养人才的文化具有以下主要特点：

- 高度团结的工作小组。
- 权威基于专业知识和能力而不是级别或地位。
- 精英得到承认，但不实行精英体制，因为有才能的人尊重并承认那些才能不是很突出的同事所作出的贡献。精英需要这些人的支持。
- 领导地位受到尊重。有才能的人往往是挑剔的人。他们不会盲从，他们知道皇帝何时一丝不挂。
- 自由、自主、具有空间和灵活性。
- 开放和信任。
- 鼓励冒险。
- 想当然的出类拔萃——一种近乎痴迷地想将工作做得尽善尽美的想法。

　　换句话说，如果企业急于留住最具才能的员工，它们所应采取的明智之举与其说要在公司内部创造"臭鼬工程"，还不如说应使整个公司尽可能地像一个"臭鼬工程"。

利益兼容的人力资源政策

　　雇员的承诺是建立可持续竞争战略优势的重要组成部分，这一点正逐渐为人所认识。

　　Pfeffer（1998）认为，如果一些强大的工具与人力资源管理的政策相结合，并作为一个系统来运作，那么，我们就会看到雇员作出的最大的承诺。他根据不同的研究、有关的文献，以及个人的观察和经验，概括了公司人力资源管理（如果不是全部的话）的 7 个方面，公司的利润都是通过员工获得的。这 7 个方面是：

- **就业安全感**：Pfeffer 援引林肯电器公司、通用汽车公司的富有创新的 Saturn 和 Fremont 工厂，以及极为成功的西南航空公司 (Southwest Airlines) 作为例子，说明了如何提供有保障的就业，以及在经济萧条时如何避免解雇员工。

- **选择性雇用**：首先，要有大批的应聘者，以便公司可以从中挑选。例如，1994 年，西南航空公司收到 125 000 份求职申请，并雇用了其中的 2 700 人。其次，要有一个复杂的选择过程，要将工作中所需要的技能和条件与个人的素质联系起来。最后，要将这一过程运用于各个层次的工作中。具有良好业绩的公司例子有汽车行业中的五十铃公司 (Sabaru-Isuzu)、客户服务业里的 Enterprise Rent-a-car 公司、惠普公司。

- **自我管理的工作小组**：Pfeffer 断言，"将人员组织为自我管理的小组，这种做法几乎是所有高级管理体系的重要组成部分"。除了诸如新联合汽车制造公司 (New United Motor Manufacturing) 和 Chrysler 公司一类汽车制造业（在这一行业自我管理的团组并不是很普遍）的例子外，他还援引了其他行业的例子，诸如贝尔电话公司、Whole 食品市场和 Ritz Carlton 连锁酒店。

- **丰厚的回报基于企业的业绩**："公司要通过员工的薪金水平传递这样一个信息，即说明员工是否真正受到重视"。然而，获取报酬的多少，其中一个重要的因素就是应与企业的业绩挂钩。可以采用许多不同的挂钩形式，如利润共享、雇员持有股份，或给予个人或小组的各种不同的奖励。沃尔玛、微软和西南航空公司就属于雇员持有股份的美国公司。

在英国，实行雇员所有制这一领域的先驱当数 Dame Stephanie Shirley。1939 年，她从德国来到英国时只是一个无人陪伴的难民儿童。之后，她在夜校获得了数学的优等学位，并于 1962 年用 6 英镑在其餐厅桌上创办了 FI 公司。25 年来，她一直担任 FI 集团公司的总经理。她不仅将该集团公司发展成为一个主要的商业技术集团、开创了新的工作方式，而且致力于提高职业女性的地位。她将公司普通股的 24% 无偿分给员工，却将自己排除在外。她于 1993 年作为名誉终身总裁退休。她的公司于 1996 年发展为 FI 集团 (现为 Xansa Plc)，在 4 000 名员工中，雇员持有的股份现已占到 40%。

英国最大的雇员所有制公司是 John Lewis 合伙公司。它拥有 50 000 多个合作伙伴、23 家百货公司、100 多家 Waitrose 超级市场、超过 40 亿英镑的营业额，以及超过 9 000 万英镑的税前利润。

雇员即合作伙伴。企业管理的任务是为所有合作伙伴的"过去、现在及将来"的利益而经营公司。雇员每年分享以现金形式支付的红利。

John Lewis 公司所经营的零售市场具有很强的竞争力，它的经营旨在提供良好的服务和合理的现金交易价格。在百货公司，它将"绝不故意低价销售"这句口号运用到了这种程度：当它的合作伙伴指出某个竞争者收取的费用比 John Lewis 公司还低时，他们就能得到一小笔酬谢。

1976 年，《共同所有制法》颁布。Scott Bader 依据该法领取了 1 号证书。当时的一个幻想家——Ernest Bader——于 1921 年创办了 Scott Bader 公司 (SB)。由于对资本拥有劳动力的传统不满，他希望建立一个新的社会秩序，在这种社会秩序中，劳动力是资本的主人。他认为，一个企业的目标不应仅仅是赢利。它应当建立在道德原则之上，实行民主管理，符合更广大群体的利益。其所创建的结构促进雇员的高层次合作。

作为一个慈善托拉斯，SB 公司每年通过对慈善机构的捐款来对公司的大部分利润进行分配，因为这些慈善机构对社会的公共福利作出了贡献。

SB 公司没有外部持股人，而且外部持股人也无法获得公司股票。公司的监管建立在民主原则的基础之上，而这些原则促进了与高层之间的合作。公司监管机构的所有成员均来自于劳工阶层，且皆为选举产生。集团公司的活动要向参加股东大会的公司股东汇报。

最近的一些研究证明了雇员所有制具有潜在价值。瑞士可持续资产管理研究所 (SAM) 发表了 SAM 雇员持股指数。该指数对欧洲主要公司在雇员持股方面的情况进行了跟踪。

SAM 雇员所有制指数的可转让股票系统源于道·琼斯 600 指数的组成部分。道·琼斯 600 指数中 600 家公司中的每一家都被要求完成一份问卷调查，并提供其雇员持股方面的补充信息。对公司的选择主要通过与同一经济领域中的不同公司来进行比较。SAM 指数包括 30 个成员，代表 10 个不同的国家和不同的行业。1998 年 6 月至 2000 年 6 月间，与道·琼斯 STOXX600 上涨 11.4% 相比，EOI 增值 88.5%。

Pfeffer 还列举了以下情况：

- **培训**："培训是性能优良的工作系统的重要组成部分，因为这些系统取决于一线雇员的技能及其发现与解决问题、革新工作方法和对质量负责的积极性。"

- **地位差距缩小**："为了促使所有的公司成员感到受到重视，并对组织活动能力的提高作出承诺……多数高级管理系统都会试图缩小地位之间的差距。因为这些差距将个人与团组分割开，致使其中一些人感到没有受到足够的重视。"这可以通过两种方式来实现：象征性的方式为语言、头衔、衣着、实际空间的配置、车辆停放特权等；具体的方式为减少公司在各个不同层次上报酬的不平等（这种情况很少出现）。Whole Foods Markets 采用了第二种方式。该公司的政策是，每年的报酬支付额不得超过所有专职雇员平均薪金的 8 倍。1995 年，公司首席执行官的薪金为 130 000 美元，红利为 20 000 美元。西南航空公司的首席执行官一年挣 500 000 美元左右，其中包括红利。1995 年，该公司与其飞行员谈判要冻结工资，以换取认购股权和无担保但与利润相关的奖金。公司首席执行官同意将其今后 4 年的基本薪金固定为 395 000 美元。

- **信息共享**：信息共享——尤其是金融信息——表明人受到信任。同样，如果人要将提高工作实绩变得有意义，就需要实绩资料，还要学会如何去诠释它。将信息的系统共享作为提高工作实绩的基础，这一理念最早出现在 20 世纪 80 年代的 Springfield Re-manufacturing，称为"翻开书本的管理"，现已在美国广为采用。

Pfeffer 继而认为，"竞争手段的真正源泉"在于组织的文化和能力，这些都是来自于对人的管理方式。他认为，这是一个持续成功的源泉，而且，与占有很大的市场份额或拥有著名品牌相比，这更为重要，"因为了解能力和管理实践系统要比摹仿战略、技术或全球占有率还要困难得多"。

Ian Wilson（2000）在其所谓的雇员与公司的"新社会契约"中确定了 8 个要素：

- 洞察力和目标分享意识高于利润和股票持有者价值；
- 善于激励人的领导层（他引用西南航空公司的 Herb Keller 为例）；
- 对劳工授权；
- 根据需要安排工作，即根据情况而确定工作内容、时间、报酬，以满足个人的需要。
- 平等、尊重与和谐的气氛；
- 减少雇用模式的多变性；
- 提高可雇用性；
- 一流的现场享受和服务。

裁减

显然，建立承诺和进行裁减往往配合不默契。面临市场即将丧失、产品即将过时或面临兼并或接管时，裁减有时就不可避免。然而，即使采取裁减措施已经到了不得已而为之时，裁减对员工的积极性仍可能造成很大打击。Pfeffer（1998）就减少损失提出以下建议：

- 一旦作出决策就迅速行动。
- 快刀斩乱麻。
- 全面分享实绩资料和根本原因。
- 让员工（适当时让工会）参与确定冗余选择标准。
- 与被选中者进行慎重而微妙的沟通。
- 提供公平的离职条件和一流的下岗服务。帮助员工体面地离职。

显然，充分利用工作上的人事变动和提前退休机会也很重要。

裁减的理由不是迫切且令人信服时，尤其是企业利润低于预期利润时，员工的积极性就会受到更大程度的打击。裁减不能解决产品的可接受性、质量、服务、程序设计或管理方式这类深层次的问题。如果不该离职的人开始离职，经验和专门知识丧失过多，裁减幅度过大，留下的人不堪重负，那么，损失就会更大。

Pfeffer 认为，业绩向下循环可能是这类问题的导火索。业绩问题导致裁减，裁减又导致员工减少努力、拖长工作时间或推迟离职时间，以求更为可靠的就业。反过来，这又进一步降低绩效，导致更多冗员，形成恶性循环。

3M 公司有一个有趣的安全阀。它是一种将丧失工作造成的损失降到最低限度的手段，称为"未派职务单"。如果员工丧失了工作，可以有 6 个月时间在公司内部谋求另一份工作。在此期间，他们可以继续领取薪金和救济金。事实上，大约 50% 的雇员在公司内转岗。几乎所有的富余人员都到别处找工作。他们每服务 1 年，离开时就可以多获得 1 周半的薪金。

其他对损害进行限制的战略包括：

- 短时工作制；
- 收回内部转包工作；
- 经济复苏即将出现时，建立人员的储备；
- 固定雇用；
- 将人员转移到诸如销售和维修一类工作上。

结 论

随着新技术的发展，以及对更为平等的社会环境的要求逐步提高，结构选择在组织运作方面变得越来越重要，而过程和文化的重要性亦日益突出。组织的传统概念，究其根源，就在于历史上对等级制的要求。在这种等级结构中，君主对臣民行使命令和控制之权，或一个总司令对其士兵行使控制之权。相反，今日的组织则要求有一个更为灵活的体制。它与客户的需求保持联系，并以价值链为纽带，建立一套联系紧密的程式，其中包括供应商和客户满意的成品。在这类组织中，主要的领导职责就是要创造一种文化。在这种文化中，共同目标是让客户满意，要实现不断改善和达到优秀标准，这就需要去努力争取。遗憾的是，等级制意味着权力、特权和地位。尽管它们正在变得多余，但是它们未必可能退出历史舞台。然而，正如前一章 St Luke 所表明的那样，组织没有它们也行。

14

结　论

研究证据

一些研究证据（Kotter 和 Heskett，1992；Collins 和 Porras，1995；Pfeffer，2000；Collins，2001）表明，"为了持续而发展"和业绩长期突出的公司往往具有一些共同特点。这些特点可以概括为"利益兼容法"。这类公司在变化的环境中仍能保持其竞争力，原因在于：

- 它们具有明确的目标，而这些目标并不是用纯粹的财政术语来表述。一方面，这些目标对雇员具有激励作用；另一方面，它们又为公司的存在提供经济和社会的理由。

- 这些目标由基于一套共享的价值观，而这些价值观体现于公司的文化之中，并且已经经受了时间的考验。

- 这些公司已经发展了良好的监管机制，具有高效的董事会和受到普遍称赞的报告机制。这些报告机制注重利益兼容性，因为它覆盖了公司活动的方方面面，包括公司对社会和环境的影响。

- 这些公司对要在某些行业和市场上获得成功所需具备的条件具有深刻的认识。因此，虽然它们为迎接市场变化的挑战而对其成功模式作出调整，但是，这个模式经受过多年的考验并已经成为公司成功的一贯基础。公司已经确定了成功所必备的条件，并系统地对其予以追踪计量。

- 这些公司制定了挑战性的实施目标，并对实现目标的过程进行认真监督。这些目标经常是那些要花许多年方能开花结果的目标。如有必要，公司会更加重视实现长期目标的过程，而不是短期利润。

- 这些公司通过产品质量和服务将最优的货币价值传递给客户，在客户中建立良好的信誉。

- 这些公司具有愿意献身、忠实的雇员，这些雇员感到公司对其以诚相待，故以此为报。

- 这些公司与经过精心挑选的供应商已经建立了相互信任的关系。它们对供应商的选定包括供应链上的所有公司，从供应原材料到作为直接投入的元件等级或化合物的公司。

- 这些公司在自己的社区内受到极大尊重，并且作为企业法人公民，充分参与所在地社区的事务。

- 这些公司在公众中普遍树立了质量高和正直的信誉。这种信誉经常与一个品牌相联系，在某些情况下，这个品牌就是公司最有价值的资产。

- 这些公司富有创新性，并不断努力去完善。

- 这些公司的组织结构和程序与其策略配合默契。尤其倾向于采用等级制特征较少的结构模式。其经营过程都是为满足客户要求而设计；其决策者尽可能地与客户接近。

- 这些公司具有一种公司文化，高度重视人与关系，认为正直和道德行为就是重要的价值观。公司创建者的设想和个人价值观往往对公司具有强烈影响。在许多情况下，这些价值观都是通过一连串的内部高层任命来维系。由于这些被指派担任高层职务者往往已任职多年，因而有助于公司文化的定型。

由于这些特点，对公共机构基金和个人储蓄者来说，这些公司被证明是稳妥的长期投资对象。

今天，在倡导可持续发展方面处于最前列的是某些公司的领导。一方面，这些公司在业务上不断取得成功；另一方面，它们还具有一套持久不变的价值观。这些公司领导习惯于作长远规划。他们认为，没有社会的可持续发展，就没有企业的可持续发展。他们对舆论的动向很敏感，并能预见到，在不太远的将来，凡被视作未能履行对社会和环境应尽义务的公司将会丧失其经营权。

这些公司还为其他公司树立了值得效仿的榜样。由于它们受到高度赞扬并在同行业中保持领先地位，它们的实践活动和政策就成为其他公司争相效仿的楷模。

对公司行为的限制

然而，对公司的行为仍有一定的限制。随着全球竞争日益加剧，可自由支配和投资的余地正在逐步缩小。公司必须求助于政府和国际贸易组织，以便能够获得一个势均力敌的游戏场，进而对那些较为残忍的竞争者的经营活动予以限制。显然，以下几方面需要作较大调整：放射物、废物处理、最低工资、人权、客户和雇员的健康与安全、对培训和培养的投资、残疾人和少数民族就业、对报告的要求和监管机制。

21 世纪初，企业界受到法律的约束，其程度超过以往任何时候。美国的反托拉斯法、英国的垄断委员会、雇用法、健康和安全规则、广告标准、规划规定、股票市场规则等在过去几十年已变得更具约束力。

这些限制条件表明了一个民主社会的态度，即市场资本主义应当符合公众的利益，应当符合投资者、消费者、雇员和社团成员的要求。

同样，与过去的任何时期相比，相当数量的国际大型商业企业超越了法律的要求。正如本书前面所列举的证据，它们正在制定雄心勃勃的政策，以求成为负责的企业法人。

　　然而，与此同时，企业受到的攻击胜过以往任何时候。像 David Korton 的《当公司统治世界之时》（1996）和 Naomi Klein 的《无标识》（2000）的书都是全世界的畅销书，而反资本主义的、反全球化的游行示威吸引了数以千计的人。而且，这些游行示威受到关注并得到支持，其程度远胜于反对政府对人权的极端践踏所受到的关注和支持。

　　公众对企业的指责颇多。这些指责涉及对自然环境的毁坏、对劳工的剥削（尤其是在发展中国家）、性别和民族歧视、对消费者和雇员健康和安全的忽视等方面。由于企业在各个方面确实有过错，因此，这些指责令人信服。但是企业对社会和环境的危害程度已不及 20 年前，更不用说一个世纪以前。然而，公众对企业过去对社会和环境所犯下的更为严重的罪行都容忍了，为什么对今天较轻的罪行反而不能容忍？答案部分在于期望值发生了变化。企业已经有了更多的社会责任感，而我们在这方面的期望值则增加得更快。其中一个原因就在于通信和信息方面的巨大进步。普通公民对全球变暖或童工一类问题的了解比以前要多。

　　由于为了使公众对其迫切性有所认识，对这些问题采取措施需要很多年时间，因此，虽然董事会已经注意到，要到达社会正在变化的期望值就必须改变发展方向和经营政策，但是，这个过程要想在一夜之间完成是根本不可能的。福特公司（见第 8 章）的案例可以很好地说明这一点。纠正行动必须一步一步地进行，这在短期内是不可避免的。这一方面是由于不准备改变其生活方式的客户的期待和要求，另一方面是由于投资市场结构化的方式所产生的压力以及雇员对工作的担心。这些问题以及其他问题只能慢慢地解决。它们涉及教育和劝导的过程，以及来自非政府组织和其他组织日益加大的压力。

　　在关于可持续发展和公司社会责任感一类问题的讨论中，人们对这些问题的认识了解存在两个错误。首先，人们倾向于认为，世界上的主要公司都具有同质性，即这些公司具有相同的动机和相同的行为方式。犯这一错误的人就是那些指责公司对人类和地球犯有罪行的人和那些主张自由市场的人。"企业做这事"或"企业不做那事"的断言全都毫无意义。一些公司剥削工人，欺骗客户，挤压供应商，直到它们停业并损害当地社区的利益。其他公司则提供优厚的工资待遇和舒适的工作条件，拥有满意的客户，与供应商保持长期而良好的关系，对当地社区作出贡献。经济理论、常识和经验告诉我们，除非前者始终占有垄断地位，否则其不大可能长期生存下去。

第二个错误就是未能将公司的行为归到那些对其实施控制的人身上。公司并不对设法躲避最低工资法规一类的事情作出决定。董事和高级经营主管才决定这些事情。公司可能会受那些很少有道德顾忌的人控制，也可能为那些仅仅为贪欲所驱使的人控制，但也可能为其他社会机构包括国家的政府控制。企业社团对贪欲和不诚实并不垄断。自愿捐赠者参与侵吞财富。公共服务机构中也有容易腐败的官员。正如各种社会机构中的情形所表明的那样，人既是公司永久潜力的源泉，也是其脆弱性的根源。

乐观的原因

这篇评论对 RSA 报告书《未来公司》（1995）发表之后所发生的情况作了回顾，并明确指出了对未来表示乐观的几方面原因。有关证据在前面的章节已经提到。

显然，采用利益兼容法的公司的数量正在迅速攀升：

- 越来越多的企业在对其目标的声明中承认对利益关系者承担责任。
- 越来越多的企业不仅发表关于其使命、设想、价值观的报告，而且在向其雇员和其他利益关系者群体咨询之后正在这样做。
- 公司的报告逐渐增加有关财政管理以及环境和社会活动方面的信息。公司正在做大量的工作，准备开发更好的标准和工具。
- 基于可持续性或社会责任的选择性投资基金增长很快，一般运行良好。
- 一部分最大的退休基金和基金管理人员正在显示其实力，促使公司进行对话。
- 股票市场运作着眼于可持续性，其选择性指数正在被开发。
- 公众关注程度的增加不仅反映在非政府组织数量的增长上，而且反映在其成员规模的扩大上。它们与公司之间的协作越来越多。通过互联网，越来越多的信息可以被利用，这种情况正在促进非政府组织与公司之间协作的发展。

- 另一个受欢迎的发展就是在发展中国家建立独立的工作条件监管机构。茶叶、可可和咖啡一类商品的原料供应的可靠性方面也出现相应增强。

- 开始重视对领导能力的培养和培训，并将其与管理工具和技巧区分开来。

- 公司法的变化，尤其是与监管和报告有关的变化，成为讨论的焦点。

- 总的来说，争论已经将焦点从"为何采用利益兼容法"转向"如何才能做到最有效"。

从根本上说，利益兼容法要成为世界前几百家以外的公司中的主流仍有很长一段路要走，这么说可能符合实情。虽然很难提供证据予以支持，但看来的确是这样。在许多情况下，公司的董事长和首席执行官对要变得更具利益兼容特征而不是将其视为企业战略的核心这样一个过程持默许态度。看到这么多诸如社会责任主管一类的新任命真有点让人烦恼，仿佛首席执行官实际上在说："现在有个人，其任务就是负责处理诸如我们对利益关系者的参与和我们与社区的关系一类的事情，因此，我能在经营企业方面做得更出色。"

利益兼容法行得通吗？

在写作本书时（2001 年 9 月），全球经济的脆弱性又一次暴露无遗。在纽约和华盛顿的恐怖暴行发生之前，衰退的威胁就已在加大。整个西方经济正在经历诸如股票价格下跌、公司利润下滑、工厂倒闭和裁减，以及公司破产一类问题。我们所面临的大问题是，利益兼容法是否经受得住艰难时世的考验或者是否会随着短期压力的加大而被抛弃。公司在衰退中挣扎，就可能抛弃为确保长期生存而采取的措施。当然，答案大体上取决于高层管理者在多大程度上运用利益兼容这一理念。正如过去的培训和培养部门所遇到的情况一样，如果与利益关系者关系有关的新部门被视为企业可有可无的边缘部分，那么它们的存在就不会持续很长时间。在这一领域工作的大批新顾问将会像他们的快速成长那样，快速消失。

另一方面，如果高层管理由于卓有远见的领导而作出真正的承诺，那么利益兼容法就会经得住艰难时世的考验。在过去的经济衰退时期，那些早被介绍过的"为了持续而发展"的公司就遇到了同样的情况。

我自己的看法是，现在有许多强大的力量正在起推动作用，变革已属不可避免之事。一个强大的社会运动已经开始启动。衰退可能会使其进程变得迟缓，但是不会使其停滞。我们正在目睹一种新的资本主义形式出现的早期阶段。这种形式关注社会正义和环境。这些目标与股东价值同等重要。John Elkington（2001）运用了"蛹经济"这个隐喻。他把旧经济突变为"非物质化、渐进的新经济"这样一个过程描述为"非凡的自然蜕化过程"。随后，他说："只有今天的公司蝗虫和毛虫变成公司蝴蝶和蜜蜂，我们才会有机会创造真正的可持续的资本主义形式。"我个人期待，这样一种形式的资本主义将会比 20 世纪末曾经存在过的财富创造方式更为成功。然而，随着它的成熟，我们将会用与过去稍微不同的定义来解释"财富"。

附录
标准与指南

Bellagio 原则

　　1987 年，世界环境与发展委员会的 Brundtland 委员会要求采用新的方法来对可持续发展的进展加以测定并作出评价。1996 年 11 月，一个来自五大洲的国际评估从业人员和研究人员小组云集位于意大利贝拉吉奥 (Bellagio) 的 Rockefeller 基金会研究与会议中心，对到目前为止的进展进行回顾，并对从实际工作中获得的认识加以综合。下列原则就是此次会议的结果，而且得到了一致通过。

　　这些原则作为整个评价过程的指导，包括对指标的选择和设计以及对结果的解释和传播。因为它们相互关联，所以应当作为一个整体来应用。这些原则预计会用于社区群体、非政府组织、公司、国家政府和国际机构的评估活动的启动和改进方面。这些原则列举如下：

1. 指导思想和目标。对可持续发展进展的评价应当以可持续发展的明确指导思想和确定这一思想的目标为指导。

2. 全局观念。对可持续发展进展的评估应当：
   - 包括对整个系统及各个部分的评价；
   - 考虑社会、生态和经济子系统及其状态和变化方向与比率、各个成分以及各个成分之间的相互作用。
   - 考虑人的活动的积极影响和消极影响。在某种程度上，这些影响反映了人和生态系统的成本和利润，用货币和非货币符号表示。

3. 基本要素。对可持续发展进展的评估应当：
   - 考虑目前人口中和现在的人与将来的人之间的公平和悬殊，恰当地处理诸如资源利用、过度消费和贫穷、人权、享受服务等问题；
   - 考虑生物赖以生存的生态系统的状况；
   - 考虑经济发展和其他有利于人的幸福与社会福利的非市场活动。

4. 足够的范围。对可持续发展的评估应当包括：
   - 划定一个时间范围，其中包括人和生态系统的时刻表，以满足短期利益的要求和未来几代人的需要。
   - 对研究范围作出界定，该研究范围覆盖对人和生态系统的局部和整体的影响。
   - 对未来状况——我们欲往何处，我们能往何处——的预期要建立在历史和目前状况之上。

5. 实际范围。对可持续发展进展的评估应当基于：
   - 一系列明确的范畴或一个组织框架，这些范畴或组织框架将设想和目标与指标和评估标准联系起来；
   - 用于分析的少数关键问题，且数量有限；
   - 数量有限的指标或指标组合，用来标明进展情况；
   - 可能允许比较时，使用标准的评估方式；
   - 将指标与目标、参照值、范围、阈限、趋向作比较。

6. 开放性。对可持续发展进展的评估应当：
   - 制定对所有单位都适用的方法和数据；

- 将数据和解释中的所有判断、假定和不确定因素都予以明确化。

7. 有效沟通。对可持续发展进展的评估应当：

- 以满足公众的需要和用户的要求为设计宗旨；
- 基于指标和其他工具，这些指标和工具具有激励机制，有利于决策。
- 从一开始，就要以结构简单、语言通俗易懂为目标。

8. 广泛参与。对可持续发展进展的评估应当：

- 具有广泛的群众基础，不仅要有专业人士的代表，而且要有技术部门和社会团体的代表，包括年轻人、妇女和土著人，以确保各种尚未定型的价值观得到承认。
- 确保决策者参与，以便与所采取的政策和最终行动建立起固定联系。

9. 工作评估。对可持续发展进展的评估应当：

- 培养可以对发展趋势进行反复测定的能力；
- 对变化和不确定的因素具有可替代性、可适应性和敏感性，因为体系复杂，而且变化频繁；
- 根据新认识，调整目标、框架和指标；
- 促进制定集体学习和决策反馈机制。

10. 制度化。对可持续发展进展的评估应当通过以下方式予以保证：

- 在决策过程中明确承担责任并提供工作支持；
- 为数据的收集、存储和文件的分类提供制度保障，促进局部评估能力的培养。

详情请查看网址：iisd.ca/measure.1.htm。

Caux 圆桌会议

Caux 圆桌会议由飞利浦电子公司前总裁 Frederik Philips、INSEAD 副主席 Oliver Giscard d'Estaing 于 1986 年创建，旨在缓和日益紧张的贸易关系。它不仅涉及成员国之间富有建设性的经济和社会关系，而且涉及它们对世界其他地区的义务。

在 Canon 株式会社主席 Ryuzaburo Kaku 的极力推动下，圆桌会议集中讨论了在减少社会和经济对世界和平与稳定的威胁方面，全球公司所应承担的责任的重要性。圆桌会议承认，共享领导权对一个重新焕发活力和更加和谐的世界来说必不可少。它强调，要发展持续的友谊、理解和合作，这些友谊、理解和合作乃是基于对最高级道德标准的尊重，以及基于个人在其影响范围内所实施的负责的行为。

圆桌会议认为，世界企业界应当在改善经济和社会状况方面发挥重要作用。它发表了一个热情洋溢的声明，其宗旨就是要制定一个世界标准，企业行为要以此为准绳。

这些原则根植于两个基本道德理想：kyosei 和人的尊严。在日语中，kyosei 的意思是"为了共同利益而在一起生活和工作，促进合作和共同繁荣，以便保持有益而公平的竞争"。人的尊严把每个人的神圣或价值作为目的，而不仅仅是作为达到其他目的或多数裁定原则的手段。

总则试图阐明 kyosei 的要旨和人的尊严，还有内容具体的利益相关人原则，这涉及总则的实际应用。

总则

原则 1. 企业的责任：从股东到利益相关人。企业在改善其客户、雇员和股东的生活方面需要起重要的作用，这个过程通过与这些客户、雇员和股东分享其所创造的财富来实现。供应商和竞争者也应当期待企业本着诚实和公平的态度履行义务。作为该地、该国和全球负责任的法人，企业应参与这些地区的未来建设。

原则 2. 企业的经济和社会影响：面向创新、正义和世界社区。设在外国并在当地生产或销售的企业应当对该国的社会进步起推动作用，这要通过创造丰富的就业机会和帮助提高其公民的购买力来实现。企业还应当促进这些国家的人权、教育、福利的改善，使其充满活力。

原则 3. 企业行为：在接受贸易秘密的合法性的同时，企业还应承认，真挚、公正、诚实以及恪守诺言和保持透明度这些原则不仅有助于自身的可信性和稳定性的确立，而且还有助于商业交易的顺利发展和高效发挥，在国际上尤其如此。

原则 4. 尊重规则。为避免贸易摩擦，促进自由贸易，公平竞争，对所有参与者一视同仁，企业应当尊重国际和国内法规。此外，其还应当承认，有些行为虽然合法，但可能产生负面影响。

原则 5. 支持多边贸易。企业应当支持关税及贸易总协定/世界贸易组织的多边贸易体制以及类似的国际协定。企业应当努力合作，以促进正在推进的、明智的贸易自由化，对国内那些阻碍全球商业发展的不合理措施给予放宽，但要对国家的政策目标给予适当的尊重。

原则 6. 尊重环境。企业应当尽可能地保护和改善环境，促进可持续发展，防止自然资源的浪费。

原则 7. 避免违法行为。企业不应当参与或宽恕行贿、洗钱或其他腐败行为。实际上，应当寻求与其他企业的合作，共同杜绝这些违法行为。不应当从事可被用于恐怖活动、毒品走私或其他有组织犯罪的武器贸易。

详情请查看网址：www.cauxroundtable.org.

全球 Sullivan 原则

1997 年，Reverend Leon Sullivan 提出了最初的"Sullivan 原则"。数年来，这些原则发展成为"全球 Sullivan 公司社会责任原则"（the Global Sullivan Principles for Corporate Social Responsibility）。新的公司"全球 Sullivan 原则"于 1999 年 11 月 2 日在联合国公布。Sullivan 与来自三个大洲的一群跨国公司和一个来自拉丁美洲的企业协会协作，共同起草了该"原则"，得到了非政府组织、政府间组织和国家政府的广泛支持。

"全球 Sullivan 原则"的目标是，通过公司之间的贸易关系支持经济、社会和政治公正；支持人权，鼓励各个雇用层次上的平等，包括决策委员会和董事会中的种族和性别多样性；培训和提拔社会地位低下的工人以满足技术、监督和管理之需；以更大的宽容和各民族间的相互理解帮助提高社区生活质量，帮助工人和儿童获得尊严和平等。

详情请查看网址：www.globalsullivanprinciples.org.

大赦国际（Amnesty International）

大赦国际"公司人权指南"为人权政策的发展提供了基本框架。其所提供的一系列原则皆建立在国际公认的人权标准之上，而这些标准则体现在联合国各个条约和条约的草案之中。

它还发行小册子，旨在向英国职业养老基金（UK Occupational Pension Funds）的受托人提供参考，以便对近期的调整和养老金组织成员对投资的社会影响的担忧作出反应，这些担忧正与日俱增。这些指南说明，重视道德因素与受托人对其组织成员所承担的法律责任之间存在着一致性。

详情请查看网址：www.amnesty.org.

世界可持续发展企业联合会（WBCSD）

WBCSD 是一个由 140 个国际公司联合组成的联盟。它们对可持续发展作出承诺：环境保护、社会平等和经济增长。

WBCSD 的成员来自 30 个国家和 20 多个工业领域，还受益于国家和地区企业委员会以及股东组织的正蓬勃发展的全球网络。

WBCSD 成立于 1995 年 1 月，通过将设在日内瓦的企业可持续发展委员会与设在巴黎的世界环境工业委员会（WICE）——国际商会（ICC）的创始机构之一——合并而成。它涉及"公司社会责任"一类的问题：

- 人权；
- 劳工权利；
- 环境影响；
- 社区参与；
- 供应商关系；
- 监督。

由于 WBCSD 认识到透明和对话是处理这些问题的主要因素，因此于 1998 年 9 月组织了一次利益关系者对话。对话参与者具有广泛的代表性。许多人感到，企业可以从只关注股东的责任完全转向对社会承担更大的责任。如果这样，那么，就会有更多的利益关系者影响公司社会责任的内容的制定。随着公司的发展和对这一影响程序的利用，公司责任感就会加深、加强，从而减少负债。

此次对话强调了以下几个方面：

- 领导在树立一整套公司核心价值观方面所起的作用；
- 需要将公司社会责任纳入企业总体战略；
- WBCSD 视公司社会责任为一种哲学价值观；
- "程序调整"的重要性，即通过透明度和磋商进行调整。

WBCSD 的首份报告《满足不断变化的期望："公司社会责任"》于 1999 年 3 月发表。该报告：

- 概述对企业的"公司社会责任"问题的思考；
- 提供公司如何处理其中一些问题的优秀范例；
- 对这些问题作出界定，探讨利益相关人与企业期望值之间的差距；
- 为下一步出版计划征集高质量的专稿。

为了让非 OECD 的国家加入这项工作，WBCSD 于 1999 年在非洲、亚洲和拉丁美洲与不同的利益集团进行了几次利益相关人对话。通过 WBCSD 的国家及其合伙企业"可持续发展委员会"的全球网络，并通过引进不同的观点和手段，这些对话提供了一个重要的思想源泉。

此后，世界企业可持续发展委员会提出了利益关系者的参与指导原则。"'公司社会责任'的本质在于，承认与外部利益关系者进行对话的价值"。有两个关键问题需要回答：公司应当与谁谈以及为何谈。这表明，对利益相关人的审查应当通过以下 3 个方面来进行：

- 合法性。某一利益相关人群体是否代表与企业相关的问题，是否向对公司经营方式享有合法权益的人负责。

- 贡献/影响。利益相关人群体是否有助于企业实行更负责的运作。它对企业和（或）其他利益关系者是否有重大影响。
- 结果。从长远来看，这种参与是否会产生有价值的结果。

WBCSD 建议使用矩阵，把重要的利益相关人列于一轴，问题（包括价值观、监管程序、义务或责任、披露、人权、雇员的权利与工作条件、产品质量与安全、对社区的影响和对环境的影响等）列于另一轴。公司可以通过将矩阵的各个方格填满来指示影响的强、适中或弱。

矩阵还可用作鉴别适当的评估方法或指标的基础，从公司的社会影响方面监督其业绩。例如，在利益相关人群体的供应商与"对当地社区的影响"相对应的方格中，一个特定的指标就是当地供应商的供货比例。

详情请查看网址：www.wbcsd.org.

环境责任经济联盟（CERES）

CERES 是"在美国主要由环境保护者、投资者和倡导者组成的联盟，旨在创造一个可持续的未来"。一群高瞻远瞩的公司已经开始通过签署"CERES 原则"——一个 10 点环境行为法规——来对环境的不断改善作出承诺。

CERES 是一个由 70 多个组织组成的网络，包括：

- 环境倡导者，诸如地球岛研究所（Earth Island Institute）、地球之友（Friends of the Earth）、青印（Green Seal）、全国野生动植物联合会（National Wildlife Federation）、自然资源保护委员会（Natural Resources Defense Council）、洛基山研究所（Rocky Mountain Institute）、山岭俱乐部（Sierra Club）、忧心科学家联盟（Union of Concerned Scientists）和世界野生动植物基金会（World Wildlife Fund）；
- 代表超过 3 000 亿美元投资资本的投资者、顾问和分析家，包括 Calvert 集团、Friends Ivory & Sime 教友会、公司责任互信中心（Interfaith Center on Corporate Responsibilitg）、KLD 公司、纽约市审计局、长老会（美国）、Shorebank、Trillium 资金管理公司；

- 公共利益和社区团体，包括美国劳动与工业组织会议联盟（AFL-CIO）、社区和环境选择（Alternatives for Community and Environment）、新美国梦中心（Center for a New American Dream）、Co-op America、经济优先委员会（Council on Economic Priorities）、公平贸易基金会（Fair Trade Foundation）、新经济基金会（New Economics Foundation）和再定义进步会（Redefining Progress）。

签署 CERES 的 50 余家公司包括美国航线（American Airlines）、美国银行（Bank of America）、Baxter 国际（Baxter International）、Bethlehem（钢铁 Bethlehem Steel）、Coca Cola USA、福特汽车公司（Ford Motor Company）、通用汽车公司（General Motors）、国际电话电报公司（ITT Industries）、耐克、东北公用事业公司（Northeast Utilities）、Polaroid、Sunoco 以及 The Body Shop International。

详情请查看网址：www.ceres.org.

全球报告倡议（CRI）

CRI 于 1997 年末建立，旨在制定全球可利用的经济、环境和社会实绩报告指南。它起初为公司服务，后来转而为企业、政府或非政府组织服务。CRI 由 CERES 与 UNEP 共同召集。其任务就是将全世界的公司、非政府组织、会计师事务所、企业行会以及其他利益关系者集中在一起，以便积极参与。

CRI 的《可持续报告指南》于 1999 年 3 月在伦敦以草案形式发表。《指南》勾画了全球综合性可持续报告的框架，并指出，该框架围绕经济、环境和社会问题三重底线。21 个试行公司、无数家其他公司以及一大批各种不同的非公司利益关系者于 1999—2000 年对试行期的《指南》草案发表了评论。修改后的《指南》于 2000 年 6 月公布。

到 2002 年，CRI 旨在建成一个独立的国际常设机构——一个具有多重利益关系者的监管结构。其核心任务将是通过工作磋商和利益相关人的参与对《指南》予以维持、增加和传播。

详情请查看网址：www.globalreporting.org.

公司社会责任（CSR Europe）

　　CSR Europe 是一个利益兼容式的组织，它欢迎按照欧洲公司社会责任投资的公司加入。它是一个企业管理的网络，旨在通过将公司的社会责任置于经营主流来帮助公司获得赢利、可持续增长和人类进步。

　　CSR Europe 现有 40 多个公司成员和 15 个国家股东。其通过下列方式达到这一目标：

- 通过印刷品和在线出版物、最佳实践和工具，为 50 000 多个企业家和股东提供服务；
- 向企业经理提供学习、标准检查的程序和特别制定的能力培养计划；
- 将公司社会责任问题囊括于与利益关系者的对话之中，特别关注欧洲的机构。

　　今天的 CSR Europe 与 15 个以上的不同的组织合作，这些组织分布于 10 多个欧洲国家。这些国家的合作组织在国家和地区范围内促进公司社会责任的实施。

　　国家股东组织与 CSR Europe 一道：

- 向企业界提供专业产品和专门化服务；
- 为所有组织鉴别运作方法，使之从同行的知识和经验中获益；
- 致力于产生结构调整效应的合作工程和项目，进而促进公司社会责任的落实。

　　由于公司社会责任矩阵的出现，各种不同类型公司均可对其业绩进行检查。矩阵横轴涉及社会报告、主题报告、行为准则、网络信息、与利益关系者进行磋商、内部交流、标准与标签、奖励与结果、与动机相关的市场营销及网络新闻发布。

　　纵轴涉及任务价值和设想、工作场所环境、社会对话、人权、社区参与、地方经济发展、环境、市场、伦理及其他。

详情请查看网址：www.csreurope.org.

国际标准化组织 14001（ISO 14001）

1992 年，在巴西里约热内卢举行了联合国环境与发展会议或称"地球峰会"。此次会议的成果之一就是启动了 ISO 14001，一个针对环境管理与污染防治的国际标准。会议之前，代表们邀请国际标准化组织 ISO 参与制定国际环境标准。ISO 在会议上宣布，其将承担此项任务。因此，ISO 14001 的宗旨就是促进可持续发展。

ISO 14001 标准具体规定了制定环境政策和环境目标、确定环境活动的方面与影响、产品与服务所应达到的要求。因此，"通过建立和维持符合 ISO 14001 标准的环境管理体系，公司就将实施一个有力而有效的环境管理计划"。

要达到 ISO 14001 规定的标准，组织就需要执行一个环境管理体系（EMS）。该体系要求组织制定针对环境方面与影响的环境政策，减少影响，以便解决环境问题。

详情请查看网址：www.bsi-global.com.

社会审计 8000（SA 8000）

作为一个体系，SA 8000 规定了一套可核查标准和一个独立的工人权利保护核查程序。它涉及童工、强制劳动、健康与安全、集体交涉、歧视、纪律、工时、赔偿和管理体系。这些标准综合了《国际劳工组织条约》（International Labour Organization treaties）、《人权普遍宣言》（the Universal Declaration of Human Rights）和《联合国儿童权利公约》（the UN Convention on Rights of the Child）的有关条款。SA 8000 为努力保证工人的基本权利的公司提供了一个共同标准。

SA 8000 为所有商品合乎道义的生产提供了一个独立查验的框架。不管生产这些商品的公司具有何等规模，生产地在何处，SA 8000 皆适用。通过

SA 8000 的应用，公司就能表明其所售商品的合乎道义的生产和销售方面的最佳业绩承诺。

SA 8000 标准于 1997 年由 CEPAA 创立，随后改为社会责任国际 (SAI)。CEPAA 是经济优先委员会 (CEP) 的姊妹组织，设在纽约。CEP 于 1969 年由证券分析家兼劳动经济学家 Alice Tepper Martin 所创建。自 1975 年以来，该组织一直根据环境管理与雇员待遇对公司评定等级。SAI 授权独立的审计公司对 SA 8000 的执行情况进行监督。

详情请查看网址：www.ceppa.or./sa8000.

SIGMA 项目

"英国可持续发展战略"涉及一项对建立可持续管理体系提供资助的政府承诺。在贸易与工业可持续技术计划局(the Department of Trade and Industry's Sustainable Technologies Initiative) 的资助下，SIGMA 项目于 1999 年 7 月启动。

"英国可持续发展战略"于 1999 年 5 月颁布。它确定了可持续发展的 4 个目标：

- 社会进步，对每个人的需要均予以承认；
- 对环境的有效保护；
- 对自然资源的节约利用；
- 保持经济高度增长和就业稳定。

SIGMA 项目是 3 个组织合作的结果，它们对可持续性的不同方面各有侧重。这些组织是：

- 英国标准学会 (BSI)；
- 未来论坛 (Forum for the Future)；
- 社会与道德责任学会 (The Institute of Social and Ethical AccountAbility)。

在 SIGMA 的第一阶段，这 3 个组织组成了 SIGMA 项目指导小组。现在，

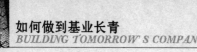
该项目指导小组成员有所增加，补充了来自各个利益集团的合作伙伴。贸易工业部（DTI）和环境、交通和地区部（DETR）也积极参与该项目的活动。项目的第二阶段，国际发展部（DfID）和教育与就业部（DfEE）也将派员参加项目指导小组。

该项目的总体目标是要创建一个战略管理框架，以便协助组织向可持续性方向迈进。参与该项目的公司已经在处理这些问题方面积累了经验，但所获得的教训还需要提炼，需要转化为一般性框架，以便应用于各个工业部门。

20世纪90年代初，英国建立了世界上第一个环境管理体系——BS 7750。同样，SIGMA项目旨在创建下一代可持续性管理工具和标准，这些工具和标准最终将在欧洲和其他地区被采用。

SIGMA项目的重要成果将是一个可持续性管理体系和一个可持续性工具组合。该管理体系将有助于组织权衡互有冲突的利益，并将聚焦于目标和业绩改善方面。它将使组织能够用战略的眼光看待可持续性的问题，并将非财政问题纳入其决策过程。简单性、实用性和综合性将受到重视。管理体系指导组织运作，工具组合则对管理体系进行补充。它涉及社会资本和环境会计这类专门问题。通过最佳业绩、研究和实际经验，工具组合将得到开发。尤其是，它将把现有标准纳入SIGMA管理体系。

该管理体系将试图通过以下核心步骤为战略和经营管理提供一个完整的框架：

- 任务、组织的价值观和原则；
- 基线设置；
- 影响与风险评估；
- 战略计划与政策制定；
- 企业活动的社会、经济与环境因素一体化；
- 创新、学习与文化转变；
- 利益相关人的参与、交流与反馈；
- 监管、内部控制与义务；
- 执行；
- 管理计划；

- 文件与记录保存；

- 实绩测定，包括对专门指标和检查标准的使用情况的测定；

- 审计证明和管理检查；

- 报告和披露；

- 不断改进。

SIGMA 项目分为两个阶段。第一阶段从 1999 年 7 月到 2000 年 4 月，包括一项对环境、社会和经济领域中现有工具和标准的综合调查，附有差距分析，目的在于明确何处尚有新的工作需要做。

- 征召一个由 20~25 个组织组成的组合，在开发过程中对新工具和新标准进行试验；

- 与应邀直接参与该项目活动的各种不同类型的利益关系者进行初步磋商；

- 一个由参与该项目的组织和重要的利益关系者参加的研讨会，对到目前为止所取得的进展进行审查，并对第二阶段的工作进度作出规划。

第二阶段从 2000 年 5 月到 2002 年 4 月，包括：

- 委托各种不同的非政府组织和研究机构作进一步研究；
- 对第一阶段征召的组织所开发的新旧工具和体系进行试用；
- 设立委员会和工作小组，以便承担新工具和标准的正式开发任务；
- 通过一系列出版物和研讨会传播该项目的研究成果。

详情请查看网址：www.projectsigma.com.

社会与道德责任学会 1000 （AA 1000）

社会与道德责任学会 （The Institute of Social and Ethical AccountAbility）作为一个国际性组织成立于 1996 年，设在英国。其宗旨是增强全世界的组织的责任意识并提高其业绩。学会是一个专业团体，负责强化企业集团和非营利组织的社会责任和道德行为。它通过以下方式来完成此项任务：促进对社会与道德会计、审计和报告的最佳实践；为该领域的专业人员确立标准和授权程序。

学会的成员包括来自责任领域的专家和主要实施者。其现有成员约 400名，来自 40 个国家。学会于 1999 年 11 月提出了新的指导方针，帮助组织迎接来自管理道德方面的挑战。AA 1000 标准提供了一个组织可以用来理解并改善其道德实绩的框架和一个判断道德要求合法性的媒介。它在哥本哈根举行的学会第三次社会与道德会计、审计和报告国际会议上被提出来。

学会理事会主席 Simon Zadek 说，此前，所有那些试图证明自己合乎道德规范借以控制自身命运的公司都是在"黑暗中摸索"。"AA 1000 标准为组织提供了一个'最佳实践'程序，并得到全世界专家的一致认可。然而，更为重要的是，它让内部和外部利益相关人感到释然，因为组织行为背后有着实质性内容——那不仅仅是公共关系。"

职业资格包括两个方面：对提供培训者的授权和对谋求资格的个人的授权。研究人员和谋求授权的组织都要遵守学会的行为准则，小组委员会目前正在制定这个准则。

在写作本书期间，学会正在制定一个新的标准——AA 2000。这个标准基于 AA 1000 的框架，旨在从增加透明度转为发展有组织的学习和创新，与利益关系者交涉，使管理体系一体化，取得验证和保证以及制定有效的监管方法。

详情请查看网址：www.accountability.org.uk.

未来公司研究中心

未来公司研究中心在其出版物《更捷快、更敏锐、更简便》（1998）中提出了一个计分卡，用以考察公司年度报告的全面性。计分卡上的主要标题如下：

- 目的与价值观。公司是否清楚地陈述其目的和价值观。
- 成功模式作为衡量的基础。公司是否利用诸如平衡经营积分卡一类简洁方式来说明业绩与财政结果之间的联系。它是否包括学习、知识管理等一类措施。

- 重要关系方面的进展。关于公司与利益相关人的关系方面的进展，包括对话的报告和其他形式的利益相关人的参与，公司是否对此作出清楚的说明。

- 经营许可证。公司是否证明其正在对社区做贡献并扩大经营许可的范围。

- 年度报告作为整个交流过程的一个部分。它是否为读者提供获得更多信息和参与对话的机会。

- 董事会历时管理说明。报告是否对主要指示的历史进展作出说明。它的指示是否高瞻远瞩。

- 清晰性。报告是否用简单的英语、图表和设计取得良好效果。

详情请查看网址：www.tomorrowscompany.co.uk.

哥本哈根宪章（The Copenhagen Charter）

哥本哈根宪章是一个针对利益相关人报告的管理指南。在 1999 年第三次社会与道德会计、审计和报告国际会议上提出，并由 Ernest 与 Young、KP-MG、PricewaterhouseCoopers 和 Mandag Morgen 书屋（the House of Mandag Morgen）联合出版。

该宪章的基本思想是，利益相关人对话的程序和报告必须贯穿于组织、任务、公司的设想和价值观，以及管理和公司的监管机制之中。任务、设想和价值观既是报告程序的基础，亦是其结果，因为利益相关人报告使管理层能够验证其是否符合利益相关人的预期要求。这一程序被设想为一个反馈连环，包括下列步骤：

- 陈述设想和价值观；
- 对重要的利益关系者和成功的关键因素进行鉴别；
- 与利益关系者对话；
- 确定主要实绩指示和调整管理信息系统；

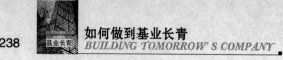
- 监督职能；

- 改善实绩的行动计划；

- 准备、验证并发表报告；

- 就实绩同利益关系者磋商，重新审视设想和价值观。

详情请查看网址：www.copenhagencentre.org.

精品管理图书推荐

反思:可持续营销

——亚洲公司成功的
战略、战术和执行力

[英]菲利普·科特勒 等著

李宪一 译

出版:中国市场出版社

定价:48.00 元

- 全新的思考方式和研究成果
- 丰富的案例
- 前沿的营销理念,引用包括
  明茨伯格《战略探索》
  奥利和克鲁格《远见卓识的领导》
  迈克尔·波特《竞争战略》
  艾尔·里斯和杰克·特劳特《定位》
  卡普兰和诺顿《平衡计分卡》
  汤姆·彼得斯《解放型管理》
  吉姆·柯林斯《从优秀到卓越》
  的创造性思维
- 松下、三星、联想、新加坡航空、雅马哈摩托车……
- 亚洲企业成功的战略、战术和执行力
- 可持续营销的九个核心要素

业务外包

[英]约拿森·里维德
约翰·辛克斯 主编

吴东 高核 等译

出版:中国市场出版社

定价:48.00 元

提升企业竞争力的战略决策

企业不论规模多大,资源永远有限。业务外包正是以人之长,补己之短。本书完整探析了外包策略,为提升企业竞争优势开启了另一条大道。

双赢:加盟特许经营

[英]科林·巴罗 等著

马乐为 雷华 马可为 译

出版:中国市场出版社

定价:60.00 元

通过特许建立自己的公司比独立经营成功的机会更大:70%的新公司都以失败而告终。90%的特许公司却都获得了成功。本书精辟地说明了什么是特许经营、特许人看重的是什么、受许人在签订协议前应做好哪些准备工作。全面介绍了从事特许经营可能出现的方方面面的问题,并以问题的形式向打算进行特许经营的受许人提供了需要注意的事项,包括特许经营所涉及的经济、法律、营销、管理等多方面的问题。

谋

——管理咨询师的24个
成功要点

[英]菲利普·威克姆 著

马惠琼 译

出版:中国市场出版社

定价:68.00 元

- ◆ 3 大核心咨询技术
- ◆ 4 个关键项目领域
- ◆ 5 种基本管理职责
- ◆ 9 个咨询项目阶段
- ◆ 10 种管理咨询角色
- ◆ 24 个关键成功要点

- 管理咨询是特殊形式管理活动。
- 咨询活动为管理层提供真知灼见。
- 咨询业务使企业作出正确的决策。
- 管理咨询师为客户创造巨大价值。

营销学最重要的 14 堂课

[英] 弗朗西丝·布拉辛顿
斯蒂芬·佩蒂特 著

李骁 李俊 译

出版:中国市场出版社

定价:98.00元

◆涵盖最新的营销实战案例
◆探讨知名企业的营销理念
◆阐释市场营销的现实应用
◆提供营销问题的解决方案

- 市场营销广泛涵盖了重要的商业活动。
- 市场营销在正确的时间和地点为顾客提供所需的产品。
- 市场营销把焦点集中在顾客或产品与服务的终端消费者上。
- 市场营销确定或满足顾客的需求,从而实现组织盈利、生存或发展的目标。
- 市场营销有助于企业获取和保持竞争优势。

第 15 课
——你的营销有回报吗

[英]罗伯特·肖
戴维·梅里克 著

朱立 张晓林 等译

出版:中国市场出版社

定价:80.00 元

你的营销有回报吗?有效的营销创造优秀的企业。

本书讨论的内容是如何提高营销的回报率。帮助读者了解哪些营销活动创造的价值最多,哪些则一败涂地。本书用通俗易懂的语言和切实可行的方法,从特定的角度分析营销中的财务状况。

通向富裕和公平之路
——茅于轼精选集

茅于轼 著

出版:中国市场出版社

定价:29.80 元

- 道德能值多少钱——中国人的道德前景之反思
- 通货膨胀到底是什么——生活中要知道些经济学
- 穷人和富人——经济繁荣与社会公正
- 什么样的汇率有利于中国——我理解的中国发展与世界

精选了茅于轼近几年关于道德、快乐、和谐社会、致富、通货膨胀、外汇汇率等热点问题的论述文章,他以经济学的视角看待和分析社会问题,让读者也能站在更高的层面,用更开阔的视野认识身边的事物。

做公司
——创业人写给创业人的经验、教训和心里话

[英]大卫·霍尔 著

贾利军 郭景华 译

出版:中国市场出版社

定价:48.00 元

一本企业家写给企业家们看的书

作者通过50个来自世界各地的企业案例的分析,就企业如何树立企业精神为企业家们上了生动的一课。本书提供了已被大多数成功的企业实践过的经营理念,它包括:

- 学会像企业家那样去思考和做事。
- 学会从白手起家创建有价值的企业。
- 对现存企业重新加以改造,恢复企业生机。

局

——CEO 面临的 69 个
关键问题

[英]约翰·赞坎 著
欧阳春媚 董中 译
出版：中国市场出版社
定价：60.00 元

本书遵循了商学院经济教学的基本模式，采用了广为人知的政治、经济、社会、技术分析框架(PEST)，广泛涉及竞争、创新、决策、资源、财政、风险等各类相关要素，为CEO 及其他高级管理人士提供了最佳实践指南，是 CEO 走向成功的必备指导。

局 II

——做家公司给你赚

[英]亚当·乔利 等著
高核 等译
出版：中国市场出版社
定价：68.00 元

企业成长问题会给几乎所有中小企业组织及其管理层带来巨大的压力和挑战。本书告诉你，首先要做好的几件事是紧紧围绕增加市场份额这个中心问题，搞清楚你现在、过去和未来顾客的真正需求，缩短产品走向市场的时间周期并抓好管理和激励员工的工作。

核心竞争力

[英]朗·西韦尔 著
姜法奎 等译
出版：中国市场出版社
定价：60.00 元

你的成功依靠创建一种使你团队中的每一个成员尽心竭力为你的成功而努力的环境。

本书有给读者的忠告和被验证了的实用方法。这本切实可行的管理指南从以下 4 个方面给企业经理及其团队提供了宝贵的建议：

- 为决策和解决问题承担责任；
- 有效的管理组织；
- 取得有重大改善的效果；
- 既达到个人目标又达到职业上的目标。

关键管理比率

[英]夏兰·沃尔什 著
吴雅辉 译
出版：中国市场出版社
定价：80.00 元

为管理人员、营销经理、
财务专家、决策者、
投资分析师提供关键的管理比率数据

◆全球 200 家企业的分析数据
◆27 种企业常用的管理比率
◆4 种影响企业价值平衡的变量
◆9 种衡量企业绩效的关键指标
◆3 条现金流量管理的财务准则

- 是管理工具，也是衡量业绩的标准。
- 管理比率可相互作用，驱动企业实现价值。
- 管理者掌握企业经营绩效的核心比率。
- 有助于管理者快速制定战略决策和掌握管理手段。

卖个好价钱

[英]托尼·克拉姆 著
欧阳春媚 译
出版:中国市场出版社
定价:48.00 元

利润越来越少,定价策略成为关键因素。

　　向下压价并非永远是强有力的方法。《卖个好价钱》运用来自世界各行各业的国际范例,探索了低价主张、保费定价、价格敏感性,以及激励顾客购买更多的优惠产品的机制。对增加贴现、通讯价格和捆绑定价、促销及其效益的不可比性等策略的研究,可以帮助公司管理者们制定更精明的定价决策,使企业管理人员采用灵活的价格战术,实施更有效的定价策略。

营销第一

[英]彼得·谢弗顿 著
陈然 译
出版:中国市场出版社
定价:60.00 元

　　彼特·谢弗顿一步一步为你介绍市场营销计划的全过程,告诉你如何:

● 开展市场研究;
● 制定市场营销战略;
● 撰写一份切实可行的市场营销计划;
● 创造出独特的价值主题;
● 通过供应链建立联盟;
● 通过市场营销组合实施市场营销计划。

简单就是营销力

[马来]萨尼·T.H.高 著
陈然 译
出版:中国市场出版社
定价:18.00 元

简单有三大好处:

● 明确,让顾客能马上理解;
● 操作性强,能迅速有效地实施;
● 可验证性强,方法对不对、好不好很快就知道。

　　简单的营销能吸引顾客,复杂的营销则使顾客疏远,却又使营销者沉溺其中。如果你的营销策略不奏效,本书能提供你一些简单的理念,激活你的思想;如果你的策略有效,本书也能作为一个提示,使你继续在简单之路上迈进。

激励

[英]罗德里克·格雷 著
丁秀芹 冉永红 等译
出版:中国市场出版社
定价:48.00 元

● 9个组织与个人的优秀绩效的测试点
● 1个实现最佳绩效的完整的体系拼图
● 20个展现优秀绩效测评相关主题
● 380个与绩效测试主题相关的切合点

　　对管理者来说,激发员工的干劲和潜能的秘诀在于如何使设定的目标与员工的期望相一致,本书提出了培养员工奉献精神、激发员工更大潜能的管理手段。

《如何做到基业长青》出版销售信息

欢迎洽谈出版发行事宜

中国市场出版社：中国经济、管理、金融、财务图书专业出版社

中国市场出版社发行部　　010-68021338

中国市场出版社读者服务部　　010-68022950

中国市场出版社网站　www.marketpress.com.cn

中国图书团购网：中国企业图书采购平台，为学习型组织服务

　　　　　　　　　　www.go2book.net

当当网　www.dangdang.com

卓越亚马逊网　www.amazon.com

九久读书人　www.99read.com

全国各大新华书店

各大城市民营书店

北京卓越创意商务管理顾问中心　　010-62103112

对本书有任何意见和建议请与我们联系：zhuoyuechuangyi@sina.com